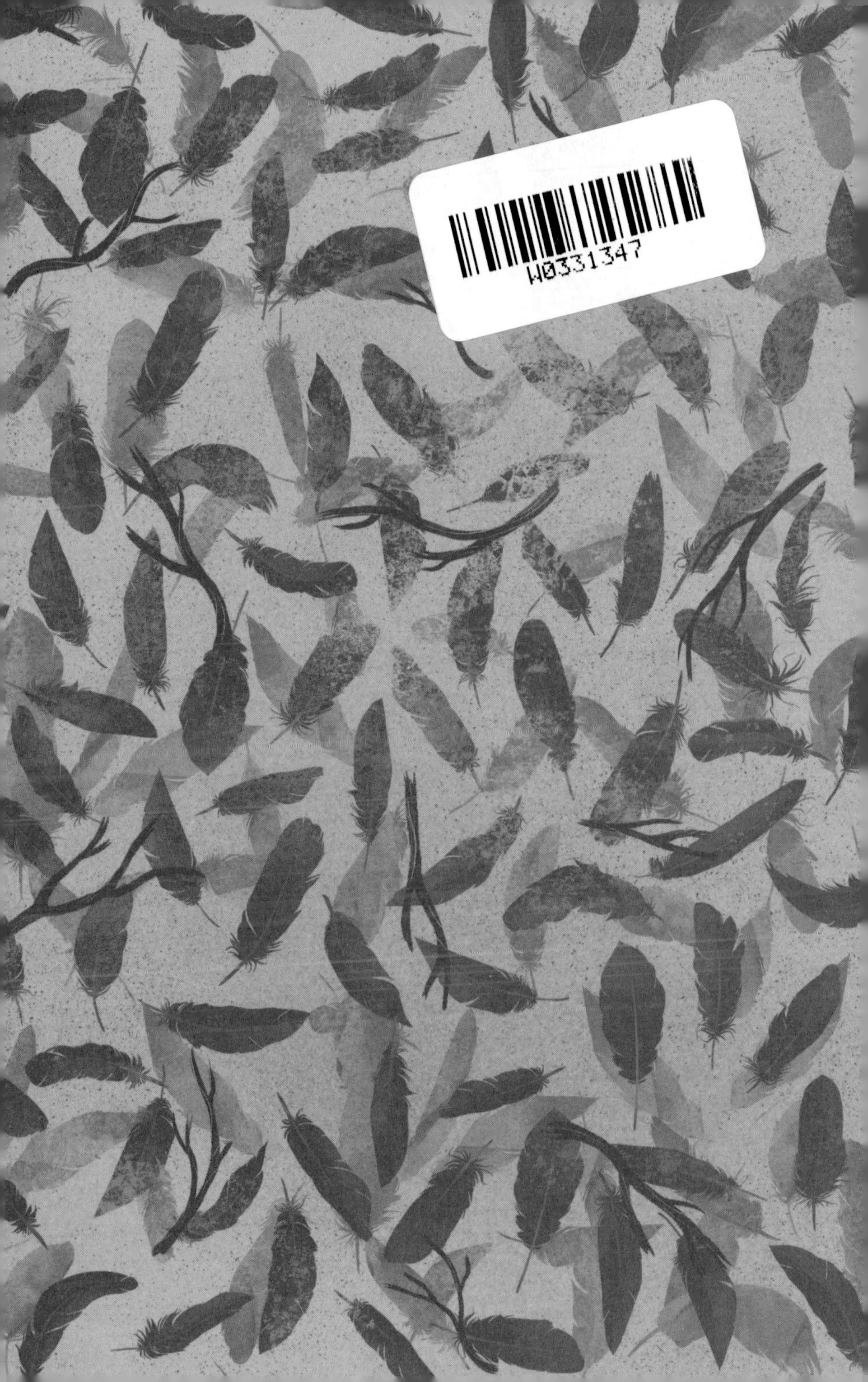

OETINGER
34

FEDER HERZ

ELISABETH
DENIS

OETINGER 34

MIX
Papier aus verantwortungsvollen Quellen
FSC® C014496

Edition Oetinger34

Text von Elisabeth Denis
Umschlaggestaltung und Illustrationen von Natalie Dombois
Satz: Dörlemann Satz, Lemförde
Druck und Bindung: GGP Media GmbH, Pößneck
Printed 2016
ISBN 978-3-95882-001-2

Dieses Buchprojekt ist auf Oetinger34.de im Team entstanden.
Autorin: Elisabeth Denis; Junior-Lektorin: Esther Kalb

www.oetinger34.de

Für Lina und Elmo

KAPITEL EINS

Auf meinem Schreibtisch häufen sich zusammengeknüllte Taschentücher. Am liebsten würde ich mich in mein Bett verkriechen, aber ich muss aufschreiben, was in den letzten Wochen passiert ist. Seit einer Weile habe ich den Verdacht, dass mich jemand beobachtet. Beweise habe ich keine. Trotzdem fühle ich mich verfolgt.

Sogar jetzt beim Schreiben lenkt mich dieses Gefühl ab. Immer wieder zwingt es mich, vom Schreibtisch aufzusehen.

Natürlich lauert keine mysteriöse Gestalt auf der anderen Seite der Straße. Die Vorstellung ist einfach unsinnig.

Trotzdem, wenn ich den Blick wieder auf das Papier vor mir senke, scheint es jedes Mal so, als würde am äußeren Rand meines Blickfeldes etwas zurück ins Bild huschen.

Es dämmert, und bald kann ich die Straße vor dem Fenster nicht mehr erkennen. Nur noch mein Gesicht, das sich immer deutlicher auf dem Fensterglas abzeichnet. Als würde ganz langsam aus der Tiefe eines Sees ein Körper an die Oberfläche tauchen.

Oh Gott, kein Wunder, dass ich so makabre Phantasien habe. Mein erkältetes Spiegelbild erinnert tatsächlich an eine Leiche.

Ich weiß, all das wirkt paranoid, aber in den letzten Wochen sind ein paar Dinge passiert, die mein Leben auf den Kopf gestellt haben und mich zu dem Schluss bringen, jemand oder etwas ist hinter mir her.

Und genau deshalb schreibe ich das hier auf, aus Sicherheitsgründen, nicht, weil ich fürchte, ich könnte irgendetwas davon vergessen. Die Ereignisse der letzten Wochen sind so merkwürdig, dass ich mich auch in sechzig oder siebzig Jahren noch an jedes Detail erinnern werde.

Und damit eines klar ist: Ich habe *keine* Angst um mein Leben. Ich fürchte eher, dass es sich verändert, also nicht so, wie sich das Leben immer und sowieso ändert. Sondern grundlegend. Und dass *ich* mich verändere. Irgendetwas geht vor sich, und ich bin Teil dessen. Ich spüre es.

KAPITEL ZWEI

Mittwoch, vor 5 Wochen

Am späten Abend weht ein leichter Brandgeruch durch die geöffneten Fenster in unsere Wohnung, und Sirenen heulen, sodass Mama und ich von unserer Go-Partie aufschauen und uns fragen, was da draußen wohl vor sich geht.

Sie schließt das Fenster, und ich ziehe meine Stiefel an, weil ich rauswill, nachschauen, da klingelt das Telefon.

Klaas schnauft in den Hörer, sodass ich ihn kaum verstehen kann. Etwas brennt, aber das wusste ich ja, so wie es draußen stinkt.

»Hat jemand das Rathaus abgefackelt?«, frage ich.

»Nee, unsere Schule.«

»Oh.« Mehr bringe ich nicht heraus, dann schaue ich zu Mama. »Unsere Schule …«

Mama lässt augenblicklich die weißen und schwarzen Steinchen Steinchen sein und kommt zu mir.

»Genau die«, fährt Klaas fort. Etwas klackt, vielleicht ist er mit seiner Brille gegen das Handy gestoßen. »Oh Mann, hier tobt ein Inferno. Die Feuerwehr bekommt den Brand nicht unter Kontrolle.«

Mama steht nun neben mir und drückt auf die Lautsprechertaste.

»Ich glaube, viel wird morgen nicht mehr vom Phille übrig sein.«

»Okay, ich komme, ich wollte sowieso gerade los.«

»Nein, die schicken hier alle Leute weg. Man bekommt kaum Luft von dem Rauch. Ich bin auch wieder auf dem Heimweg. Aber hey, wir haben den Rest der Woche bestimmt frei.«

Ich fahre über das geriffelte Holz des Lehnstuhls, der uns als Telefontischchen dient. »Oh«, sage ich noch einmal. »Stimmt. Und danach? Denkst du, wir werden auf eine andere Schule versetzt?« Ein kribbeliges Gefühl schlüpft durch meine Fingerspitzen unter meine Haut.

»Das werdet ihr sicher rechtzeitig erfahren«, sagt Mama. »Danke, Klaas, dass du uns Bescheid gegeben hast.«

»Kein Problem, Frau Ullweg. Sehen wir uns morgen, Mischa?«

»Ja. Ich hol dich nach dem Ausschlafen ab.«

Am Donnerstagmorgen sitzen meine Mutter und ich in der Küche und kauen an einem Brötchen (Mama) und auf der Lippe (ich).

Mama bestreicht ein weiteres Brötchen mit Butter und schiebt es zu mir herüber. Dabei klirrt die bunte Kette gegen den Teller. Die Perlen sind aus Fimo, und ich hab sie gebastelt, als ich noch klein war. Es hat Tage gedauert, aber ich wollte die Kette unbedingt so lang haben, dass Mama sie sich zweimal um den Hals wickeln kann und sie immer noch schön schlenkert. Aber jetzt kommt es mir vor, als wäre sie geschrumpft. Vielleicht ist das der Erwachsenwerd-Effekt: die Dinge aus der Kindheit erscheinen plötzlich viel kleiner.

»Oje, ich ahne, was heute Thema bei meiner Kundschaft sein wird.« Sie zwirbelt sich ihren Zopf im Nacken zur üblichen Arbeitstolle auf und steckt ihn mit einer Batterie Haarklemmen fest, die sie vorher, eine nach der anderen, im Mund etwas aufbiegt. »Du kannst mir später im Salon helfen, Mischki. Du weißt, dass ich deine Hilfe immer gut brauchen kann. Jetzt iss mal etwas!«

Ich gebe dem Brötchen vor mir einen kleinen Stups. »Ich hole jetzt Klaas ab, und wir gehen zur Schule.«

»Und heute Nachmittag? Hilfst du mir?«

»Klar doch.« Ich bin sehr stolz auf meine Mutter. Nach dem Tod meines Vaters vor sieben Jahren hat sie den Friseursalon eröffnet, damit sie uns beide ernähren kann. Heute hat er den besten Ruf in der Stadt. »Vielleicht kannst du mir dann meinen Ansatz nachfärben?«

Meine Haare sind derzeit halblang und blauschwarz, davor waren sie rot. Eigentlich sind sie dunkelblond oder eine glatte Sechs, wie Mama gern sagt. Aber sie meint natürlich nicht die Schulnote. Sie bezieht sich auf diese Tabellen aus ihrem Salon, mit denen man die Haarfarben nach Nummern kategorisieren kann.

»Ich geh dann jetzt«, sage ich und schnappe mir das Brötchen.

Klaas wartet bereits unten vorm Haus.

»Deine Haare riechen wie Bacon«, sage ich schnüffelnd. Er verströmt einen leichten Lagerfeuergeruch. Ich halte ihm mein angeknabbertes Brötchen hin, und er beißt hinein.

»Kannst sie mir ja nachher bei deiner Ma waschen«, bringt er kauend hervor.

Klaas kenne ich schon ewig. Er ist mein bester Freund, seit ich denken kann. Wir waren zusammen im Kindergarten, dann in der Grundschule, und jetzt gehen wir gemeinsam aufs Phille, also das Philippinum-Gymnasium. Er kennt meinen Vater noch. Nach dem Unfall, als es meiner Mama sehr schlecht ging, bin ich sogar für eine Weile zu ihm gezogen. Aber die Haare habe ich ihm noch nie gewaschen. Werde ich auch nie.

Wir pilgern durch die nebeligen Straßen zur Brandruine. Es ist Mitte November, und ein eisiger Wind weht. Kein Wunder, dass die Feuerwehr zu kämpfen hatte. Sicher hat er das Feuer ständig aufs Neue entfacht.

Vor dem Phille haben sich bereits Schaulustige versammelt, die der Feuerwehr beim Aufräumen zusehen und Videos vom Unglücksort aufnehmen.

»Hey.« Jette aus unserer Klasse winkt uns zu der kleinen Gruppe, die vor dem Zaun steht und fassungslos auf den Haufen Schutt und Asche starrt, der gestern noch unsere Schule war.

Der Dachstuhl ist ausgebrannt und zum größten Teil eingestürzt. Schuppige schwarze Balken ragen wie bösartige Stalagmiten in die kalte Herbstluft. Eine Böe fegt über uns hinweg und entfacht dabei die Glut an einer Balkenspitze, sodass man meinen könnte, ein Ungeheuer öffne langsam seine feurigen Augen.

»Sieht irgendwie unheimlich aus«, sage ich.

Klaas nickt.

Dass hier jemals wieder ein Schulgebäude stehen wird, erscheint mir unvorstellbar. Der Boden ist überflutet vom Löschwasser. Überall liegen Glassplitter, denn sämtliche Fenster sind in der Hitze zersprungen. Die Luft stinkt nach verbranntem Holz und geschmolzenen Dingen, von denen man kaum noch sagen kann, wozu sie einmal nützlich waren. Über allem liegt eine schmierige Schicht Ruß, die sich mit dem Löschwasser zu einer ekligen Brühe verbindet.

Schweigend betrachten wir die verkohlten Fensterrahmen. Ich bilde mir ein, dass ich sie noch knistern hören kann.

»Ich hab mir mal ausgemalt, wie's wäre, die Schule in die Luft zu sprengen«, sagt Tibor dumpf. »Brutal, der Anblick. Hätt' ich nicht gedacht, dass mich das so mitnimmt.«

»Wie du aufs Gymnasium gelassen wurdest, ist mir ein Rätsel.« Jette schießt ein Selfie mit der Ruine, das sie aber gleich wieder löscht. »Ich hasse meine Augenringe«, murmelt sie.

»Schaut mal. Der stammt aus dem Biologieraum.« Durch die Rhomben des Maschendrahts deute ich auf einen ausgestopften Hasen, der in einer Löschwasserpfütze schwimmt.

»Oh Mann, wir können von Glück reden, dass der Brand in der Nacht ausgebrochen ist. Stell dir vor, jemand von uns würde jetzt daliegen wie dieser Hase.« Klaas' Worte gruseln mich fast noch mehr als der Anblick der finsteren Balkenstümpfe.

»Denkst du, die Hamster sind tot?«, frage ich.

Wir haben seit zwei Jahren Hamster an der Schule. Sie waren eigentlich als kurzzeitiges Biologie-Projekt gedacht, bei dem es um den unterirdischen Hamsterbau und die Anpassungsfähigkeit der Tiere ging. Mittlerweile lebt schon die zweite Generation der kleinen Fellies quietschfidel in unserem Gymnasium – das hoffe ich zumindest, denn ich mag die pelzigen Nager echt gern.

Da die Aufmerksamkeit der Feuerwehrmänner immer noch auf der anderen Seite des Schulhofs vom schwelenden Gebäude gefesselt wird, setze ich kurzerhand meinen Fuß auf den Zaun und beginne zu klettern.

»Mischa, die Hamster sind bestimmt im Rauch erstickt.« Klaas macht keinerlei Anstalten, mir zu folgen.

»Kann sein. Aber wenn ich nicht nachschaue, wird mich mein restliches Leben die Frage quälen, ob es nicht doch einer geschafft hat. Und dich ebenso!« Anklagend zeige ich mit dem Finger auf ihn.

Okay, das ist vielleicht etwas theatralisch, trotzdem schindet es keinerlei Eindruck. Blöd, wenn einen der beste Freund so gut kennt.

»Warum nimmst du denn nicht den Seiteneingang?«, fragt Tibor.

Jette flüstert ihm etwas zu, aber nicht leise genug. Deswegen höre ich, dass sie sagt, ich müsse mich immer in den Mittelpunkt drängen.

Tatsächlich, am Seiteneingang flattert zwar Absperrband, aber eher wie eine nachlässig gewickelte Willkommensgirlande. Und kein Feuerwehrmann bewacht dort das Terrain. Mittlerweile balanciere ich aber schon oben, der Zaun unter mir wackelt wie ein störrisches Pony. Hastig springe ich auf die Hofseite, verpatze jedoch den Überschwung und lande auf allen vieren mitten im Löschwasser.

»Du bist ein Dickkopf«, sagt Klaas.

Wir schauen uns durch das Gitter an.

»Ich weiß.«

Er seufzt, aber schlendert dann doch am Zaun entlang zum Seiteneingang. Sein Finger – ratsch, ratsch, ratsch – zupft Rhombenmusik.

Ich wische dem Hasen gerade Asche aus dem feuchten Pelz, als er neben mir auftaucht.

»Dahinter liegt Herrn Schlummers Bio-Bereich, richtig?« Ich zeige auf ein zerborstenes Fenster, das von abgestürzten Mauerteilen versperrt wird. Der Wind wirbelt Laub und ein paar verkohlte Fetzen über den Hof.

»Mischa, ich will dich wirklich nicht ärgern, aber wenn nach dem Brand nur ein einziger Hamster überlebt hat, grenzt das an ein Wunder. Außerdem kannst du nicht in ein Gebäude einsteigen, das einsturzgefährdet ist.« Klaas nimmt mir den Hasen aus der Hand und setzt ihn auf die Erde zurück. Ins dreckige Wasser, was mich irgendwie sauer macht, auch wenn der Hase bloß ausgestopft ist.

»Nur einen Blick hineinwerfen, okay?«, bitte ich und ziehe ihn schon hinter mir her.

Wir schleichen in gebückter Haltung, was eigentlich total unsinnig ist, weil man uns über den gesamten Schulhof so oder so gut erkennen kann. Wir schleichen, als wären wir die Hauptdarsteller eines Actionstreifens, bis wir vor dem Schutthaufen ankommen, der uns den Weg zum Biologietrakt versperrt.

Hier endet der Actionfilm leider, denn Klaas hat recht, was ich sofort weiß, als ich die Wärme spüre, die vom glimmenden Schutt abstrahlt.

»Keine Chance, oder?«

Klaas streicht mir über den Kopf.

Als wir zurück zum Zaun laufen, blitzt zwischen dem verklebten Laub und der übrigen grau-schwarzen Trostlosigkeit etwas Grünes auf.

»Schau mal«, sage ich und ziehe an dem schillernden Ding, das sich als eine lange, glänzende Feder entpuppt. Ich halte sie ins fahle Novemberlicht, kippe sie leicht hin und her, und das Grün nimmt sämtliche Schattierungen von fast Schwarz bis Golden an. »Wie schön«, hauche ich.

Klaas zupft mir das Fundstück aus den Fingern. »Sie ist zu exotisch, um von einem einheimischen Vogel zu stammen. Vielleicht gehört sie zu einem der ausgestopften Papageien?«

»Wer hat euch denn ins Gehirn geschissen?«, donnert eine Stimme.

Hinter uns steht ein Feuerwehrmann und zückt einen Stift. »Dann gebt mir mal eure Personalien für die Polizei.«

»Wieso Polizei? Wir wollten die Hamster retten«, sagt Klaas und hält total unlogisch die Feder in die Luft.

»Hab schon bessere Lügen gehört. Für mich sieht das aus, als ob hier Brandstifter versuchen, Spuren zu beseitigen.«

Ein anderer Feuerwehrmann schlurft in derben Stiefeln zu uns. Müde blicken die Augen, aber um seine Lippen zuckt es verschwörerisch.

»Lass gut sein, Fred. Das sind doch nur Kids. Tut mir leid, Mädchen, von den Tieren hat keines überlebt«, sagt er. »Und jetzt verschwindet besser.«

»So ein Dreck«, fluche ich.

Die Männer lassen uns ziehen, ohne weiter auf unseren Personalien zu bestehen.

Wenigstens haben wir die Feder gerettet, denke ich. Ich reiche sie Klaas, der sie sorgfältig in der Innentasche seiner Fliegerjacke verstaut.

Vor dem Zaun hat sich mittlerweile unsere ganze Klasse versammelt, und eine Frage wird heiß diskutiert: Wo werden sie uns für das restliche Schuljahr hinverfrachten?

Mich beschleicht wieder dieses kribbelige Gefühl vom gestrigen Abend. Als würde etwas in meinem Inneren versuchen, sich von mir zu lösen.

KAPITEL DREI

Tatsächlich erfüllen sich meine schlimmsten Befürchtungen.

Am Freitag waren Klaas und ich noch einmal bei der Schulruine, aber lange konnten wir den Anblick nicht ertragen. Also sind wir nach Frankfurt, weil Klaas dort in seinem Lieblingsladen irgendwelchen biegsamen Solarkram kaufen musste, für den Schirm, den er für mich bastelt. Er hat sich wie ein Schneekönig gefreut, denn der Laden hat unmögliche Öffnungszeiten, sodass es normalerweise nur in den Ferien Sinn macht, dorthin zu fahren. Samstag und Sonntag haben wir endlos Filme geschaut.

Doch jetzt ist Montag, und wir müssen uns alle in der Stadthalle einfinden. Ich komme zu spät, weil mein Rad einen Platten hat, und schleiche mich durch die Sitzreihen zu Klaas.

Herr Hofmeier, unser Direktor, steht vorn am Pult und hält eine Rede. »Zur Ursache des Brands können wir noch nichts sagen. Aber ich verspreche, wir arbeiten mit vereinten Kräften daran, dass unser schönes Schulgebäude bald wieder steht.«

Den Hofmeier flankieren ein paar Lehrer, unsere Sekretärin Frau Apfel und zwei Fremde. Nein, drei! Den dritten hätte ich beinahe übersehen, denn er ist klein und steht etwas verborgen hinter den beiden anderen. Das müssen die Abgesandten der Exilschulen sein.

Der Hofmeier redet und redet. »Leider wird es eine Weile dauern, bis alles wieder beim Alten ist – oder besser sogar. So lange werdet ihr Schüler auf die anderen Schulen der Stadt verteilt.«

An dieser Stelle geht ein Stöhnen durch die Halle, und ich werfe Klaas einen panischen Blick zu.

Unsere Stadt ist nicht sehr groß. Neben unserem Gymnasium gibt es eigentlich bloß zwei weitere: das Augustin-Gymnasium und das Ernst-Rudolf-Gymnasium.

Außerhalb der Stadt, im Wald, gibt es noch ein Internat, aber das ist eine Privatschule und für uns Normalsterbliche unzugänglich. Bei uns heißt es nur die »Walddoof«. Es ist aber keine Waldorfschule, wie der Spitzname vermuten lässt. Die Internatsschüler sind nur nicht gerade beliebt bei uns Stadtschülern. Sie sollen arrogant und langweilig sein, auch wenn dieser Ruf eigentlich nur auf Gerüchten beruht, denn in der Stadt lassen sie sich nie blicken. Keiner von uns will dorthin strafversetzt werden.

Im Saal wird es unruhig. Dreihundert wippende, scharrende Körper und mittendrin ich und Klaas, dessen Ellenbogen mich plötzlich anstupst. »Vielleicht das erste Mal«, flüstert er, »dass wir getrennt werden.«

»Ach was, wir kommen beide aufs Augustin. Oder aufs Rudolf. Mach dir keine Sorgen.«

Verstohlen linse ich zu dem kleinen Abgesandten, ein ziemlich alter Mann, vielleicht um die sechzig. Er hat fusseliges weißes Haar und trägt einen langen Samtkittel. Früher war er bestimmt mal ein Hippie.

Der Hofmeier quatscht immer noch, nein, jetzt übergibt er das Mikrofon an die Apfel, die mit mehreren Kopien in der Hand kämpft.

Sie beginnt mit der Verteilung der Schüler auf die Gymnasien, und die Walddoof ist tatsächlich mit dabei. Mich kribbelt es wieder, aber ich wette, im Moment geht es keinem im Saal anders.

Ich kreuze meine Finger und versuche mich in Suggestion, indem ich beschwörend flüstere: »Nicht Slytherin! Nicht Slytherin!«

Die Apfel ruft: »Mischa Ullweg!«

Es kribbelt verdammt heftig. Vor Schreck kneife ich Klaas in den Arm.

Die Apfel ruft: »Hainpforta!«

Das ist die Walddoofschule.

Der Hippie-Opa lächelt mich an.

Ich muss ziemlich verdattert gucken, denn Klaas streichelt meine Schulter und sagt: »Lebt wohl, ihr irdischen Freuden und Vergnügen. Wie wir unter diesen Umständen den Winter überstehen sollen, das mag der Himmel wissen.« Ich muss lachen, auch wenn mir eigentlich eher nach Weinen ist.

Das Hainpforta-Internat nimmt insgesamt drei Schüler auf. Es ist ziemlich klar, dass die Snobs nicht von uns »Stadt-Assis« überrannt werden wollen. Aber mal ehrlich, drei? Drei von dreihundert Schülern? Das verwandelt uns Ausgeloste fast in Auserwählte. Und ausgerechnet ich muss dazugehören!

Keiner aus *meiner* Klasse muss ins Internat. Nur Hanna aus der Parallelklasse und Fridolin aus der Elften. Ich kenne beide kaum, doch weil der Weg nach Hainpforta ziemlich weit ist, haben wir uns für den Hinweg verabredet. Wir wollen uns morgen früh beim Brunnen auf dem Rathausplatz treffen, um von dort gemeinsam mit den Rädern in den Wald zu starten.

Vorsorglich putze ich am Nachmittag mein Fahrrad, flicke den kaputten Reifen, öle die Naben und die Kette und bereite mich innerlich auf meinen ersten Schultag in der Hölle vor.

Die Luft riecht würzig nach welkem Laub und Schornsteinrauch. Ausgerechnet so kurz vorm Winter muss unsere Schule abfackeln, und ich darf nun monatelang jeden Morgen eine Dreiviertelstunde durch die Kälte fahren.

Klaas sitzt neben mir vorm Haus, eingemummelt in seine dicke Fliegerjacke. Er hat sich eine Pappe unter den Hintern geschoben und liest einen Artikel über alternative Anwendungsmöglichkeiten von Solartechnik. Ab und zu schaut er hoch und seufzt.

Irgendwann reicht es mir, und ich schimpfe: »Dass du immer recht behalten musst!«

»Tut mir leid!«

»Mann, schon mal was von Self-fulfilling Prophecy gehört?«

»Ja, genau genommen war ich es, der dir davon erzählt hat.«

»Und warum sagst du dann so was, wie *zum ersten Mal getrennt*? Jetzt haben wir den Salat!« Ich blase einen Schwall Frust mit der warmen Atemluft in den Novemberdunst.

»He, du weißt, dass ich nicht an diese Theorie glaube.«

»Aber ich!«

»Mein Vater meint, in einem Jahr ist unsere Schule wiederaufgebaut.«

»In einem Jahr bin ich reif für die Klapse.«

Klaas schlägt die Zeitschrift zu und dreht sie zu einer Rolle. »Komm, Mischa. Hainpforta! Ich bin fast neidisch.«

»Neidisch?«

»Na klar! Den Club dürfen sonst nur Mitglieder betreten. Sieh es mal so, wir lästern zwar über die, aber eigentlich ist es doch spannend, die Welt der Reichen mal von innen zu sehen. Ich werde es mein Lebtag nicht näher als an den schmiedeeisernen Zaun schaffen.« Er hält sich selbstvergessen die Zeitschriftenrolle an die Nase, was ziemlich lustig aussieht und irgendwie Klaas-mäßig niedlich.

Ich kenne keinen einzigen Hainpfortaner. Niemand kennt sie. Dafür kursieren haufenweise Gerüchte über russische Oligarchensprösslinge, die im Wald Schießtraining veranstalten und sich Wölfe und Raubvögel als Haustiere halten – und über einen unterirdischen sagenhaften Swimmingpool.

Meine Mutter macht sich über diesen Unsinn lustig.

»Natürlich wollen die Sprösslinge der Stinkreichen unbedingt in die hessische Provinz. Hier ist es so wahnsinnig aufregend«, höre ich ihren Spott.

»Mischa«, unterbricht Klaas meine Gedanken, »denkst du, na ja, du könntest vom Internat aus mit mir skypen? Die müssen eine wahnsinnige Ausstattung haben.«

Ich stöhne und werfe den ölverschmierten Lappen in seine Richtung.

»Ich würde ja mitkommen«, redet er weiter, »wenn's ginge. Aber ich muss aufs Rudolf. Hab schon mit dem Hofmeier geredet.«

Mir klappt der Mund auf. »Du hast den Hofmeier gefragt?«

Klaas grinst verlegen. »Was ist? Kannst du ein bisschen für mich spionieren?«

Nachdenklich zerreibe ich das schwarze Kettenöl zwischen meinen Fingern. »Na gut«, sage ich. »Aber ich spioniere nicht, ich recherchiere!«

»Danke, Mischa, du bist toll!«

Ich lächele nonchalant und hebe meine Hand zu unserem Zeichen. Sieht aus wie eine verunglückte Gettofaust, ist aber in Wirklichkeit ein M aus dem Gebärdenalphabet.

KAPITEL VIER

Meine Mama ist ziemlich lässig. Aber an diesem Morgen verhält sie sich ungewöhnlich besorgt.

»Du kennst dich kaum aus im Wald.« Sie kramt im Besenschrank, während sie mit mir spricht. »Der Teil ist überhaupt nicht ausgeschildert. Bitte, fahr auf jeden Fall immer nur mit den anderen beiden durch den Wald, versprich es mir. Nie allein!« Sie hält kurz mit der Kramerei inne und prüft, ob ihre Worte bei mir angekommen sind.

Also nicke ich. »Zum Internat werden wir schon finden.«

»Wenn du willst, rede ich mit Herrn Hofmeier. Ich fände es eigentlich besser, wenn du mit Klaas auf das Rudolf-Gymnasium gehst.«

»Ach, Mama, lass mich erst mal rausfinden, wie es da ist. Du sagst doch immer, man soll keine vorschnellen Urteile fällen.«

Sie hat offensichtlich gefunden, wonach sie gesucht hat, und richtet sich auf. »Aber das frühe Aufstehen, das tut mir sehr leid, Mischki.«

»Für dich tut's dir leid«, lache ich, denn meine Mutter ist ein Morgenmuffel. Kein Wunder, sie tigert die halbe Nacht durch ihr Zimmer und führt Selbstgespräche.

»Na schön! Ich höre auf. Dann wünsche ich dir einfach einen

guten Start.« Sie hält mir eine riesige Taschenlampe hin. »Vertrau auf dein Bauchgefühl. Wenn jemand komisch wirkt, geh ihm aus dem Weg. Hier, nimm die Lampe.«

»Wozu? Mein Rad hat Licht. Kuss!«

Aber sie beharrt darauf, dass ich die Taschenlampe einstecke. Dann beugt sie sich zu mir und drückt mir einen Kuss auf die Wange.

Als ich am Brunnen ankomme, warten Hanna und Fridolin bereits auf mich. Fridolin sitzt auf seinem Rad und hat ein Bein lässig auf der Steinumrandung abgestützt. »Na, Mischa? Bist du auch so ausgeschlafen wie Hanna und ich?«

Fridolin geht schon in die Elfte, ich kenne ihn kaum. Ich weiß nur, dass er zu den Jungs zählt, über die die anderen Mädchen gern stundenlang grübeln.

Hanna kenne ich ein bisschen besser, weil wir mal die Aula für ein Schulfest dekoriert haben. Ich mag sie, auch wenn wir eindeutig nicht die gleichen Interessen haben, was schon an unserer Klamottenwahl deutlich wird.

Bei Hanna rüschen sich leichte Stoffe in zarten Farben, und überall bommelt und zipfelt etwas. Rosa und romantisch. Meinen Kleidungsstil würde ich am ehesten mit *normal* beschreiben. Also ich find's normal. Jette meint, ich sollte ein bisschen aufpassen mit der Zusammenstellung von Farben und Mustern, aber Klaas hat gesagt, das sei Quatsch, und er findet meinen Mischa-Style super. Ich trage am liebsten T-Shirts, die mir meine Mama vererbt hat, und darüber Pullis mit weiten Ärmeln, Fledermausärmel heißen die. Und natürlich meine abgeschnittenen Jeansshorts und Stiefel. Wenn es kalt wird, so wie jetzt, ziehe ich mir Leggings unter die kurzen Jeans und hole meine Stulpen raus.

Die zupfe ich mir gerade ein Stückchen hoch, richte mich auf und sage: »Na, dann los! Bin gespannt, wie sie uns empfangen.«

Kurz vor dem Ortsausgang biegen wir rechts ab und passieren bald die letzten Häuser am Stadtrand. Der Weg führt nun ziemlich steil bergauf. Rechts und links von uns breiten sich die abgemähten Hangwiesen aus. Zwei runde Heuballen liegen dort wie vergessen. Nur oben vor dem Waldrand ist ein breiter Streifen Wiese übrig. Dort endet die Steigung des Hangs, und der Untergrund wird wieder flach.

Als kleines Kind war ich oft mit meinem Vater hier. Im Sommer kugelten wir durch das meterhohe Gras. Und pflückten anschließend Wiesenblumen für Mama.

Mein Vater ist seit über sieben Jahren tot. Umgekommen bei einem Autounfall auf dem Weg von der Redaktion der Lokalzeitung nach Hause. Einem Weg von nicht mal einem Kilometer Länge.

Eine Schweißperle läuft an meiner Schläfe herunter. Dieser Hang ist wirklich der schlimmste Teil meines neuen Schulwegs. Ich muss vom Sattel aufstehen, um den Anstieg zu meistern. Von Fridolins Mountainbike kommt ein mechanisches Knacken. Unbeeindruckt schaltet er einen Gang höher und nimmt sitzend mit seinem Superrad die Steigung, als sei sie nicht vorhanden.

Dann beginnt der Wald. Die Sonne ist mittlerweile aufgegangen, aber sie strahlt so träge, dass nur wenig Licht durch die Äste dringt, auch wenn kaum noch Laub daran hängt. Für einen Moment fahre ich wie blind. Aber dann gewöhnen sich meine Augen an das Dämmerlicht.

Zwischen den Bäumen wachsen büschelweise Farnwedel. Eigentlich könnte das ganz hübsch aussehen, wenn die Blätter nicht schon verwelken würden, sie sind braun und fleckig. Ich blicke hoch zu den Baumkronen, die dichter werden, je tiefer wir in den Wald eindringen, und sich über uns schließen. Nicht wie ein Dach, eher wie das Gitter über einem finsteren Verlies. Kalte Luft hängt sich in meine Haare. Es riecht feucht und modrig. Meine Hände sind eisig.

Hanna rutscht mit ihrem Rad auf einer Wurzel aus. Sie flucht, und Fridolin beruhigt sie.

Auch er hat Schwierigkeiten, sein Superrad über die glitschigen Mooswurzeln zu lenken. Wir fahren langsamer, vorsichtiger. Keiner sagt ein Wort.

Ich beginne mich zu fragen, ob wir den falschen Weg genommen haben, denn das Internat will und will nicht auftauchen. Vergeblich sucht man nach Wegzeichen oder Schildern. Hier geht niemand wandern.

Nach zwanzig weiteren Minuten stehen wir endlich vor dem schmiedeeisernen Tor mit der angrenzenden Umfriedungsmauer. Ein Schild daran: »Privatgelände. Unbefugten ist der Zutritt verboten.« Nicht wirklich einladend.

Hinter den Eisenranken, die kunstvoll Efeu imitieren, führt der Weg schnurgerade weiter. Die Bäume hier sind nicht so alt und knorrig wie auf unserer Seite des Tores. Glatte graue Borke bedeckt die Stämme, und das rotbraune Buchenlaub auf dem Boden sieht aus wie ein malerisch arrangiertes Mosaik. Die Allee endet nach vielleicht fünfzig Metern in einem kleinen Vorplatz, einem Rondell, und dahinter: das Internatsgebäude.

»Ich hoffe, die Legende mit dem Swimmingpool stimmt«, sagt Fridolin, der sich nun doch verstohlen etwas Schweiß abwischt.

Wir steigen von unseren Rädern.

Fridolin greift einen der Torflügel und zieht erschrocken die Hand zurück. »Autsch!« Verblüfft starrt er auf seine Handfläche.

Ich berühre eines der eisernen Efeublätter. Der Rand ist scharfkantig wie die Schneide eines Messers.

»Die mögen wirklich keinen Besuch«, sage ich.

Diesmal fasst Fridolin an die Klinke, und quietschend öffnet sich das Tor.

Unser Empfang ist bisher seltsam still. Kein einziger Schüler ist zu sehen, auch kein Lehrer. Nicht dass ich ein Spalier aus Hainpfortanern erwartet hätte, aber wenigstens jemanden, der uns begrüßt und durch das Gebäude führt. Vielleicht hat der Unterricht schon angefangen?

Ein Stück laufen wir unter den Buchen, dann öffnet sich die Anlage zum Rondell, und wir befinden uns vor dem Haupthaus, einem grauen Steingebäude, zu dem eine Freitreppe führt. Links oben thront ein Türmchen. Ein hübsches kleines Jagdschloss, aber so aus der Nähe sieht es heruntergekommen aus. Der Putz löst sich an vielen Stellen. Aus manchen Rissen wachsen Pflänzchen, und in einer größeren Spalte im Stein erblicke ich die breitkrempigen Hüte einer Pilzkolonie.

»Das soll das noble Hainpforta sein?«, kommentiert Fridolin den traurigen Anblick.

»Innen ist es bestimmt schicker«, sagt Hanna hoffnungsvoll.

»Bye, bye, Swimmingpool«, grinse ich.

»Na ja, so große alte Häuser sind schwierig instand zu halten. Noch dazu bei dem Klima im Wald«, sagt Fridolin.

»Wovon redest du, vom kontinentalen Waldklima? Meinst du, hier herrscht anderes Wetter als unten in der Stadt?«, frage ich mürrisch.

In dem Moment öffnet sich ein riesiges, dunkles Schnitzereikunstwerk von Haustür, an dem zwei Türklopfer angebracht sind, links der Kopf und das Vorderteil eines Pferdes und rechts sein Hinterteil.

Ein hagerer Glatzkopf erscheint. Er hält die Finger ineinander verschränkt, die Arme eng am Oberkörper angewinkelt.

»Die Gastschüler! Ihr seid zu spät! Für heute will ich es euch durchgehen lassen.« Dann schafft er es tatsächlich, seine Arme zu einer spärlichen Willkommensgeste auszubreiten. »Ihr dürft mich Arthur nennen.«

Fridolin steigt die Freitreppe zuerst hinauf. Nicht aus Heldenmut, sondern weil wir Mädchen ihn unauffällig schubsen. Auf der vorletzten Stufe bleiben wir stehen. Ich lächele. Dieser Arthur lächelt nicht. Er blickt zu uns herunter, wobei er seltsamerweise seinen Kopf in den Nacken legt. Seine Augen sind hellblau, oder genauer: hellhellblau, oder noch genauer: so hellblau, dass die Pupillen beinahe weiß wirken – und sie schimmern wässrig.

»Entschuldigen Sie die Verspätung!«, stammle ich und ärgere mich gleich, denn dass wir auf dem Weg nicht gebummelt haben, muss er an unseren verschwitzten Gesichtern erkennen können.

»Dann werde ich euch jetzt in die Klasse bringen«, schnarrt er und stößt die schwere Holztür ganz auf. Er stellt sich vor den geöffneten Flügel, und im Gänsemarsch marschieren wir an ihm vorbei. Ich zuletzt, was mir Zeit gibt, die Tür genauer zu betrachten.

Auf jedem Türflügel befinden sich zwei geschnitzte Köpfe, an jedem Hauswinkel einer. Sie schweben zwischen Wolken oder Rauch. Ich entdecke einen menschlichen Kopf, den Kopf eines Adlers oder eines anderen Greifvogels, dann etwas, das ein Stier sein könnte. Den letzten Kopf erkenne ich nicht, denn den verdeckt dieser Arthur mit seinen Beinen. In der Mitte, dort, wo die Türflügel sich ineinander schließen, prangt ein Ornament, je ein halber Kreis aus ineinandergeflochtenen Insektenflügeln, und innerhalb des Kreises schwebt eine menschliche Frauengestalt mit langem, lockigem Haar, aber auch sie ist zum größten Teil verdeckt. Ich versuche, hinter den Rücken des Glatzkopfs zu linsen, aber bevor ich wenigstens einen Teil der Gestalt enträtseln kann, spüre ich einen unsanften Stoß.

»Du solltest eintreten, bevor ich dich wieder nach Hause schicke.« Erschrocken stehle ich mich an Arthur vorbei ins Innere.

Vor uns öffnet sich eine große Halle, wie aus einem Märchenbuch. An Säulen ranken sich steinerne Pflanzen in schwindelerregende Höhen empor. Darüber wölbt sich eine bemalte Decke. Sie zeigt eine Waldlichtung, eine halb nackte Frau mit Bogen in der Hand, einen Mann, der einen Hirschkopf trägt, und eine Handvoll Hunde, die sich auf ihn stürzen und ihn zerfleischen. Aber alles ganz freundlich in Pastelltönen. Ich glaube, die Szene zeigt die Göttin Diana und diesen Spanner, der sie und die Nymphen beobachtet hat. Als ich mein Handy zücke, weil ich das Bild für Klaas fotografieren will, zischt mich Arthur an. »Weg damit. Die sind verboten.«

Verlegen stecke ich meine Hand mit dem Telefon in die

Jackentasche. Normalerweise bin ich diejenige, die sich darüber aufregt, dass alle Welt mit dem Smartphone rumhantiert.

Hanna lächelt mich betreten an und schiebt ihre Fußspitzen über den Boden. Der schimmert weich wie Marmor, und der Handlauf der breiten Treppe glänzt natürlich golden. Dann fällt die Tür ins Schloss und schluckt das Licht und allen Glanz.

Von der Decke hängt ein riesiger Kronleuchter, doch er ist nicht angezündet, und so herrscht plötzlich schummrige Stimmung im Saal. Die hohen Flügelfenster rechts und links neben dem Eingang sind vom Staub fast blind.

Auch innen bröckelt der Putz von den Wänden. Dem Treppengeländer fehlen Sprossen, und die Stufen sind so ausgetreten, dass es aussieht, als würden sie uns höhnisch anlächeln.

Diese Eingangshalle war bestimmt einmal vornehm, aber das ist wohl lange her.

»So heruntergekommen …«, murmelt Hanna.

Mein Blick bleibt an einem großen Brocken Putz am Boden hängen, über den sich ein samtiges Moospolster breitet. Für einen kurzen Moment kriecht Gänsehaut über meine Arme.

Arthurs weißliche Augen mustern mich stumm.

»Los!« Er winkt uns, ihm in einen langen Flur zu folgen, aus dem uns ein muffiger Geruch entgegenschlägt.

Erdig. Schimmelig.

»Haben die hier keinen Hausmeister?«, wispert mir Hanna zu.

»Weiß nicht, aber ich vermute mal, er da in seinem Kittel ist der Hausmeister«, antworte ich. Arthur trägt einen stumpfgrauen, sackartigen Mantel, dessen Ärmel sich üppig bauschen und der ihm bis zu den Knöcheln hinunterreicht.

Wir hasten hinter ihm den Gang entlang, an einer Seite reihen sich in gleichmäßigem Abstand Türen, auf der gegenüberliegenden Seite Fenster, die jedoch ebenso verschmutzt sind wie die in der Empfangshalle. Und wahrscheinlich werden sie auch nur sehr selten zum Lüften geöffnet.

Während Fridolin neben mir bloß seine Augen zusammenkneift, hält Hanna sich ungeniert die Nase zu. An den Wänden wachsen Moos und Pilze. Über uns hängen zahllose Sträußchen getrockneter Pflanzen kopfüber von der Decke. Auch von der Gardinenstange baumeln sie herab, was eigentlich ganz nett aussieht. Nur auf dem Boden liegen herabgerieselte Blätter. Anscheinend macht sich niemand die Mühe, sie aufzufegen.

»Walddoof«, flüstert Fridolin.

Bisher habe ich noch nichts entdeckt, was auf Schulbetrieb hindeutet. Es fehlen so banale Dinge wie Feuermelder, Feuerlöscher oder die obligatorischen Schaukästen mit Schülerkunst.

Wir halten am Ende des Flurs. Eine kleine Treppe führt nach oben. Links zweigt ein weiterer Gang ab.

»Wir befinden uns im Westflügel. Die Stufen führen in die oberen Stockwerke«, erklärt Arthur, »zu den Schlafräumen der Internatsschüler. Der Aufenthalt dort ist nicht gestattet, ebenso wenig wie im Ostflügel, wo die Privatgemächer der Lehrer untergebracht sind. Ihr benutzt ausschließlich den Weg, den ich euch eben gezeigt habe, und biegt hier links direkt zu den Klassenzimmern ab. Auf selbigem Weg gelangt ihr wieder zur Halle und von dort in den Speisesaal. Ihr haltet euch im Erdgeschoss auf, sonst nirgends. Sollte ein Schüler oder einen Schülerin euch einladen, ihm oder ihr in ein oberes Stockwerk zu folgen oder in den Keller, lehnt ihr das ab. Sollte es sich ergeben, dass ihr euch mit einem Schüler oder einer Schülerin allein in einem Klassenraum befindet, verlasst ihr diesen. Der Unterricht findet größtenteils im Haus statt, manches, wie Gartenarbeit und Bogenschießen, natürlich draußen und im Wald. Ob ihr daran teilnehmen könnt, klären wir noch. Nach dem Unterricht verlasst ihr unverzüglich das Gelände. Solltet ihr euch nicht an die Regeln halten, wird es entsprechende Maßnahmen geben.« Arthur bleibt stehen. »Verstanden?«

Ich schaue zu meinen Mitstreitern. Hanna fummelt an den Bommeln ihres Halstuchs herum. Fridolin nickt lustlos.

In mir brodelt es. Ich hatte schon immer ein Problem mit bedingungslosem Gehorsam. Wenn ich eine Regel befolgen soll, dann will ich zumindest wissen, warum. »Wir hatten nicht die Absicht, in Ihr Internat einzuziehen«, platzt es aus mir heraus. »Wir werden uns hier bestimmt nicht länger als unbedingt nötig aufhalten. Die Schlafräume und Ihre Internatsschüler sind also sicher, keine Angst. Aber Sie können uns nicht wie Gefangene behandeln. Und überhaupt, ich würde sehr gerne mal mit dem Schulleiter sprechen.« Triumphierend blinzele ich zu Hanna und Fridolin.

»Der Schulleiter steht vor euch«, sagt Arthur. Einen Moment lang denke ich, gleich schnipst er mit den Fingern, und – zack! – materialisiert sich der Schulleiter vor unseren Augen.

Doch Arthur schaut mich nur auf merkwürdig milde Weise mit seinen Wasseraugen an, und es dämmert mir, dass er sich gemeint hat. Dieser Glatzkopf im hässlichen Kittel *ist* der Schulleiter. Ich verschlucke mich an meiner Spucke.

Während ich ausgiebig huste, spreche ich mir innerlich Mut zu. Ich kann jetzt auf keinen Fall klein beigeben. Ich bin die Einzige, die darum kämpft, dass unsere Rechte hier nicht mit Füßen getreten werden.

»Umso besser«, krächze ich. »Dann können Sie mir bestimmt erklären, wieso wir nur diesen Weg nehmen dürfen und der Rest der Schule tabu ist? Besonders gastfreundlich ist das nicht gerade.«

Gerade noch rechtzeitig verpasst mir Hanna einen Rippenstoß, sonst hätte ich Arthur gefragt, ob es in seinen heiligen Hallen etwas zu verbergen gibt. Vielleicht Mottenfraß und rostige Wasserrohre.

Der Schulleiter schaut mich mit seinen Triefaugen an. Etwas an seinem Blick irritiert mich gewaltig, nur komme ich nicht darauf, was es ist.

»Hier ist eure Klasse!« Ohne auf meine Fragen einzugehen, dreht er sich um und öffnet die Tür zum Klassenraum.

»Hey! Ich bin Elfte! Soll ich etwa mit Zehnern zusammen lernen?«, protestiert Fridolin.

»Ja.« Arthur nickt knapp.

»Aber meine Punkte zählen schon fürs Abi. Das heißt ja, ich werde hier nichts lernen, was ich für meinen Abschluss brauche.«

»Wir zwingen keinen, hierzubleiben.« Und damit dreht er sich einfach um und geht.

KAPITEL FÜNF

Als ich das Klassenzimmer betrete, wird mir klar, dass weder ich noch meine Leidensgefährten so schnell fliehen werden: Allerhöchstens fünfzehn Schüler lungern auf bequemen Polsterliegen, andere auf dicken Puffs oder weichen Sitzsäcken. Schulbänke? Fehlanzeige.

Wir starren in die Runde. Unsere zukünftigen Mitschüler starren zurück, nicht feindselig oder arrogant, sondern eher neugierig. Als wären wir drei irgendwie merkwürdig. Dabei sehen tatsächlich die Schüler sonderbar aus: Bei einem Mädchen türmt sich ein flacher weißer Afro auf dem Kopf. Wie soll man den nicht anstarren? Viele stecken in einem altmodischen Look, als hätten sie ihre Klamotten aus dem Kostümfundus für einen Vierziger-Jahre-Film geborgt. Vielleicht sind das ja teure Designerklamotten, und ich habe keine Ahnung, aber wenn ich die mit mir vergleiche, dann soll sich Jette mal schön zurückhalten, was Kritik an meiner Farb- und Musterkombi angeht.

Okay, so sehen sie also aus, die Hainpforta-Schnösel. Als ob Jeans, Turnschuhe oder Kapuzenpullis nicht existieren.

»Ah, die Stadtmenschen. Herein, herein!«, flötet es aus einer Ecke des Klassenzimmers, und eine kleine, unordentlich frisierte Frau hastet auf uns zu, wobei ihr runder Körper wie Pudding wackelt. Ihre weißen Haare sehen aus, als hätte jemand eine Flasche Sprühsahne auf ihren Kopf geleert. Sie trägt einen ähnlichen Kittel wie Arthur, nur ihrer ist farbenfroh gemustert mit Libellen und Schmetterlingen und schleift hinter ihr über den Boden. Offensichtlich ist er ihr viel zu groß. Darunter blitzt der Stoff eines schwarz-lila Kleides hervor. »Sucht euch einen Platz!«

Neben den Sitz- oder vielmehr Liegegelegenheiten stehen kleine Beistelltische mit Kristallkaraffen und üppigen Obsttellern. Mein Mund verzieht sich zu einem breiten Grinsen: endlich etwas, das Hainpfortas Ruf als Eliteinternat gerecht wird.

Dann bemerke ich das seltsame Gerät, eine Art Projektor, der mitten im Raum steht. Neben dem Apparat steht ein gut aussehender, blasser Typ und sieht mich durchdringend an. Offensichtlich hat ihn unser Erscheinen bei einem Vortrag unterbrochen.

»Entschuldigung, dass wir zu spät sind«, sage ich kleinlaut.

Er streicht sich eine Strähne aus der Stirn. Seine Haare sind unglaublich blond. Eine elf mindestens oder eine zwölf? Die Hälfte seines Gesichts ist hinter diesen langen, ultrablonden Haarsträhnen verborgen. Darunter scheint er mich anzulächeln. Er trägt ein schwarzes Hemd mit Stehkragen aus weichem, fließendem Stoff. Zwischen seinen Fingern dreht er das zarte Stängelchen einer Pflanze.

»Ihr wisst, was ich vorhin gesagt habe!«, ruft die Lehrerin.

Ich weiß es natürlich nicht.

Alle nicken, nur ein dunkelhaariger Junge in Wolljackett und derber Stoffhose funkelt mich aus schwarzen Augen an.

»Ähm, welches Fach wird denn gerade unterrichtet?«, fragt Fridolin.

Einige Schüler kichern. Die Lehrerin zischelt in die Runde, und sie verstummen.

Ich kann mich nicht entscheiden, wie ich diesen Haufen finde. Wieder schaue ich zu dem blonden Jungen.

»Biologie?« Die Antwort der Lehrerin klingt selbst wie eine Frage. »Ich bin Gwindula. Sucht euch ein gemütliches Plätzchen, vielleicht dort hinten auf den freien Liegen?«, schlägt sie vor und wartet, bis wir ihrer Aufforderung gefolgt sind.

Wir quetschen uns gemeinsam auf eine Liege, Hanna in unserer Mitte. So dicht an dicht fühle ich mich etwas unbehaglich, schließlich kenne ich die beiden kaum. Doch das Hainpforta-Schicksal schweißt uns zusammen. Zumindest hat es uns auf diese Liege geschubst.

»So, widmen wir uns wieder Basils Vortrag über diese hilfreiche Pflanze«, ruft Gwindula.

Basil also.

»Mädesüß«, sagt er. »Ein Rosengewächs, das die Feuchtigkeit mag.«

Jetzt, wo die Aufmerksamkeit von uns wegdriftet, sinke ich genüsslich tiefer in das weiche Polster. Ich folge den weichen Bewegungen des Blonden, der die Pflanze sanft auf den Apparat bettet.

»Vielleicht ist es gar nicht so schlecht hier«, raunt Fridolin, der sich dabei eine Weintraube in seinen Mund plumpsen lässt.

»Ich weiß nicht, ich finde es merkwürdig. Die sehen alle komisch aus. Ich dachte, wir landen auf einer Eliteschule«, wispert Hanna.

»Und nun befinden wir uns auf einem Internat für Freaks«, pflichtet Fridolin ihr bei.

Die beiden kichern.

»Hmmmm, probiert mal dieses Getränk. Das ist lecker!« Ich nippe an einem der Becher.

Der Inhalt ist köstlich. Ich schmecke Anis und Zimt und etwas Fruchtig-Süßes, das ich nicht kenne. Der Geschmack legt sich zart um meine Zunge wie ein seidiges Tuch. Gierig trinke ich den Becher leer, und Wärme breitet sich in meinem Körper aus.

Basil macht eine kleine Pause in seinem Vortrag. Er räuspert sich, und wir verstummen. Wieder streicht er sich mit elegantem Schwung die überlangen Ponysträhnen aus dem Gesicht, das konzentriert auf die Pflanze blickt.

Seine Augen sind nicht blau. Sie sind zwei etwas eigentümlich geformte, schräg aufeinander zulaufende Tropfen aus strahlendem Türkis.

Dann betätigt er einen Hebel. Mit einem leichten Summen schwirrt unvermittelt die Projektion der Pflanze wie ein Hologramm vor uns in der Luft.

»Wow!«, flüstert Fridolin ehrfurchtsvoll.

Nichts am Apparat deutet auf dessen verblüffende Funktionsweise hin. Er besteht nur aus einem riesigen Lupenglas, das als Objektträger dient, eingefasst in einen schwarzen Metallring, der auf einem ebenso schwarzen Metallkasten sitzt. Drei winzige silberne Hebel zur Bedienung sind daran angebracht. Aus dem Kasten selbst wächst ein Gestänge, an dessen oberem Ende eine Lampe befestigt ist. Das einzig Auffällige ist das Glas, auf dem die Pflanze liegt, es glänzt außergewöhnlich rein. Gebündeltes bläuliches Licht aus der darüber montierten Lampe trifft auf die Pflanze, die – ich muss mich täuschen – langsam in das Lupenglas einzutauchen scheint.

Hanna streckt die Hand nach der lebensecht wirkenden Abbildung vor uns aus. Bevor sie das Trugbild berühren kann, klopft ihr Fridolin auf die Finger.

»Du weißt doch gar nicht, ob man das anfassen darf«, flüstert er.

»Wieso denn nicht?«, zischt sie zurück.

Basil spricht weiter. Die beiden verstummen.

»Diese Pflanze kann bis zu anderthalb Meter in die Höhe wachsen. Sie umgibt sich gern mit ihresgleichen. Wächst also im Familienverbund auf. Und nun schließt die Augen und riecht!«

Ich schnüffele. Ein honigartiger Duft kitzelt meine Nase. Erstaunt darüber, dass dieser mickrige Stängel dort vorn seinen Duft so intensiv verströmt, öffne ich meine Augen. Die anderen saugen weiterhin gierig die Honigluft durch ihre Nasen.

Da bemerke ich eine Bewegung auf dem Pflänzchen. Eine Spinne, die an einem Blatt entlangkrabbelt. Reflexartig rutsche ich auf der Liege zurück, dabei lasse ich das Biest keine Sekunde aus den Augen. Die Spinne hat ihre hässlichen Vorderbeine auf Angriff gestellt, jedenfalls sieht es für mich so aus. Ihr fetter Körper glänzt. Ich gebe mir Mühe, meinen Ekel zu unterdrücken.

Da fällt mir ein, dass es sich bei der Pflanze bloß um eine Luftspiegelung handelt und deshalb auch die Spinne nicht auf der Pflanze vor mir, sondern auf der im Apparat hockt. Weit entfernt.

Erleichtert atme ich aus. Die Blätter der Luftspiegelungspflanze erzittern. Erschrocken halte ich die Luft an. Wie kann mein Atemstoß eine Pflanze bewegen, die mindestens drei Meter von mir entfernt ist?

Die Spinne hebt ihr Hinterteil und lässt sich ekelerregend

langsam an einem Faden herab. Mit einem kaum hörbaren Klatschen setzt sie auf dem Boden auf – direkt vor meinen Füßen! Ich schreie los.

Sofort drehen sich alle zu mir um. Der Dunkelhaarige mit dem Bürstenschnitt blickt mich säuerlich an. Dem Blonden wage ich gar nicht erst ins Gesicht zu schauen. Glückwunsch, Mischa, direkt am ersten Tag blamiert!

Und wie dämlich ich mich verrenke, mit angezogenen Beinen auf dieser Liege. Schnell nehme ich sie runter, aber auf dem Boden kann ich meine Füße nicht abstellen, solange da eine Spinne rumkriecht.

Gwindula stürzt auf mich zu, der Saum ihres Kittels wischt über den Boden wie ein wackelndes Schwänzchen. »Hast du es angefasst?«, ruft sie besorgt.

»Auf keinen Fall«, stoße ich hervor. »Ich fasse diese Viecher nicht freiwillig an!«

»Viech?«

»Da!« Ich zeige auf den Boden, wo die Spinne gerade in einer Parkettritze verschwindet.

»Porling und Tramete, das hat mir noch gefehlt!«, stößt Gwindula aus und hockt sich hin, um das Biest näher zu betrachten. Ich blicke auf ihren weißhaarigen Hinterkopf und entdecke ein paar Laubbrösel darin.

»*Pisaura mirabilis*. Ein Männchen«, sagt sie. Dann fasst sie vorsichtig nach einem Bein und hebt das zappelnde Ding daran in die Höhe.

Trotz meiner Panik hält ein Teil meines Hirns an der Information fest, dass hier gerade etwas höchst Widernatürliches geschehen ist.

»Die kam aus unserer Pflanze«, sage ich, mehr zu Hanna und Fridolin als zu ihr.

Gwindula blickt ärgerlich. »Herrje! Seht ihr, was passiert, wenn man das zu nynyktierende Objekt vorher nicht gründlich untersucht? Basilander Wyth, dafür muss ich dir leider einen Monat aufbrummen.« Sie schnalzt bedauernd mit der Zunge. »Geh an deinen Platz.«

So ein Mist! Jetzt hat der Blonde meinetwegen eine Strafe bekommen.

Basil lässt seinen Kopf hängen, und die Haare rutschen wieder vor die Tropfenaugen. Er tut mir leid. Und ich schäme mich für meine blöde Phobie, wegen der er jetzt einen Monat nachsitzen muss.

Gwindula geht zum Apparat, die Spinne hält sie liebevoll zwischen ihren Fingern.

Mit jedem Schritt, den sie das Tier von mir fortträgt, atme ich ruhiger. Beim Apparat bleibt sie stehen. Sie untersucht die auf dem Projektor liegende Pflanze, greift blitzschnell zu und hält eine zweite Spinne in der Hand. Ist da ein Nest?

Ein paar Schüler stöhnen entsetzt auf, denn Gwindula zerreibt allen Ernstes die Spinne mit ihren bloßen Händen!

»Macht schnell! Sucht die anderen, husch, und bringt sie mir, bevor sie entwischen.«

Heißt das, es gibt noch mehr Spinnen im Klassenraum? Erschrocken ziehe ich meine Beine wieder an.

Die Schüler krabbeln unter den Sofas und Tischen umher. Basil nicht, er sitzt ähnlich starr wie ich auf der Liege vor mir. Ich kommuniziere stumm mit seinem Hinterkopf, in der Hoffnung, dass er merkt, wie leid es mir tut.

Vierzehn weitere Spinnen hauchen insgesamt noch ihr Leben aus. Ich kneife währenddessen die Augen zusammen.

»Vorbei?«, frage ich Hanna.

»Ja, kannst wieder gucken.«

Gwindula wischt sich die Hände an einem Tuch ab. »Wir brauchen ein Päuschen, Kinder!«, keucht sie. »Zehn Minuten, dann machen wir weiter mit Myrells Vortrag.« Sie stopft sich das spinnenverschmierte Tuch in die Tasche ihres Riesenkittels und verlässt den Raum.

Die anderen erheben sich mit betretenen Mienen von ihren Puffs und Sitzkissen und Liegen. Tuschelnd gesellen sie sich in kleinen Grüppchen zueinander. Uns lassen sie in Ruhe.

Fridolin neigt den Kopf vor und flüstert: »Was war denn das, bitte?«

»Ganz schön schräg, oder?«, sagt Hanna.

»Vielleicht hat deine Spinne sich zufällig von der Decke durch die Projektion hindurch abgeseilt«, schlägt Fridolin vor.

»Und die anderen? Und wieso hat diese Gwindula alle gekillt? Das ist doch seltsam. Irgendetwas hat Basil falsch gemacht, sonst hätte die Lehrerin ihn nicht so zurechtgewiesen.« Nein, seine Abseiltheorie überzeugt mich kein bisschen.

»Was ist das überhaupt für ein Apparat? So ein Ding hab ich noch nie gesehen.«

»Könnte eine Art 3-D-Drucker sein.« Fridolin zuckt ratlos die Schultern.

»Bisher gefällt mir die Schule nicht«, sagt Hanna. »Überall wächst Moos. Es riecht schimmelig. Vielleicht werden wir krank von all den Sporen. Und die Namen sind so ausgefallen. Gwindula. Und dann die unfreundliche Begrüßung durch diesen Arthur. Hoffentlich haben sie unsere alte Schule bald wiederaufgebaut.«

Am Fenster steht ein zierliches Mädchen und malt mit dem Finger Kringel in den Dreck. Sie trägt eine viel zu große beige Stoffhose, die sie mit einem Gürtel um ihren dünnen Körper festgezurrt hat, sodass es aussieht, als stecke sie mit ihrem Unterkörper in einem Beutel. Sie ist unglaublich klein. Ich kann nicht aufhören, sie anzustarren.

Hanna tippt mir auf den Arm. »Hallo? Mischa?«

»Was denn?«, sage ich und reiße mich vom Anblick der Schülerin los.

»… dass diese Internatsleute ruhig mal auf uns zugehen könnten?« Aus ihrem Halbsatz reime ich mir zusammen, dass sie von mir ein Urteil über die Hainpfortaner hören will.

»Außer Arthur scheinen sie nett zu sein.«

»Findest du? Igitt, schaut euch mal die Matratzen genauer an. Voll schmuddelig. Man fragt sich, wo das viele Geld bleibt, dass die hier für ihre Eliteausbildung zahlen.«

»Na, der 3-D-Drucker ist bestimmt nicht billig gewesen«, wendet Fridolin ein.

»Das war kein Drucker. Der druckt ja etwas, was dann hinterher noch vorhanden wäre, Fridolin.«

Ich lasse die beiden diskutieren und beobachte weiter die Schüler im Raum. Die Kleine inspiziert ihre Pflanze im spärlichen Licht, das durch die Kringellöcher fällt. Der Dunkelhaarige knabbert an einem Fingernagel. Basil sitzt vor mir auf der Kante seiner Liege und stiert auf den Boden.

Keine Ahnung, woher ich den Mut nehme, vielleicht flüstern

meine Schuldgefühle ihn mir ein, aber ich stehe mit einem Mal vor ihm.

»Tut mir leid«, sage ich. »Ich habe versucht, nicht zu schreien.« Sein Haar glänzt weich.

»Deine Selbstbeherrschung ist wenig ausgeprägt«, murmelt er.

»Bitte?« Er hat keinen blassen Schimmer, wie unrecht er hat, andernfalls würde ich ja wohl jetzt einen gepfefferten Kommentar ablassen. »Ich wollte mich nur bei dir entschuldigen.«

»Ist okay.« Er klingt deprimiert.

»Gut, dann … also …«

Ich wünsche mir, dass er hochblickt, damit diese Stimme in mir den Mund hält.

Dreh um, das hier ist peinlich, flüstert sie. Aber ich will noch einmal die Tropfenaugen sehen, ganz nah. Das ist plötzlich wahnsinnig wichtig.

»Na ja, das mit den Spinnen ist eine Phobie, dagegen bin ich machtlos.«

»Ich hab doch gesagt, dass es in Ordnung ist. Es war mein Fehler. So etwas darf nicht passieren. Wenn der Duplikant zugebissen hätte …« Völlig fassungslos schüttelt er den Kopf. Und komischerweise krampft sich etwas in meiner Magengegend zusammen.

»Duplikant? Du meinst die Spinne?«

Basil sieht auf. Für einen Moment verdunkeln sich seine Augen. »Du bist neu, eine aus der Stadt.«

Nicht wirklich feinfühlig. Um genau zu sein, klingt sein Spruch ganz schön arrogant. Und gerade habe ich Hanna und Fridolin noch erklärt, wie nett hier alle sind.

Ich lächle ihn an. »Richtig, wir sind die Städter, diese seltsamen

Wesen, die dort unten leben, eingepfercht in graue Betonkästen.« Keine Ahnung, wie ich dazu komme, so zu reagieren. Normalerweise stammle ich bei gut aussehenden Jungs nur rum.

»Aha«, sagt er. »Wie heißt du?«

»Ähm, Mischa.« Jetzt bin ich richtig verwirrt. »Also, das ist kein Jungenname, sondern die russische Abkürzung für Michaela. Auch wenn ich nicht weiß, warum meine Eltern mich so genannt haben. Weil ich gar keine russischen Verwandten habe und auch noch nie da war. Also, in Russland.« Oh Gott. Ich muss unbedingt aufhören zu reden …

»Nein, du siehst auch nicht aus wie ein Junge, sondern wie ein hübsches Mädchen«, unterbricht er mich.

Ich brauche einen Moment, bis ich kapiere, dass er mir ein Kompliment gemacht hat. Verblüfft schaue ich ihn an. Ich spüre, wie meine Wangen knallrot anlaufen.

»Danke«, murmele ich, drehe um, stolpere und fliehe zu meiner Liege.

Wofür hab ich mich gerade bedankt? Für das Kompliment? Das war nie und nimmer ernst gemeint.

Oh Mann, kann dieser Tag noch schlimmer werden? Erst lege ich mich mit dem Schulleiter an, dann schreie ich die ganze Klasse zusammen, und jetzt habe ich es auch noch geschafft, mich vor dem hübschesten Jungen, den ich jemals gesehen habe, zu blamieren.

Meine Wangen glühen immer noch, als ich mir ein neues Glas dieses süßen Getränks einschenke. Vorsichtig linse ich über den Becherrand zu Basil.

Wie kann man nur so verdammt blau-türkise Augen haben?

Gwindula tippelt ins Klassenzimmer zurück. Sie klatscht in

die Hände. »Husch, zurück auf eure Plätze, ihr Lieben. Wir werden gleich die Vorträge weiterführen. Myrell, kommst du bitte zu mir?«

Das Winzmädchen erhebt sich. Es macht beinahe keinen Unterschied, ob sie sitzt oder steht, wie ich fasziniert feststelle.

»Und ihr Stadtschüler begleitet mich vor die Tür.«

Fridolin zuckt mit den Schultern. Unsicher greifen wir nach unseren Rucksäcken. Hanna mopst sich noch eine Weintraube, dann folgen wir Gwindulas Aufforderung. Als ich an Basils Liege vorbeigehe, werde ich schon wieder rot.

Gwindula schiebt uns wortlos in den muffigen Gang, wo Arthur uns bereits erwartet.

KAPITEL SECHS

»Ihr erhaltet für den restlichen Tag Einzelunterricht«, verkündet Arthur.

Reflexartig fasse ich nach Hannas Arm. »Sie wollen uns trennen?«

»Genau. Eine von euch war ungebührlich laut im Unterricht, sodass dieser abgebrochen werden musste. Ihr werdet von dieser Klasse getrennt.«

Das ist eindeutig eine verdrehte Darstellung der Tatsachen. Doch als ich meinen Mund öffne, um Arthur zu korrigieren, sieht er mich scharf an, und ich klappe ihn widerspruchslos zu.

»Mitkommen!«, kommandiert er.

Wir schleichen hinter ihm den Gang entlang wie geprügelte Hunde. Warum werden wir bestraft? Abgesehen von meinem Schrei ist nichts passiert. Genau genommen haben diese merkwürdigen Spinnen den Aufruhr ausgelöst. Warum ist Arthur so streng?

»Wenigstens setzt er uns nicht komplett vor die Tür«, flüstere ich.

Fridolin schnaubt, anscheinend sieht er das etwas anders.

Wir landen in einem Raum, dessen Wände nahezu vollständig mit Bücherregalen bedeckt sind. Bis unter die hohe Stuckdecke erstrecken sich unzählige Buchrücken. Viele alt und in Leder gebunden mit goldener Schrift. In der Mitte des Raumes stehen drei wuchtige dunkelbraune Ohrensessel um ein rundes Tischchen, auf dem ein Plattenspieler gerade so seinen Platz findet. Das Stromkabel verschwindet unter einer gepolsterten Chaiselongue mit Blumenmuster und weißen Holzornamenten. Bis auf das Kabel und den Plattenspieler wirkt alles im Raum alt – aber vornehm und gemütlich. Nur die dunkelgrünen Samtvorhänge sind so fadenscheinig, dass ich sofort wieder an Spinnweben denken muss.

Arthur räuspert sich. »Das ist die Bibliothek! Euer Lehrer kommt gleich. Ich hoffe, dass ihr von nun an unsere Regeln befolgt. Dieser Tag ist eine Probe, die darüber entscheidet, ob ihr wiederkommen dürft. An die Regeln halten heißt: Keiner verlässt das Zimmer!« Schon wieder droht er uns auf diese herablassende Art.

»Ich verstehe das nicht«, flüstert Hanna, als Arthur gegangen ist. »Nur, weil du wegen der Spinne geschrien hast?«

»Mein lieber Schwan, sind die streng.« Fridolin fläzt sich in einen der Ohrensessel.

»Nicht so laut!« Hanna sitzt an der äußeren Kante der Chaiselongue und fährt mit der Fingerspitze das Blumendekor nach.

»Hm, sicher haben die Wände hier Ohren«, sage ich und rolle übertrieben mit den Augen. »Sie beobachten uns. Huh, wir sind die Städter.« Ich halte inne, weil ich selbst merke, dass es nicht wirklich lustig klingt. »Ach, das wird schon noch«, sage ich mehr zu mir selbst und wandere die Bücherreihen entlang.

Klaas fällt mir ein. Soll ich ihn anskypen? Diese Bücher findet er bestimmt wahnsinnig interessant.

Die Uhr auf meinem Handy verrät, dass er gerade mitten im Unterricht steckt. Aber ich habe sowieso keinen Empfang.

Ich könnte ein paar Fotos für ihn schießen. Den merkwürdigen Duplizierapparat habe ich leider nicht fotografiert. Dafür werde ich Klaas jede Menge Bilder aus der Bibliothek liefern. Vielleicht kann ich sogar ein paar der Bücher für ihn ausleihen? Seltene Schwarten, Erstausgaben. Aber es gibt auch moderne Taschenbücher mit Titeln wie *Pflanzen im Mischwald, Kräuter – schmackhaft und gesund* oder *Was kraucht denn da?*. Auch fremdsprachige Bücher. Ich mache mir nicht weiter die Mühe, die Titel zu entziffern, sondern fotografiere.

Ungefähr zehn Fotos habe ich geschossen, da fliegt die Tür auf. Hanna fährt vor Schreck auf der Chaiselongue zusammen. Und auch Fridolin zuckt. Herein stürmt der kleine Hippie-Opa, den ich gestern hinter unserem Direktor gesehen habe. Er trägt denselben Samtkittel, und sein Haar kräuselt sich wie luftige Spinnenfäden. In den Händen hält er eine Glaskaraffe mit einer rötlichen Flüssigkeit, die auf den Boden schwappt.

»Bin da geschwind! Was machen wir? Physik? Geschichte?« Tatendrang strahlt aus seinen Augen. Er platziert die Karaffe auf dem Fußboden vor dem runden Tisch. Unauffällig lasse ich das Handy hinter meinem Rücken in die Hosentasche zurückgleiten.

»Vielleicht sollten wir uns zuerst vorstellen?«, frage ich.

»Ausgezeichnete Idee! Selbstkunde!« Unser neuer Lehrer scheint endlich Humor zu besitzen. »Fräulein *Vorschlag*, fang du am besten an.« Er greift sich rechts und links in die Kitteltaschen und bringt vier ineinandergestapelte Becher zum Vorschein, die er ebenfalls neben der Karaffe abstellt. Dann lässt er sich mit leicht schaukelnder Bewegung in den Sessel plumpsen und sieht erwartungsvoll zu mir.

»Äh, ich heiße Mischa, also nicht Michaela oder Micha. Ich bin in der zehnten Klasse. Na ja, was wollen Sie denn sonst noch wissen? Meine Lieblingsfächer?«

Der weißhaarige Mann kneift die Augen zu kleinen Schlitzen zusammen. So betrachtet er mich eine Weile.

»Reicht. Danke! Ich bin Ergor. Nicht Erwin oder Igor, ich bin ungefähr sechzig Jahre alt, und mein Interesse gilt den Pflanzen und der Musik.« Bei den letzten Worten fängt er an zu dirigieren und zeigt mit einem imaginären Stab auf Hanna.

»Jetzt du.«

»Hanna. Auch zehnte Klasse. Deutsch und Musik«, antwortet sie, dem Takt seiner Finger folgend.

»Bravissimo!«, trällert Ergor. »Nun der junge Herr.«

»Fridolin. Ich bin schon in der Elften. Also, eigentlich. Besonders mag ich Mathe und Sport.«

Ergor stoppt seinen Takt. »Dann bist du also ...«, er spricht mit gesenkter Stimmte weiter, »... der Beschützer der beiden.« Neugierig lehnt er sich im Sessel vor und zwinkert Fridolin zu. »Nicht wahr?«

»Wieso das denn? Aber meinetwegen. Kann ich machen«, antwortet der lustlos.

Im Gegensatz zu Hanna und mir scheint er nicht auf Ergors verschrobene Art abzufahren. Man sieht ihm deutlich an, dass er Ergor für einen Spinner hält.

»Ach, wir sind doch alt genug. Wir brauchen keinen Beschützer«, sage ich.

»Ja, ja. Es ist mir doch völlig klar, dass ihr das alles meistern werdet. Ich meine nur. Manchmal ist es nicht von Nachteil, einen starken jungen Mann an der Seite zu haben. Ich denke jedenfalls, dass es gut ist, dass ihr zu dritt hier seid, und vor allem, wenn ihr durch den Wald fahrt.«

Fridolin verzieht sein Gesicht. »Können wir endlich mit dem Unterricht beginnen? Angeblich befinden wir uns auf einem Eliteinternat. Bisher haben wir nur Unkraut angestarrt. Ich bin in der Abiturstufe, falls Sie verstehen, was das bedeutet. Photosynthese, Genetik, Zellbiologie.«

Ergor hebt die Augenbrauen.

Diesmal ist es Hanna, die versucht, die Situation zu retten. Sie ist von der Chaiselongue aufgestanden und betrachtet ein Bild an der Wand. »Was sind denn Korrigane?« Lächelnd deutet sie auf das kleine Ölgemälde, auf dem ein Wald im Abendlicht abgebildet ist. »Hier steht: *Korrigane tanzen.* Ich sehe nur Buchen auf dem Bild.«

»Ihr seid also tatsächlich wissbegierig.« Ergor stemmt sich aus dem Sessel empor. »Lasst mal sehen …«, murmelt er und tritt näher an das Gemälde. »Nur Buchen? Das sollte mich aber … hier sind doch tanzende …« – er fährt mit seinem Finger über das Glas und zeichnet die narbige Ölschicht dahinter nach –, »… sind doch tanzende Strahlen, Sonnenstrahlen.« Mit einem Lächeln dreht er sich zu uns um.

»Wieso steht dann nicht *Sonnenstrahlen* auf dem Schild?«, fragt Hanna.

Neugierig betrachte nun auch ich das Bild aus der Nähe. Nur Fridolin scheint die Unterhaltung zu abwegig. Er kramt in seinem Rucksack.

»Da steht *Sonnenstrahlen*!« Ergor tippt mit seinem Finger auf die eingravierte Bildunterschrift. *»Sonnenstrahlen tanzen«,* liest er von dem kleinen Messingschild ab.

Kopfschüttelnd streckt Hanna ihre Nase vor. *»Sonnenstrahlen«,* liest sie. »Aber eben stand dort dieses andere Wort, Korri-dings. Wirklich!«

Sie klingt beinahe verzweifelt.

»Ist doch völlig egal!«, knurrt Fridolin ungehalten aus seinem Ohrensessel. »Wir sollten hier langsam irgendetwas lernen.«

»Musik?«, fragt Ergor und zieht aus dem Bücherregal einen Stapel Schallplatten.

»Wenn das abirelevant ist.«

Die ganze nächste Stunde hören wir Musik. Klassische Musik! *Die Winterreise.* Ich habe noch nie jemanden so spannend über diese Art von Musik reden hören. Ergor erzählt, als sei Schubert lebendig. Wir hören die verschiedenen Lieder in unterschiedlichen Aufnahmen und vergleichen die Interpretationen.

Ab und zu beobachte ich, wie Ergor verstohlen ein kleines Sprühfläschchen hervorzieht und damit feinen feuchten Nebel auf sein Gesicht und die Hände verteilt.

»Wie schön die Musik ist«, seufze ich und nehme einen Schluck von diesem roten Saft, der mir schon vorhin so gut geschmeckt hat.

»Ja, nicht wahr?« Ergor wischt mit einem Pinsel Staubkörnchen vom Tonabnehmer, bevor er eine Aufnahme vom *Erlkönig* zum Erklingen bringt. »Zu schön für diese Welt.«

Hanna liegt auf der Chaiselongue und hat die Augen geschlossen. Fridolin lauscht ebenfalls konzentriert. Dann fängt er leise an zu schnarchen.

Ich versinke fast im braunen Ohrensessel. Durch die verstaubten Fenster schaue ich auf die undeutlichen Umrisse der Baumkronen, die ihre kahlen Äste langsam im Wind bewegen. Als tanzten sie zur Musik. Warum nur warnen uns alle vor dem Weg durch den Wald?

Ich melde mich.

Ergor hebt die Nadel des Plattenspielers an. Die Musik stoppt, während sich der Plattenteller mit schleifendem Geräusch weiterdreht. Fridolin schreckt hoch.

»Mischa?«

»Darf man die Bücher ausleihen?« Dabei deute ich mit dem Zeigefinger in Richtung Regalwand.

»Ausgeschlossen, keines der Bücher verlässt die Bibliothek!« Ergor stößt die Antwort schroff hervor. Dann hebelt er die Nadel herab.

Wenn ich geahnt hätte, dass ihn meine Frage so aufbringt, hätte ich sie mir verkniffen. Ich habe ja die Fotos.

Es klopft an der Tür, und ein Schüler streckt den Kopf herein. »Essen!«

Hanna richtet sich auf. Fridolin gähnt ungeniert und reckt sich.

Ich stelle verwundert fest, dass ich tatsächlich Hunger habe. Es müssen Stunden vergangen sein, und mir war keinen Augenblick langweilig.

Der Schüler wartet, bis wir unsere Taschen gepackt haben.

»Aber schön auf dem Weg bleiben«, höre ich Ergor hinter uns rufen, als wir auf den Flur treten.

Schon durch die Vorhalle schwebt ein verführerischer Duft nach Rotkohl und Gebratenem. Wir folgen ihm wie Jerry-Maus dem Käse. Doch als wir den Speisesaal erreichen, bin ich enttäuscht. Ich hatte eine einladende Tafel erwartet, irgendetwas Großes, Feudales, das zu diesem leckeren Geruch passt. Doch in der Mitte reihen sich ein paar grau gescheuerte Holztische mit Bierbänken verloren unter einem riesigen Kristallleuchter, der, genau wie der in der Vorhalle, nicht leuchtet. Karg und leer, genau so wirkt der hohe Saal.

Die Wände sind kalkweiß, und nicht ein einziges Bild hängt daran. Als seien die Hainpfortaner auch noch stolz auf ihre Stockflecken und den bröckeligen Putz.

»Ich trau mich nicht rein«, flüstert Hanna neben mir.

»Lass mal Frido machen. Die schüchtern mich nicht ein«, sagt er und schlendert in den Saal.

Wir laufen hinterher, und ich gebe mir Mühe, ebenso selbstbewusst wie Fridolin zu wirken.

Durch die staubverschmutzten Fenster dringt herbstliches Zwielicht.

Wenn man in so einem alten Haus unterrichtet wird, sollte es dann nicht etwas erhabener sein? Irgendwie habe ich mir Hainpforta trotz der Gerüchte viel schöner und freundlicher ausgemalt. Wenigstens gibt es an der hinteren Wand einen offenen Kamin, und ein Feuer lodert. Nun ja, an Holz mangelt es mitten im Wald natürlich nicht.

Vor dem Kamin breitet sich ein Teppich aus. Schwarz-rot. Jemand turnt darauf vor seinen Freunden herum, wackelt mit dem Hintern und schmeißt imaginäre lange Haare über seine Schulter, wie eine Dragqueen.

Die anderen grölen: »*Thekla*!«

Mit blanken Händen langen sie in eine Schüssel am Boden und schieben sich etwas in den Mund. Sieht aus wie Bratenfleisch.

Okay, auch wenn ich es versucht habe, ganz unvoreingenommen bin ich nicht. Die Schüler sind zwar nicht arrogant, wie alle behaupten, aber niemand, nicht mal der netteste und liberalste Mensch, kann abstreiten, dass alle hier ein bisschen freakig sind.

Was ich ebenfalls total komisch finde: Niemand glotzt auf ein Smartphone. Wenn ich nicht völlig danebenliege, würde ich sogar behaupten, es *hat* auch niemand eines. Was zwar zu Arthurs Verbot, aber wieder mal überhaupt nicht in das Bild der Eliteschnösel passt. Nur die Kleidung der Lehrer und Schüler wirkt abgehoben. Wie aus der Zeit gefallen. Aber das ist dann auch schon das Einzige, was sich ein wenig mit meiner Vorstellung vom Eliteinternat deckt. Vielleicht ist das hier doch so eine Öko-Waldorf-Sache?

Es ist laut im Saal. Die Stimmen hallen durch den hohen Raum. Ich suche nach dem Jungen mit den Tropfenaugen – Basil – und entdecke ihn an einem der hinteren Tische unweit des Kamins. Plötzlich blickt er auf und sieht mich direkt an.

Mein Herz macht einen Hüpfer, als zupfe jemand daran. Hastig ziehe ich Hanna hinter mir her.

»Es tut mir leid, dass du meinetwegen nachsitzen musst«, platzt es aus mir heraus. »Wenn du willst, rede ich mit Gwindula.«

»Kassandra und Myrell sind fertig. Ihr könnt auf ihre Plätze«, sagt er höflich.

Tatsächlich erhebt sich diese unglaublich Kleine und mit ihr das Mädchen mit dem Watte-Afro.

»Schade, dass wir deinen Vortrag verpasst haben«, sage ich zu dem Minimädchen.

Sie lächelt, und dabei zieht sie ihre Nase kraus, sodass sich rechts und links kleine Fältchen bilden, wie bei einem fauchenden Kätzchen. »Ich mag Spinnen auch nicht.« Sie nimmt ihren Teller und läuft hinter der anderen her.

Wir quetschen uns zu dritt auf die zwei frei gewordenen Plätze.

»Also, wenn nicht bald ein Swimmingpool auftaucht, ein Tenniscourt oder eine anständige Halfpipe, irgendetwas Cooles, muss ich das *Elite* vor dem *Internat* streichen.«

Mir ist es ziemlich peinlich, dass Fridolin so ungeniert über die Schule lästert. Basil sitzt uns direkt gegenüber, und ich versuche ein entschuldigendes Lächeln.

Fridolin sieht sich um. »Der Speisesaal hier ist ein totaler Witz! Das ganze Haus ist eine Bruchbude. Keine Essensaufsicht weit und breit. Ist wohl alles eher locker hier.« Er deutet mit dem Kinn zum Grüppchen vorm Kamin.

Die bejubeln immer noch die Show des einen, der auf den Kamin deutet und mit verstellter Frauenstimme ruft: »Dies Feuer werde ich für immer löschen. Es lässt sich nicht beherrschen!« Es ist der dunkelhaarige Unsympath aus der ersten Stunde. In dieser Sekunde bemerkt er meinen Blick, und seine schwarzen Augen fixieren mich.

Plötzlich zieht sich das wenige Licht aus dem Saal zurück. Nur das Flackern des Kaminfeuers wirft seinen gespenstischen Schein auf die Versammlung, und etwas knallt mit dumpfem Schlag vor uns auf den Tisch. Erschrocken fahre ich zusammen.

Hanna kreischt und springt auf. Ein Windstoß fährt heulend durch den Kamin. Dann senkt sich langsam eine feine Staubwolke über unsere Teller. Ich starre auf das Etwas, das zwischen Rotkohl und Klößen gelandet ist, bis ich erkenne, was auf dem Tisch vor uns liegt. Ein Putzbrocken, der sich von der Decke gelöst hat.

»Wie ich gesagt habe: Alles total *locker* hier.« Fridolin grinst herablassend in die Stille.

Keiner der Hainpfortaner an unserem Tisch rührt sich. Ein schlanker Typ mit hellen, langen Haaren wirft Basil einen Luftkuss zu. Der verzieht keine Miene.

Ich greife nach der dampfenden Schüssel und kippe mir gleich drei volle Kellen Rotkohl auf den Teller.

»Mensch, hab ich einen Hunger! So was Leckeres gibt es in unserer Mensa nie. Also, *gab* es nie, meine ich.« Ich blinzele zu Basil, der dem Rotkohlberg auf meinem Teller beim Wachsen zusieht.

»Passiert wohl häufiger?«, frage ich kauend. Staub knirscht zwischen meinen Zähnen. Ich tue so, als wäre das normal.

»Was denn?«, fragt Basil.

»Na, der Putz?« Ich deute mit meiner Gabel in Richtung Decke. Ein violetter Fetzen Kohl hängt noch daran und schlenkert hin und her.

Basil betrachtet das Loch in der Decke und dann den Dreck. »Ist das gerade passiert?«, fragt er.

In diesem Augenblick rastet Fridolin aus. Zornig stößt er sich von der Bank hoch. »Sag mal, willst du uns verarschen? Ihr alle wollt uns doch bloß verarschen!« Er haut mit der flachen Hand auf den Tisch, und nun hört wirklich der gesamte Saal zu. »Diese komische Show, die ihr schon den ganzen Vormittag abzieht. Ach so, das sagenumwobene Hainpforta ist also eine Bruchbude, voll mit Freaks? Und dieser Spinnenkram! Schmiert euch das Theater sonst wohin! Den Putz hat doch jemand von euch auf den Tisch geschmissen.« Er greift nach einem Stück und pfeffert es gegen die Wand. Dort lösen sich prompt weitere Bröckchen und rasseln gemeinsam mit dem Geschoss zu Boden. »Ist das ein Einstandsritual? So ein dämlicher Eliteritus? Oder macht ihr uns was vor, weil wir Städter sind? Wenn ihr uns rausekeln wollt, könnt ihr das auch einfach sagen. Wir verpissen uns gern.«

Im Saal herrscht Totenstille.

Ich schiele verlegen zu Basil.

In die Bande vor dem Kamin kommt Bewegung. Der Typ mit der Showeinlage dreht sich langsam zu uns. Seine Haare stehen schwarz und struppig vom Kopf ab, und seine Augen glänzen wild.

Verstohlen zücke ich mein Handy.

»Was willst du sagen?«, bellt er Fridolin an. »Hast du Angst? Meinst du, wir greifen euch an? Glaubst du, wir haben den Stein absichtlich auf euch fallen lassen?« Die Stimme klingt schneidend.

»Ihr verarscht uns doch!«, sagt Fridolin. Sein Tonfall ist mindestens genauso feindselig.

Ich fokussiere mit der Kamera das Gesicht des strubbeligen Typen, aber ein Fenster poppt auf. Zu wenig Speicherplatz. Also nur Fotos, denke ich und zoome zu dem Putzbrocken.

»Ihr macht einen auf arm und verschroben. Aber irgendwo habt ihr hier die Luxusausstattung versteckt. In den Räumen, die wir nicht betreten dürfen. Was ich nicht kapiere, ist, warum ihr das macht!«

Hanna neben mir rutscht unruhig hin und her. Sie rempelt mich an, und das Foto verwackelt. Ich fotografiere alles, was mir vor die Linse kommt. Den Putz, den Kronleuchter, die Hainpfortaner. Unauffällig sorge ich dafür, dass auch Basil auf einem der Bilder zu sehen ist.

Da brüllt der Dunkelhaarige: »Ey, du! Gib das Ding her!«

Bis ich kapiere, dass er mich meint, dauert es ein paar Sekunden.

Trotzig richte ich die Kamera auf ihn und drücke ab. »Vergiss es!«, flüstere ich.

Da tippt mir jemand auf die Schulter.

»Was?« Ich drehe mich um und starre in die hässlichen Augen von Arthur.

»Ihr geht nach Hause«, sagt er steif. »Marts, du wartest in deinem Zimmer auf mich.«

»Mit Vergnügen.« Der Dunkelhaarige schnaubt wütend und geht.

»Haben wir die Probezeit nicht bestanden?«, fragt Hanna unsicher, während wir auf die Eingangstür in der Vorhalle zugehen.

Arthur bleibt stehen. »Morgen beachtet ihr die Regeln. Ihr werdet keine Schüler des Internats beleidigen und eure Telefone zu Hause lassen. Andernfalls werdet ihr der Einrichtung verwiesen.«

»Na hoffentlich!« Betont lässig stößt Fridolin das Schnitzkunstwerk auf und verschwindet ins Freie.

»Und ihr erscheint pünktlich.«

Hanna und ich nicken, dann rennen wir Fridolin hinterher.

Es hat angefangen zu nieseln. Wir schließen unsere Räder auf und rollen schweigend über die Buchenallee zum schmiedeeisernen Tor mit den tückischen Efeuranken. Kleine Wassertropfen glitzern an den scharfen Unterkanten des Laubs. Ich steige ab und öffne einen Flügel. Als ich ihn wieder hinter uns schließe, sehe ich Arthur, der uns von der Tür aus nachschaut. Sein Glatzkopf liegt leicht im Nacken. Kurz denke ich, er nicke mir zu. Dann scheint etwas im Haus vorzufallen, denn er ruft über seine Schulter und wendet sich abrupt um.

Ich starre auf die blinden Fenster und weiß plötzlich, dass der Nieselregen sie nicht sauber waschen wird. Sie sind nicht aus Nachlässigkeit so trüb.

Hanna und Fridolin sind bereits ein Stück vorgefahren. Ich steige auf mein Rad und folge ihnen. Ein paar Vögel schreien. Ich wundere mich, dass sie bei diesem Wetter überhaupt in den Ästen hocken.

»Meinst du das ernst?«, frage ich, als ich bei Fridolin ankomme. »Das mit der Show. Dass sie die für uns abziehen.«

»Natürlich ist das mein Ernst.«

»Wieso sollten die so einen Aufwand treiben? Das Kaputte, der ganze marode Bau und dieser Apparat, das ist doch nicht eben mal aus dem Hut gezaubert.«

»Ganz einfach, weil sie nicht teilen wollen. Weil Reiche nie teilen wollen.«

Mein Vorderreifen rutscht über eine glatte Wurzel, und ich mühe mich, die Balance zu halten. Eine Haarsträhne klebt sich an meine Wange. »Können wir nicht langsamer fahren?«, keuche ich.

»Ich kann auch nicht mehr«, jammert Hanna.

Wir bremsen. Fridolin bleibt im Sattel und tritt langsam, sodass er sich die ersten Meter noch auf unserer Höhe hält. Dann wird er ungeduldig und fährt voraus.

Hanna und ich schieben schweigend. Vom Boden steigt feiner Dunst auf. Etwas Kaltes berührt meine Beine. Erschrocken weiche ich aus, blicke mich um. Es sind nur Farnwedel, die über meine Leggins streifen und dort eine nasse Spur hinterlassen. Sie welken bereits, trotzdem steht der Farn noch hoch und dicht. Ich blicke in das Astgeflecht über uns. Wieder habe ich das Gefühl, dass es sich nicht zum Schutz über uns schließt. Den Nieselregen jedenfalls hält es nicht ab.

»Sollen wir doch lieber fahren?«

Also hat auch Hanna ein mulmiges Gefühl.

»Okay«, sage ich erleichtert. »Ich bin schon ganz durchgeweicht.«

In einiger Entfernung, an einer Weggabelung, wartet Fridolin.

»Das war jedenfalls der außergewöhnlichste Schultag meines Lebens«, sage ich, bevor wir ihn erreichen. »Auf die Spinnen hätte ich allerdings verzichten können.«

»Also gehen wir morgen wieder hin?«, fragt Hanna.

»Auf jeden Fall. Und sowieso haben wir keine Wahl, oder?«

Auf der Hangwiese ziehen ein paar Kinder einen tropfnassen Drachen über die Grasstoppeln.

Ich spüre, wie mein Handy in der Tasche vibriert, anscheinend habe ich erst hier wieder Empfang. Wir rollen den Hangweg bergab. Das ist der angenehme Teil.

Am Brunnen sagt Hanna: »Was ist mit dir, Fridolin? Kommst du morgen auch wieder?« Sie nestelt an den Bommeln ihres Halstuchs herum. Und ich finde plötzlich, dass ihre mädchenhaften Klamotten super zu den runden Wangen und ihren großen Augen passen.

Als Fridolin nicht antwortet, setzt sie nach: »Ich würde mich freuen.«

»Meinetwegen«, brummt er. »Aber wenn sie uns wieder behandeln wie Aussätzige, mit separatem Unterricht und so, bin ich sofort weg.« Mit einem kleinen Sprung seines Mountainbikes verabschiedet er sich von uns.

Hanna und ich stehen noch einen Moment unschlüssig beisammen. Ich bücke mich und ziehe mir die Stulpen hoch.

»Ich fand den Unterricht gar nicht so übel«, sagt Hanna schließlich und winkt mir zum Abschied zu.

KAPITEL SIEBEN

Die Nieselregenkälte hängt mir noch in den Knochen, und ich brauche dringend Wärme. Also beschließe ich, mich in die Badewanne zu legen. Der Schaum kitzelt auf meiner Haut, als ich in das warme Wasser eintauche.

Wenn es Winter wird und wir durch den verschneiten Wald müssen, wie sollen wir das mit den Rädern bloß schaffen?

Ach, Mischa, schimpfe ich mich. Bis zum ersten Schnee dauert es sicher noch, und wer weiß schon, ob in diesem Winter überhaupt welcher fällt.

Trotzdem, das Internat liegt so tief im Wald, und der Weg, den wir genommen haben, scheint nicht häufig befahren zu werden. Ich versuche mich zu erinnern, ob am Internat ein Auto geparkt hat. Wie sie wohl das ganze Essen nach Hainpforta bekommen?

Ich pflücke etwas Schaum, der auf meiner Handfläche schmilzt. Die winzigen Blasen platzen, bis nur noch ein Tropfen zurückbleibt.

Was Basil wohl von uns denkt, nach dem Streit zwischen Fridolin und diesem Marts? Eigenartige Namen. Marts. Gwindula. Myrell.

Basil.

Sein Name wirkt auf mich wie ein Zauberspruch. Wenn ich

ihn häufiger vor mich hin murmele, verhexe ich mich noch selbst. Doch es will mir nicht gelingen, mir sein Gesicht richtig vorzustellen. Ständig drängen sich andere Bilder in den Vordergrund. Aber ich habe ein Foto.

Hastig steige ich aus der Badewanne und rubbele mich trocken. Von meinen Haaren rinnt die Nässe in Strähnen über meinen Rücken und hinterlässt eine Tropfenspur über den Flur bis zu meinem Zimmer, wo ich auf dem Bett liegend die Handyfotos nach ihm durchsuche.

Nach einer Reihe von Fotos mit Klaas und ein paar Bildern vom abgebrannten Gymnasium folgen die Schnappschüsse aus Hainpforta. Bibliothek, Putzbrocken und Speisesaal. Auf einem Foto habe ich Basil erwischt, aber leider ist er nur verschwommen zu erkennen.

Auf einem anderen Foto entdecke ich, neben dem Stück Putz, seine Hand, die auf dem Tisch ruht. Lange, feingliedrige Finger. Wie es wohl wäre, sie zu berühren?

Es klingelt an der Haustür. Das muss Klaas sein. Eigentlich wollte ich nach der Schule zu ihm. Und ich hab ihm gar nicht auf seine Nachrichten geantwortet. Schnell ziehe ich einen Jogginganzug über und hüpfe, ein Hosenbein hinter mir herschlenkernd, zur Tür.

»Sorry.« Ich grinse ihn mit zerknirschter Miene an.

Er brummt. »Und, wie war's? Wie sind die Internatsschüler?«.

Ich lasse ihn herein.

In meinem Zimmer setzen wir uns vor das Bett auf den Boden und strecken die Beine aus, bis sie den Kleiderschrank berühren. Mein Zimmer ist so klein, dass man nirgendwo richtig sitzen kann.

Klaas schiebt sich die Brille hoch. »Erzähl, was nehmen sie gerade durch?«

»Ach, irgendwas mit Quanten. Ich dachte, wir dürfen zum Swimmingpool, als sie uns in den Keller geführt haben, aber dann haben sie doch den Teilchenbeschleuniger hervorgeholt.«

»Sie haben was?« Klaas reißt die Augen auf, und ich muss lachen.

»Klaas, du Vogel! Das war ein Scherz! Von wegen Eliteschule. Dort bröckelt der Putz, und überall wächst Moos. Also innen, nicht außen. Und wir durften bloß die erste Stunde am Internatsunterricht teilnehmen. Und der war auf Grundschulniveau.« Wieso erzähle ich ihm nicht von diesem Apparat?

»Vielleicht solltest du doch versuchen, auf die Rudolf zu kommen?«

»Nein, so komisch sich das anhört, ich glaub, ich finde es dort gut. Die waren echt nett, also die anderen Schüler.« Warum erzähle ich ihm nichts von Arthur? Oder diesem schwarzhaarigen Bürstenkopf, Marts?

»Hm, das freut mich für dich.« Klaas klingt, als hätte ich verkündet, in ein Krisengebiet auswandern zu wollen.

»Was denn? Ich dachte, ich soll für dich spionieren? Das mit dem Skypen wird übrigens nichts. Die haben da keinen Empfang. Aber dafür hab ich Fotos geschossen.« Ich reiche ihm mein Handy. »Wie versprochen.«

»Aha.« Er schiebt sich mit geringem Interesse durch die Bilder.

»Sag mal, Klaas, ist alles in Ordnung?«

»Ja, alles gut.« Er blickt kurz auf und lächelt, dann betrachtet er wieder meine Fotos. »Kann man schlecht beurteilen, scheinen aber ein paar seltene Erstausgaben und Folianten darunter zu sein. Das müsste ich in der Vergrößerung haben. Vielleicht kommst du mit zu mir, und wir schauen die an meinem Computer an?« Klaas' Füße wippen gegen meine Schranktür, die leise im Rhythmus klappt. Er klickt weiter durch die Aufnahmen.

»Was ist das da, auf dem Tisch?«

»Rotkohl.«

»Nein, ich meine den Dreck.«

»Och, ein Putzbrocken. Der kam von der Decke runter«, murmele ich.

»Wie? Während ihr gegessen habt? Der hätte dich erschlagen können!«

»Erschlagen? Von bröseligem Putz?« Ich grinse.

»Hängt von der Fallhöhe ab, weißt du. Die Kraft, mit der etwas aufprallt.«

»Klaas! Kannst du bitte aufhören, gegen meinen Schrank zu treten?«

»Oh.« Er hält sofort inne. »Und wen hast du hier fotografiert?« Jetzt hat er das unscharfe Bild von Basil entdeckt. Hastig ziehe ich das Telefon aus seiner Hand.

»Keine Ahnung, ich hab nur ziellos durch den Raum geknipst.«

»Ich verstehe nicht, wieso du nicht auf die Rudolf willst«, brummt Klaas. »Gestern hast du noch über die Walddoof gestöhnt, und heute findest du es dort wahnsinnig cool.«

»Ich finde es nicht wahnsinnig cool, sondern irgendwie spannend. Und ich dachte, du verstehst mich, immerhin bist du derjenige, der zum Hofmeier gelatscht ist, weil er ebenfalls nach Hainpforta wollte.«

»Ja, weil ich mit dir zusammenbleiben will. Wegen unserer Freundschaft.«

»Aber wir bleiben doch auch Freunde, wenn wir nicht auf die gleiche Schulen gehen.«

»Okay. Ist ja gut. Wollen wir jetzt zu mir? Ich kann uns Burger machen. Und ich bin mit meinem Solarschirm weitergekommen. Hab die neuen Teile verbaut. Willst du ihn sehen?«

»Ich kann nicht. Hab Mama versprochen, dass ich ihr noch im Geschäft helfe.«

Eine andere Ausrede fällt mir nicht ein. Ich will allein sein, und normalerweise kann ich das Klaas einfach sagen. Ich weiß auch nicht, warum ich ihn heute anschwindele. Es gibt keinen Grund, nur meine merkwürdige Lust, ein bisschen fies zu ihm zu sein.

»Alles klar. Dann gehe ich jetzt. Den Schirm zeige ich dir morgen, okay?«

Er hat gemerkt, dass ich ihn anlüge. Sonst würde er nicht so einen versöhnlichen Ton anschlagen.

Ich nicke. »Ja, morgen auf jeden Fall.« Jetzt habe ich ein schlechtes Gewissen.

Allein im meinem Zimmer, öffne ich den Kleiderschrank. Ich ziehe meinen Lieblingspulli hervor, hellgelb mit Fledermausärmeln und der Aufschrift *Celestial Me!*, und eine enge Jeans. Die Hosenbeine schiebe ich in die Ringelstulpen. Dann schlüpfe ich in die dicke Jacke, stülpe mir meine Bommelmütze über die noch feuchten Haare und stapfe los. Im Schein der Straßenlaternen laufe ich zum Friseurgeschäft meiner Mutter.

Mein Blick gleitet über die Auslage eines Schaufensters: Schals, Handschuhe, Mützen. Hier hat der Winter schon Einzug gehalten. Ich betrachte mein Spiegelbild, das wie ein Geist über den Strickwaren schwebt. Unzufrieden reibe ich meine Nase, wovon sie allerdings auch nicht kleiner wird. »Hübsches Mädchen«, murmele ich. »Hübsches Mädchen mit Knollennase.«

Aber Basil findet mich hübsch. Ich muss grinsen.

Etwas huscht hinter mir durch die Spiegelung. Nur ein kurzes Flackern. Ich drehe mich um. Außer einem Mann, der im Mülleimer nach Pfand wühlt, entdecke ich niemanden. Ich krame in meiner Jackentasche nach Geld und gebe dem Pfandsammler die Münzen, die ich finde.

Das hat mein Vater mir beigebracht. *Die kleinsten Dinge können helfen*, hat er gesagt. *Ein warmer Tee, ein Lächeln. Manche sind so verloren in unserer Welt.*

Die kalte Luft, die mit mir in den Friseursalon strömt, zerwirbelt eine Wolke aus Shampoo- und Conditionerduft.

Mama föhnt gerade einer Kundin die Haare. »Mischki, Küken! Wie schön, dass du kommst! Kannst du die Haare unter den Stühlen auffegen?«

»Wird erledigt«, rufe ich und schäle mich aus meiner Jacke.

Ich verabscheue Haareauffegen. Schon beim Gedanken daran kribbelt meine Haut. Lustlos kehre ich die Stoppeln auf das Blech.

»Hinfort mit euch, ihr Fünfer und Sechser«, rufe ich theatralisch, als ich sie in den großen Mülleimer im Flur schmeiße.

»Wie war dein erster Schultag auf Hainpforta?«, fragt Mama, nachdem sie die Kundin abkassiert und verabschiedet hat.

Ich überlege, wie viel ich ihr von diesem seltsamen Tag erzählen soll.

»Anders als erwartet«, beginne ich vorsichtig.

»Wieso anders?« Mama schließt die Tür ab. »Ist irgendetwas passiert?«

»Hast du keine Kundschaft mehr?«

»Erst in einer Viertelstunde. Komm, setz dich.« Sie klopft auf die Rückenlehne eines Frisierstuhls. »Also, was ist passiert?«

»Ach, gar nichts. Es ist nur ein bisschen gewöhnungsbedürftig dort.«

»Hm.« Sanft kämmt sie mir die Haare. »Das Schwarz steht dir wirklich gut, Mischki.«

»Alles ist alt, und an den Wänden wachsen Moos und Pilze, die Leute haben unmerkbare Namen, und Fridolin sorgt sich um seine Abinoten.«

»Aber?«

»Was aber?«

»Wie sind die Schüler und die Lehrer?«

»Hm. Dafür, dass wir quasi wegen einer Katastrophe dorthin verschlagen wurden, waren sie recht unfreundlich und nicht sehr an uns interessiert.«

»Oh, das tut mir leid. Hoffentlich bessert sich das noch?«

»Ja, ganz bestimmt. Manche scheinen ganz nett zu sein. Ach, eigentlich ist es nicht anders als auf dem Phille, es gibt solche und solche«, füge ich schnell hinzu, damit sie sich nicht unnötig Sorgen macht.

Meine Haare werden zu einer eleganten Tolle aufgewickelt.

»Und der Weg durch den Wald?«

»Ich vermute mal, wenn wir den nicht gefunden hätten, säße ich jetzt nicht hier.« Ich grinse Mama im Spiegel an.

»Ich habe mir überlegt, dass ich euch auch begleiten könnte.«

»Was?« Ich drehe mich so abrupt zu ihr um, dass sich die gerade gewickelte Tolle wieder auflöst. »Mama, ich bin fünfzehn. Willst du mich bis auf die Knochen vor Hanna und Fridolin blamieren?«

Und vor Basil, füge ich im Stillen hinzu.

»Du wirst im Februar fünfzehn, und natürlich will ich dich nicht blamieren.«

»Ist irgendwas mit dem Wald?«

»Nein? Wieso?«

»Weil du nie im Leben freiwillig um sechs aufstehen würdest, wenn du bis um neun schlafen kannst. Was ist mit dem Wald?«

Sie seufzt kurz, und dann streicht sie über meine Haare. »Ach, du hast recht. Ich mache mir zu viele Sorgen. Solange du auf Hainpforta etwas lernst … Deinen hübschen Kopf haben sie dir jedenfalls nicht abgerupft, das ist das Wichtigste. So, runter vom Stuhl, ich muss wieder aufschließen.«

Nein, abgerupft haben sie mir meinen Kopf nicht, nur verdreht. Zumindest einer von ihnen.

KAPITEL ACHT

Ich lehne über dem Brunnenrand und schaue in die Tiefe. Unten am Grund spiegelt sich etwas, das ich sein könnte. Die eine Hälfte des Wassers dümpelt trüb, die andere strahlt weiß vom hellen Himmel. Plötzlich zieht ein Schatten über die helle Hälfte.

Ich blicke auf. Weit über mir dreht ein Bussard Kreise. Ich sehe Hanna und Fridolin auf ihren Rädern um die Ecke biegen. Dankbar winke ich ihnen entgegen.

Auf dem Weg witzeln wir, welcher Teil des Internats heute wohl zusammenbrechen wird.

Arthur wartet am Tor auf uns und empfängt uns mit einer guten Nachricht: Wir dürfen wieder am Gruppenunterricht teilnehmen. Dafür halten wir uns brav an seine Regeln.

In der ersten Stunde haben wir Deutsch bei Ergor. Wir befinden uns wieder in dem Raum mit dem seltsamen Apparat, nur dass der unter einem Tuch verborgen an die Wand geschoben steht. Ein kurzer Schauder durchfährt mich.

Zu dritt quetschen wir uns auf die gleiche Liege wie am Tag zuvor, und ich ahne, dass ich dieses Muster schleunigst durchbrechen sollte. Also nehme ich meinen Rucksack. Direkt vor uns ist eine Liege frei. Doch in diesem Moment betritt Basil den Raum und steuert genau darauf zu.

Ich vertiefe mich in meinen Rucksack und hole Hefter und die Federmappe hervor. Als ich mich umschaue, komme ich mir blöd vor, denn niemand notiert sich etwas. Auch Hanna packt ihre Stifte achselzuckend wieder ein.

Der Unterricht ist eine unstrukturierte Diskussion über altertümliche Sagen und Legenden, aber er macht trotzdem Spaß, denn Ergor kann wundervoll erzählen.

Basil sitzt mit dem Rücken zu mir, was ich bedauere, denn so kann ich seine Tropfenaugen nicht sehen. Er scheint nicht zu bemerken, dass ich ihn beobachte, aber jemand anderem ist es nicht entgangen.

In der Pause spricht Myrell mich an. »Hast du ein schlechtes Gewissen wegen Basilander? Der grübelt immer so vor sich hin.« Sie beugt sich zu mir vor. »Er ist schon seit einem Jahr hier, aber er spricht eigentlich mit niemandem. Na ja, dafür ist er der beste Bogenschütze und der beste Kletterer. Aber wenn du magst, kannst du dich an mich halten. Ich kenne mich genauso gut aus, auch wenn ich erst seit ein paar Wochen auf Hainpforta bin.«

»Oh. Danke, das ist nett.«

Sie dreht sich zu Hanna und Fridolin: »Gilt natürlich auch für euch. Wenn ihr Fragen habt: Myrell hilft gern. Ich kann auch übersetzen, wenn ihr mögt.«

»Cool. Danke«, meint Fridolin, der bestimmt genauso wenig kapiert, was Myrell uns übersetzen will.

»Also schön. Ich wollte es einfach nur gesagt haben. Will mich nicht aufdrängen.« Sie wendet sich ab, dreht sich dann aber abrupt um und sagt: »Ich nehme an, dass das hier alles etwas verwirrend ist, und vielleicht hat es euch noch niemand so richtig erklärt. Oder?«

Wir schütteln die Köpfe.

»Also, der Unterricht ist, na ja, nicht freiwillig, aber man kann sich aussuchen, wann man was macht. Ich zum Beispiel gehe gleich in den Kunstraum. Kommst du mit?« Die Frage hat sie direkt an mich gerichtet, und ohne groß nachzudenken, nicke ich.

»Wir sind auch dabei«, ruft Hanna schnell.

Und so kommt es, dass wir nach der Pause alle hinter der winzigen Myrell hertrotten, die mir gerade mal bis zur Brust reicht. Sie lotst uns zur Vorhalle.

»Wie weiß man denn, wann und wo welcher Unterricht stattfindet?«, fragt Fridolin.

»In den Kunstraum kannst du jederzeit.«

Ich muss grinsen, denn Myrell läuft ein bisschen auf den Zehenspitzen, während sie mit Fridolin redet. Aber das bringt überhaupt nichts. Er sieht neben ihr aus wie ein Riese.

»Gibt es keinen Stundenplan?« Hannas Apfelbäckchen nehmen eine ängstliche Röte an. »Arthur achtet ziemlich streng darauf, dass wir pünktlich sind.«

»Nein, gibt es nicht«, sagt Myrell leichthin, und Hanna entfährt ein betroffenes »Oh!«.

»Am besten, ihr orientiert euch an den anderen und an den Räumen. Kräuterkunde findet bei Gwindula statt, wo, wisst ihr ja. Ach, ich liebe Kräuterkunde bei ihr. Sie unterrichtet auch Gartenarbeit, natürlich nicht im Haus. Deutsch findet im gleichen Raum wie Kräuterkunde statt und Musik meistens in der Bibliothek. Aber bei Ergor erlebt man auch gern mal eine Überraschung. Arthur unterrichtet Mathe, Physik und etwas, das mir zu gefährlich ist …«

»Bogenschießen?«, fragt Fridolin. »Hab gerade zugehört, als du erzählt hast, dass Basil das macht …«

»Ja, auch, aber ich meine die naturwissenschaftlichen Experimente. Ich geh da aber nie hin. Wenn ihr wollt: im Raum zwei Türen neben Kräuterkunde. Außerdem könnt ihr kochen. In der Küche natürlich, die befindet sich im Keller.«

Hanna, Fridolin und ich schauen uns gleichzeitig an. Keiner hat ihr gesagt, dass uns nur das Erdgeschoss erlaubt ist.

Fünf Typen hasten an uns vorbei. Zwei erinnern mich ein bisschen an Marts. Ähnliche Statur, ähnlich ungekämmte dunkle Haare.

»Wir brauchen keinen Vorsprung«, schnauft einer.

Ein großer, plumper Typ fängt an zu lachen. »Wollt ihr uns den Spaß verderben? Wir haben zwei Stunden, also nehmt ihr gefälligst den Vorsprung.«

»Ja«, brüllt einer, klein wie Myrell, aber erstaunlich schnell. Dann verschwinden sie durch die Tür ins Freie.

»Wohin gehen die?«, will Fridolin wissen.

»In den Wald.«

»Sportunterricht?«

»Hm, so was in der Art.«

»Kann ich nicht bei denen mitmachen?«

»Nein, das geht nicht.«

»Ich mag Sport, Zeichnen ist eh nicht meins, und du hast selbst gesagt, man kann sich aussuchen, woran man teilnimmt.«

»Aber es geht nicht«, wiederholt Myrell.

»Warum?«

Sie kichert.

Fridolin bleibt stehen. »Gartenarbeit und Kochen, aber kein

Bio, kein Englisch? Scheiße, ich glaub, mein Abitur kann ich in die Tonne treten.«

»Ich hab immer noch nicht kapiert, wie ich weiß, wann welcher Unterricht wo stattfindet«, unterbricht Hanna.

»Ihr lernt das schon. Dort ist übrigens der Kunstraum.« Sie deutet auf eine gläserne Tür neben der großen Treppe, nimmt Anlauf und schlittert die letzten Meter über das laubübersäte Parkett.

»Ich hab mir leider kein Wort merken können«, flüstert Hanna. »Fridolin?«

Der steht immer noch in der Halle und bewegt sich keinen Schritt weiter. Durch die Fenster dringt wie üblich wenig Licht, doch daran liegt es nicht, dass er ganz fahl aussieht.

»Was ist denn?«, fragt Hanna.

»Ich glaube, ich bin dem Sportunterricht hier nicht gewachsen.« Er schaut völlig perplex. »Ich hab eben einen von ihnen über die Mauer springen sehen. Aus dem Stand.«

»Und das ist schlimm?«, frage ich verwundert.

»Die ist mindestens zwei Meter hoch. Ernsthaft, der Rekord liegt bei einem Meter paarundsechzig. So hoch springt kein normaler Mensch.« Er schüttelt ungläubig den Kopf, als könne er das Gesehene dadurch wegschütteln.

»Ach, Fridolin«, Hanna hakt sich bei ihm unter, »durch die Fenster kann man doch kaum was erkennen«, sagt sie. »Und abgesehen davon bin ich mir sicher, dass du hier sportlich locker mithalten kannst. Jetzt komm!«

Im Gegensatz zum Rest der Schule ist der Kunstraum hell und regelrecht von Licht durchflutet. Er ist in einer Art Wintergarten oder Veranda untergebracht. Hier stehen zahlreiche Pflanzen herum, aber lebendige, kein totes Trockenzeugs, sodass man sich ein bisschen wie in einem Gewächshaus vorkommt. Farbtöpfe, Ton, Leinwände, Staffeleien, fertige Bilder und Schnitzereien aus Holz stehen und liegen bunt durcheinander auf großen Tischen an einer Seite des Raums. Auch auf dem Dielenboden stehen zahlreiche Kunstwerke.

Wir ziehen uns Kittel über – an meinem klebt ein Fitzel Wolle –, stellen uns vor Staffeleien und panschen mit viel Farbe herum, aber weil kein Lehrer auftaucht, legen wir irgendwann die Pinsel beiseite, setzen uns auf das Fensterbrett und essen unsere Frühstücksbrote und von dem Obst, das auch hier großzügig auf feinen Porzellanplatten rumsteht, genau wie dieser rote Saft, nach dem ich fast süchtig werden könnte.

»Ob sie kleinwüchsig ist?«, frage ich Fridolin leise und deute auf Myrell, die versonnen an einem bizarren Landschaftsbild arbeitet. Ihr Haar schimmert zwischen den ganzen Pflanzen eine Spur grünlich.

»Ich weiß nicht, ich finde, sie sieht aus, als hätte sie jemand mit Photoshop kleiner gezoomt«, antwortet er nachdenklich, kneift ein Auge zusammen und misst sie zwischen Daumen und Zeigefinger.

»Lass das«, zische ich ihn an.

»Und von ihrer Sorte gib es gleich mehrere«, flüstert Hanna. »Ist euch der Kleine in der Halle aufgefallen? Irgendwie gehören alle zu einer Gruppe.«

»Ja, diese Watteköpfe, zum Beispiel, die aussehen wie Christbaumengel, denen man die Haare zu heiß gewaschen hat«, pflichte ich ihr bei.

»Wie auf dem Phille die Punks, die Emos, nur, na ja …« Sie

nickt in Richtung Myrell. Und ich weiß, was sie nicht aussprechen will. Auf dem Phille ähneln sich die Leute durch ihre Klamotten, die Frisuren, den Musikgeschmack.

»Die Kleingezoomten und die Watteköpfe«, grinst Fridolin.

Eine dritte Gruppe tauft Hanna *die Schönen*. Zu ihnen gehört natürlich Basil. *Die Schönen* umfließt langes, weiches Haar, sie sind schlank und bewegen sich unglaublich elegant, als wären sie alle Mitglieder einer Ballett-Company. Na, vielleicht stimmt das ja, und sie tanzen auch. Ich darf nicht vergessen, Myrell zu fragen, ob sie auf Hainpforta auch Tanzunterricht anbieten.

Und dann gibt es noch Marts und sein Team. Sie sehen am ehesten aus wie welche, die auch auf unser Gymnasium gehen könnten. Ruppige Typen und extra coole Mädchen, die uns mit finsteren Blicken verfolgen. Hanna nennt sie *die Biester*. Sie findet das witzig von wegen: *die Schönen* und *die Biester*. Ich finde es etwas gemein, denn so genau kennen wir sie schließlich nicht. Es ist immerhin erst unser zweiter Tag auf dem Internat.

Abgesehen von diesen vier Gruppen tummeln sich auf Hainpforta noch ein paar optische Individualisten, wie es sie wohl auf jeder größeren Schule gibt.

Seltsam, was so ein Internats-Mikrokosmos für Gestalten hervorbringt, denke ich.

Auf dem Weg zum Mittagessen benutzen wir die Spitznamen schon ganz selbstverständlich.

»Schaut mal, was das Biest dort macht«, sagt Hanna und zeigt den Gang hinunter. Am anderen Ende hockt ein Junge auf dem Boden und bearbeitet die Wand.

»Pflückt der etwa Moos?« Fridolin bleibt stehen. »Ach, sehen wir nach«, meint Hanna.

»Warum tust du das?«, frage ich, als wir in Hörweite kommen.

Neben dem Typen steht ein Korb, in dem er das abgekratzte Moos sammelt. Unwillig blickt er zu uns auf, und ich könnte mich ohrfeigen, dass ich ihn angesprochen habe, denn er entpuppt sich als Marts.

»Was wollt ihr?« Er erhebt sich und tritt einen Schritt zu dicht an mich heran. Marts riecht, als würde er seine Kleidung zu selten wechseln.

»Na, das Moos. Warum kratzt du es weg?«, frage ich.

»Hast du ein Problem damit?«

»Wahrscheinlich hat Marts was ausgefressen.« Myrell steht plötzlich neben uns und kichert. »Ich wette, du darfst nicht mit in den Wald.«

»Falsch gewettet.« So, wie er die Worte zwischen schmalen Lippen hervorpresst, ist es eindeutig, dass Myrell ins Schwarze getroffen hat.

»Wir dürfen auch nicht in den Wald«, sage ich, um ihn ein wenig von seiner miserablen Laune runterzubringen. Aber der Typ kann mich anscheinend nicht ausstehen. Er baut sich vor mir auf.

»Heute darf ich nicht. Aber vielleicht überlegt es sich Arthur morgen schon anders?«

»Easy.« Fridolin stellt sich neben mich.

»Also, Marts, du darfst wohl eher nicht.« Myrell klingt ziemlich trocken. Sie schnüffelt demonstrativ wie ein Hündchen, und ich frage mich, ob das so ein Internats-Insider ist.

»Gehen wir«, flüstert Hanna.

Marts beugt sich noch ein Stück vor. »Dann muss ich halt hier drinnen für meinen Spaß sorgen.« Dabei schnuppert er an meinem Hals, und ich halte die Luft an, denn sein Geruch und vor allem seine Nähe sind mir unangenehm.

Fridolin schiebt seinen Arm zwischen Marts und mich. »Schluss jetzt!«

Marts fixiert mich, und ich recke mein Kinn herausfordernd empor. Er soll ja nicht denken, ich bräuchte Fridolin, um mit ihm fertigzuwerden.

»Los, wir gehen essen«, sage ich und ziehe Hanna mit mir.

Marts blickt uns nach, ich kann es spüren.

»So ein aufgeblasener Widerling«, schnaubt Hanna.

Abgesehen von diesem Vorfall verläuft der Tag einigermaßen normal.

Basil sehe ich leider nur noch aus der Ferne. Auch Ergor beehrt uns an diesem Tag nicht mehr. Nur einmal rauscht er mit seiner Sprühflasche in der Hand an uns vorüber.

Dafür taucht Arthur nach dem Unterrichtsende im Speisesaal auf und scheucht uns davon. Er wartet, wie gestern, an der Tür darauf, dass wir verschwinden. Wieder werfe ich ihm einen Abschiedsblick zu, und er nickt. Das scheint also unser Ritual zu werden. Ich frage mich, was mich an seinem Blick so irritiert.

Am Nachmittag lade ich die Fotos von meinem Handy auf den PC meiner Mutter und ziehe sie anschließend auf den USB-Stick. Das ist eine echte Geduldsprobe, denn ihr Rechner ist unglaublich langsam. Aber einen neuen will sie nicht kaufen. Ich trommle mit den Fingern auf der Tischplatte.

Vielleicht sollte ich Klaas anrufen und ihm Bescheid sagen, dass ich später komme. Eigentlich sind wir seit zehn Minuten verabredet.

Ich halte den Hörer schon in der Hand, da sehe ich, wie sich im oberen Winkel des Fensters etwas bewegt. Ich lege das Telefon auf den Tisch, drücke kurz auf das Auswurfsymbol am Rechner und stehe auf.

Nichts zu sehen. Ob das ein Vogel war? Manchmal klettert eine Katze über den Vorsprung aufs Dach. Ich öffne das Fenster und lehne mich hinaus. Ich starre die Hauswand hinauf, dann in die kahlen Äste des Baums gegenüber und die Straße entlang, aber weder flattert ein Vogel herum, noch streunt eine Katze ums Haus. Wahrscheinlich habe ich mir die Bewegung nur eingebildet.

»Schwachsinn!«, murmle ich, schließe das Fenster und drücke auf Klaas' Namen.

»Hallo?«

»Hi! Ich bin's, Mischa. Sorry, es dauert noch … Ich komme eine halbe Stunde später.«

»…«

»Bist du jetzt sauer?«

»…«

»Also, du bist sauer?«

»…«

Sein Schweigen ärgert mich. Eine Weile presse ich ebenso stumm den Hörer an mein Ohr.

»Ja.«

Vor Überraschung gebe ich ein Quietschen von mir. Dann brülle ich in den Hörer, als säße er am Nordpol und nicht Luftlinie einen Kilometer entfernt. »Klaas! Wie gut! Du sprichst!«

»Du benimmst dich echt seltsam, Mischa.«

»Nein, du benimmst dich seltsam. Ich meine ja nur. Es ist toll, dass du nicht sauer bist.«

»Wer sagt, dass ich sauer bin?«

»Ich dachte, weil du nicht mit mir redest.«

»Versetzt du mich jetzt jeden Tag?«

»Nein, ich hab die Fotos für dich auf den USB-Stick geladen. Das hat ewig gedauert, weil Mamas Rechner so langsam ist. Kommst du rüber?«

»Okay. Bis gleich.«

Es tut gut, neben Klaas auf dem Sofa zu lungern. Wir knacken Nüsse und reden mit vollen Mündern über unsere neuen Schulen.

Natürlich erwartet er einen aktuellen Lagebericht aus dem Wald, doch während ich von den moosigen Missständen, offensichtlich nicht vorhandenen Lehrplänen und allen optischen Macken der Schüler erzähle, komme ich mir vor wie eine Verräterin.

Diesmal hört Klaas zu und versucht, den Widerspruch vernünftig zu erklären.

»Ihr dürft euch nur im unteren Geschoss frei bewegen?«

»Was man so frei nennt.«

»Ganz klar, ein Täuschungsmanöver. Der eigentliche Unterricht findet in den oberen Stockwerken statt.«

»Oh nein, jetzt bitte nicht auch noch du! Fridolin wollte uns gestern die gleiche Theorie auftischen. Die Schule ist alt, aber nicht wertvoll alt, sondern … ach, schau dir die Fotos an. Glaub mir, Klaas, wenn du dort wärst, würdest du verstehen, dass das keine aufgebauten Kulissen sind.

»Ich bin aber nicht dort.« Klaas' Blick verfinstert sich. »Nur du bist dort und dieser Fridolin.«

»Was hast du denn gegen Fridolin?«

»Er ist ein Muskelprotz.«

»Ach, komm, er treibt lediglich etwas viel Sport, im Gegensatz zu anderen.« Ich setze ihm eine halbe Nussschale auf den Kopf.

Klaas schüttelt sich, und die Schale plumpst ihm in den Schoß. »Wer weiß, welche Aufschneider sonst noch im Internat um dich herumstolzieren.«

Sprachlos starre ich ihn an.

Und dann begreife ich es: Sein Wunsch, auf das Internat zu dürfen, dass er unbedingt skypen wollte, sein Interesse an verstaubten Folianten, überhaupt an diesem Gymnasium, das alles gilt eigentlich mir. Klaas ist nicht neidisch, er ist eifersüchtig.

»Bist du …?« Doch ich traue mich nicht, den Satz zu beenden.

»Ja, bin ich.«

So ist das also. Wir verstehen uns immer wortlos. Nur diese Sache habe ich überhaupt nicht kapiert.

Und dann sage ich, ohne nachzudenken, diesen einen blöden, wirklich saublöden Satz: »Oh … tut mir leid.«

Klaas sackt in sich zusammen. Vorsichtig lässt er die Nüsse in die Schüssel zwischen uns zurückkullern. Mit steifer Miene erhebt er sich vom Sofa. Und weil ich ihn wortlos verstehe, weiß ich, dass er darum kämpft, nicht vor mir in Tränen auszubrechen.

»Warte, das hab ich anders gemeint! Es tut mir nicht leid – also doch –, dass ich es nicht begriffen habe, *das* tut mir leid!«

Stumm dreht er sich zur Tür.

»Klaas? Gehst du etwa? Bitte bleib!«

Aber er zieht sich stoisch Schuhe und Jacke über.

»Klaas, abhauen ist gemein! Wenn du jetzt gehst …«

»Was passiert denn, wenn ich gehe?« Herausfordernd sieht er mich an.

»… dann können wir nicht darüber reden«, sage ich kleinlaut.

»Tja, das tut *mir* leid.« Bevor ich die Ironie verstehe, schlägt er die Wohnungstür hinter sich zu.

»Kacke!«, brülle ich und schleudere die Nussschalen in meiner Hand gegen die Tür.

Wie traurig er ausgesehen hat. Ich fühle mich miserabel. Wieso muss er sich denn ausgerechnet in mich verlieben? Wir sind Freunde! Kindergartenfreunde! Da gehört es sich nicht, dass man den anderen toll findet. Mein Mitleid verwandelt sich in Wut.

KAPITEL NEUN

Es ist mittlerweile Ende November und sehr kalt geworden. Wenn wir nun morgens mit den Rädern in den Wald fahren, kommen wir als Eiszapfen in Hainpforta an. Ich trage die eleganten Lederhandschuhe von Mama und darüber zusätzlich die dicken roten Fäustlinge, die sie für mich gestrickt hat. Solange die Temperaturen nicht unter null fallen, tausche ich meine abgeschnittenen Jeans noch nicht gegen lange. Ich ziehe warme Wollleggins darunter und darüber meine Ringelstulpen. Dank Winterjacke, Wollleggins, Handschuhkombi, Bommelmütze und dickem Pulli schwitze ich den ersten Teil der Strecke, doch wenn wir den Hang hinter uns gelassen haben und in den Wald eintauchen, kriecht mir die Kälte zwischen die Kleidung.

Der Wald ist seltsam und düster. Selbst Fridolin kann kaum vor uns verstecken, dass ihm unbehaglich zumute ist. Seit gut einer Woche trägt er eine Stirnlampe. Unsere Radlichter nehmen sich dagegen aus wie die Steinzeitversionen von Beleuchtung. Vor ein paar Tagen konnten wir von der Hangwiese aus noch den Sonnaufgang betrachten, aber der setzt mit jedem Tag später ein. Nun starten wir morgens in völliger Dunkelheit, und die herrscht auch noch, wenn wir durch den Wald fahren.

Sobald wir die ersten Bäume erreichen, schaltet Fridolin seine Stirnlampe ein. Wir werden konzentrierter. Wachsam.

Der Unterricht läuft ohne weitere Zwischenfälle. Es seilen sich keine Spinnen mehr aus irgendwelchen Projektionen ab. Und dem Widerling Marts gehen wir aus dem Weg. Manchmal versucht er uns zu provozieren. Seine Freunde und er setzen sich beim Essen uns gegenüber und starren. Oder sie kreisen uns ein, wenn wir durch den Flur laufen. Aber wir ignorieren sie, so gut es geht. Selbst Fridolin hat eingesehen, dass es nichts bringt, sich mit diesem Blödmann anzulegen. Wenn es zu mies wird, kommen uns meistens ein paar der Internatsschüler zu Hilfe.

Wir dürfen immer noch nicht mit den anderen in den Wald. Aber anders als Marts stört uns das wenig.

Einmal läuft eine Gruppe mit Pfeil und Bogen grölend durch die Vorhalle. Und plötzlich steht Marts vor mir: »Vielen Dank, blöde Kuh!« Als wäre ich schuld daran, dass er im Internat bleiben muss.

»Porling und Tramete, könnt ihr bitte aufhören, euch zu streiten?«, ruft Gwindula, die mit einem Kräutertopf gerade rechtzeitig an uns vorbeigeht.

Witzigerweise steht Fridolin auf Gartenarbeit und ist oft bei Gwindula im Gewächshaus, das sich links neben dem Haupthaus befindet. Zurzeit warten sie darauf, dass das Thermometer unter null anzeigt, damit sie mit dem Baumschnitt beginnen können.

Hanna verbringt dagegen am liebsten den ganzen Vormittag mit Myrell an der Staffelei.

Ich wähle meinen Unterricht danach aus, ob Basil ihn belegt, was leider nicht wirklich vorhersagbar ist. Ich bin nun fast seit zwei Wochen auf Hainpforta, und wir haben nicht noch einmal miteinander gesprochen. In jeder Pause suche ich ihn mit meinem Blick und überrede Hanna oder Myrell mit mir durch die Flure zu schlendern. Wenn wir uns im Flur begegnen, lächeln wir uns an, aber leider verschwindet er oft in die oberen Stockwerke oder nach draußen. Mir ist mein Verhalten vor mir selbst peinlich, aber wehren kann ich mich dagegen trotzdem nicht. Es ist, als ob Basil eine magische Anziehungskraft ausüben würde. Ob er überhaupt weiß, wie ich heiße?

Zu den anderen Internatsschülern haben wir wenig Kontakt. Ich bemühe mich, doch die meisten Schüler gehen uns aus dem Weg. Außer Myrell, die sich tatsächlich für uns interessiert. Oder vielmehr für mich. Immer wieder verwickelt sie mich in ein Gespräch. Meistens quetscht sie mich nach meinem Leben in der Stadt aus, besonders der Friseursalon meiner Mutter hat es ihr angetan.

»Komm doch nach der Schule mit zu mir«, schlage ich ihr deshalb eines Tages beim Mittagessen vor.

Myrells Gesicht verfärbt sich puterrot. »Ich? Zu dir?«

»Klar. Warum seid ihr nie unten in der Stadt? Geht ihr nie shoppen oder so?« Ich bemühe mich, nicht auf ihr altmodisches Wollkostüm und die dunkelblaue Strumpfhose, die an den Knien Falten wirft, zu starren, weil sie, wie fast alles, was sie trägt, viel zu groß ist für ihren Körper.

Sie kneift angestrengt die Augen zusammen, als müsse sie überlegen, worauf ich hinauswill.

»Ich meine ja nur, dass es vielleicht etwas langweilig ist, ausschließlich im Internat abzuhängen?«

»Wir gehen auch …«

»… in den Wald, ich weiß schon.«

»Genau. Und in die Stadt, wenn wir mögen. Aber die meisten bleiben gern hier.«

»Aber warum denn? Was ist denn der Reiz daran, sich wochen- oder monatelang in dieser dunklen Bruchbude zu verkriechen und Moos von den Wänden zu kratzen?« Kurz halte ich inne. »Es sei denn, ihr verbergt Swimmingpools oder so was im Keller.« Ich lache etwas dämlich.

»Also, eigentlich ist da nur ein …«, sagt Myrell, dann stutzt sie und lacht ähnlich aufgesetzt wie ich gerade. »Gut, wann kann ich dich besuchen?«

»Frühestens nach Neujahr«, ertönt Arthurs Stimme scharf hinter uns. »Und nur mit meiner Erlaubnis.« Er hält bedeutsam alle zehn Finger in die Höhe.

»Die bekomm ich nie«, nuschelt Myrell und zieht kleinlaut den Kopf ein.

»Nun ja.« Er räuspert sich. »Dafür wollte ich die Städter einladen. In den Wochen, die ihr nun hier seid, habt ihr euch gut betragen. Die Lehrergemeinschaft hat beschlossen, dass ihr zuverlässig seid. Wir richten über das Wochenende eine kleine Feierlichkeit aus, zu der ihr …«

»Halloween«, unterbreche ich ihn. »Veranstalten Sie eine Party?«

Er verzieht den Mund. »… zu der ihr nicht eingeladen seid. Dafür dürft ihr am morgigen Freitag nach dem Unterricht ein wenig länger bleiben. Es gibt unser traditionelles Festessen. Im Saal.«

»Oh, cool. Ein Festessen. Danke.« Ich versuche, mich wirklich über die Einladung zu freuen, aber wahrscheinlich würde mir das besser gelingen, wenn er uns nicht im gleichen Atemzug von der richtigen Party ausgeschlossen hätte.

»Die üblichen Regeln gelten für den Nachmittag natürlich weiterhin, und ihr verschwindet, bevor es dunkel wird.« Er geht.

»Oh, Mischa, ihr müsst kommen! Das Essen ist einfach genial. Na ja, hab ich zumindest von den Älteren gehört. Und sie kochen immer etwas richtig Besonderes aus unserer …« Sie unterbricht sich. »Schulküche«, sagt sie dann hastig. »Ihr müsst kommen, bitte!«

Ich nicke. Bestimmt wird Basil am Festessen teilnehmen. Und ich wünsche mir so sehr, noch einmal mit ihm ins Gespräch zu kommen.

»Verkleidet ihr euch an Halloween?«, frage ich. Ehrlich gesagt finde ich die Vorstellung witzig, da der größte Teil der Hainpfortaner bereits jetzt verkleidet aussieht.

Myrell kichert, als hätte sie meine Gedanken gelesen.

Als ich Hanna und Fridolin auf dem Heimweg durch den Wald von der Einladung erzähle, kommt bei beiden keine richtige Begeisterung auf.

»Wir sind doch keine Rentner. Wegen eines Essens bleibe ich keine Sekunde länger im Internat. Ich will mein Wochenende genießen, und zwar so früh, wie's geht«, mault Fridolin.

»Kommt schon, es wäre echt unhöflich, die Einladung auszuschlagen.«

»Wenn wir länger bleiben, heißt das nur, dass wir im Dämmerlicht zurückfahren müssen«, flüstert Hanna.

In diesem Moment knackt etwas neben uns im Unterholz. Das Geräusch schreckt einen Vogel auf, der kreischend davonfliegt. Ja, die Dunkelheit ist natürlich ein Argument.

»Das wird bestimmt lustig«, versuche ich die beiden zu überreden. Aber richtig überzeugend klinge ich nicht.

»Ja, sicher. Für Marts und seine Horde. Nee, Mischa, keinen Bock.« Fridolin bleibt stur.

Enttäuscht lasse ich mich ein paar Meter zurückfallen. Ich will zum Festessen. Aber ich habe genauso wenig Lust, durch den dunklen Wald zu fahren. Und schon gar nicht allein.

»Sollen wir noch in diesen Waffelladen gehen?«, frage ich, einer spontanen Eingebung folgend, als wir den Brunnen erreichen.

Hanna druckst rum, dann grinst sie Fridolin an: »Geht heute leider nicht. Wir, ähm, sind schon verabredet.«

Neidisch schaue ich ihnen nach.

Ich fahre unschlüssig durch die Straßen. Seit dem Nachmittag auf meinem Sofa herrscht zwischen Klaas und mir Funkstille. Die erste Woche habe ich ihn täglich anzurufen versucht. Ich bin vorbeigegangen, habe Sturm geklingelt, bis seine Mutter ungehalten an der Tür erschienen ist und mich fortgeschickt hat. Also habe ich ihm Nachrichten gesendet. Irgendwann ist mir aufgegangen, dass er meinen Kontakt geblockt hat. Ich bin wieder zu ihm und habe stinkwütend Sturm geklingelt, bis jemand die Klingel abgestellt hat.

Jetzt habe ich aufgegeben. Ich bin sauer, und er fehlt mir. Noch nie haben wir uns eine so lange Zeit nicht gesehen. Ich bin nach wie vor der Meinung, dass es seine Schuld ist, wenn er sich in mich verliebt und dadurch unsere Freundschaft schrottet.

Leider weiß ich ohne Klaas nichts mit meinen Nachmittagen anzufangen. Ohne ihn macht alles nur halb so viel Spaß.

Ich fühle mich einsam.

Schließlich fahre ich zum Friseursalon.

»Wie kommt es, Mischki, dass du mich in letzter Zeit so häufig beehrst?«, fragt mich Mama prompt an diesem Nachmittag.

Ich staube weiter die Regale ab und tue so, als hätte ich nichts gehört. Sie tritt hinter mich und legt ihr Kinn auf meine Schulter.

»Du bist doch nicht meine Putzfrau, hm? Und glaub nicht, dass ich nicht weiß, wie sehr du Haareauffegen verabscheust. Was ist denn los? Um diese Zeit solltest du etwas mit Klaas unternehmen.«

»Ach … das ist kompliziert. Ehrlich gesagt weiß ich nicht, ob wir überhaupt noch befreundet sind.«

»Liebe Mischki, glaub mir, es gibt nichts auf der Welt, das sich nicht durch ein Gespräch lösen lässt. Willst du nicht mit ihm reden?«

»Würde ich gern. Aber *er* redet nicht mit *mir*.«

»Versuch es einfach. Ohne Freunde kann man nicht sein.«

Das sagt die Richtige. Nach Papas Tod hat sich Mama eine ganze Weile verkrochen. Wenn ihre Freundin Ursel nicht so hartnäckig gewesen wäre, hätte Mama vielleicht nicht mal den Friseursalon eröffnet. Auch jetzt ist sie nicht gerade ein Ausbund an Unternehmungsfreude. Ursel besteht auf den gemeinsamen Verabredungen fürs Kinos oder für Konzerte. An den allermeisten Abenden aber ist Mama zu Hause, wir spielen *Go* oder schauen Serien. Dann geht sie früh ins Bett, weil die Arbeit sie müde macht.

Nur einmal im Jahr, am Vorabend des Tages, an dem mein Vater verunglückt ist, verwandelt sie sich richtiggehend und wird wieder die Mama, die sie vor Papas Tod gewesen ist. Sie macht sich richtig hübsch und verschwindet für ein oder zwei Tage, ohne zu sagen, wohin.

Ich gebe nach: »Meinetwegen, ich versuche es noch einmal.« Ich drücke ihr den Putzlappen in die Hand und auf die Wange einen Kuss.

Als ich aus dem Laden trete, schwindet mein Mut. Ich werde doch nur wieder vergeblich an Klaas' Tür klingeln und hinaufschauen zu den zugezogenen Gardinen.

Ich überlege, ob ich jemanden aus meiner alten Klasse besuchen könnte. Jette vielleicht. Aber dann stelle ich fest, dass ich eigentlich viel mehr Lust habe, mit Myrell zu quatschen. Oder Basil zu sehen. Meine Uhr zeigt zwei. Ich steige auf mein Rad.

Schon am Morgen hat die Luft nach Schnee gerochen. Meine Finger schließen sich steif und rot vor Kälte um den Lenker. Die Doppelhandschuhe liegen bei Mama im Laden. Die Quecksilbersäule ist jetzt bestimmt unter den Nullpunkt gefallen. Fridolin und Gwindula können mit dem Baumschnitt beginnen. Meinetwegen gleich hier, denke ich, als ich in den Wald hineinfahre.

Das wenige Licht, das durch die Äste fällt, reicht gerade aus, um mich nicht auf der Stelle umkehren zu lassen. Alles ist still, eine seltsame Stille. Als würde der Wald seinen Atem anhalten, um zu lauschen.

Allein kommt mir der Weg viel länger vor. Und bei den Abzweigungen bin ich plötzlich unsicher. Die Warnung meiner Mutter fällt mir ein.

Ab und zu höre ich einen Vogel krakeelen. Sicher regt er sich auf, weil ich die Ruhe störe.

Erleichtert erkenne ich einen Baumstumpf wieder, also bin ich auf dem richtigen Weg. Ich steige ab. Ich ziehe meine Stulpen aus und streife sie mir über die Hände. Die Kälte findet jedes noch so kleine Schlupfloch. Wie bin ich nur auf die irrsinnige Idee gekommen, zweimal am selben Tag nach Hainpforta zu radeln?

Plötzlich meine ich, Schreie zu hören. Erschrocken versuche

ich, zwischen den dichten Bäumen etwas zu erkennen. Dann flattert ein Vogel auf. Toll, jetzt lass ich mich schon von Vögeln zum Narren halten.

Als ich nach zwanzig Minuten vor dem Efeutor ankomme, bin ich erleichtert. Ich puste auf die halb erfrorenen Fingerspitzen, die unter den Stulpen hervorschauen.

Die Buchenallee ist verlassen. Keine Menschenseele ist auf dem Gelände auszumachen. Spielen sie in ihrer Freizeit niemals Fußball oder Basketball? Sitzen sie nie in kleinen Grüppchen draußen und quatschen, hören Musik, blättern in Zeitschriften? Na ja, es ist zu kalt, um sich im Freien aufzuhalten.

Ich lege meine Hand an das Tor und will es gerade aufschieben, als ich Stimmen höre. Nicht auf dem Internatsgelände, sondern irgendwo aus dem Wald. Nicht allzu weit entfernt. Mein Herz beginnt zu rasen. Weil ich nicht hier sein soll, rede ich mir ein. Aber das stimmt nicht. Ich habe Angst. Wenn das jetzt der fiese Marts und seine Mobberfreunde sind? Und weder Fridolin noch Gwindula oder Myrell sind da, um mir zu helfen. Hastig packe ich mein Rad am Sattel und schiebe es ein Stück die Mauer entlang, wo ich mich hinter dem unbelaubten Gestrüpp verberge. Ich kann nur hoffen, dass sie mich nicht entdecken.

Die Stimmen nähern sich dem Internat. Eine weibliche und zwei oder drei männliche. Dann erkenne ich Arthurs Stimme.

»Lauft ruhig vor, ich will kurz noch mit Marts sprechen.«

Ich presse mich an die Mauer und lausche auf das quietschende Tor und die Schritte, die sich entfernen.

»Und? Geht es dir besser? Bist du zufrieden, dass du heute mitdurftest?«, fragt Arthur.

»Sie sollten zufrieden sein«, antwortet Marts herablassend.

»Wieso? Meinst du, wir brauchen dich so dringend für unser Training?«

»Sie können mich auch nach Hause schicken.« Er wartet kurz. Dann lacht er. »Ah, das machen Sie nicht. Ich bin der Beste. Soll ja auch realistisch sein, die Jagd, oder?« Sie laufen an mir vorüber, und ich kann sie jetzt sehen. Ich erstarre.

»Marts, du weißt, dass wir dich nur unter der Bedingung hierbehalten, dass du ...«

Marts stoppt, er dreht den Kopf in meine Richtung, schaut mich an und lächelt.

»... zumindest versuchst ...«

»Schon gut«, sagt er und blickt Arthur herausfordernd an. »Ich will ja bleiben. Seitdem die Städter hier sind, gefällt es mir richtig gut.«

»Das ist genau, was ich meine. Damit hast du dir gerade die Chance vergeben, auch an ...«

Ich höre das Tor zuschlagen. Sie entfernen sich, und ich verstehe nicht mehr, was Arthur sagt.

Ich lehne meinen Kopf gegen die Mauer und warte, bis sich mein Herzschlag beruhigt. Marts hat mich gesehen. Er hat mich nicht verraten. Aber was er zu Arthur gesagt hat, klang wie eine Drohung.

Vorsichtig schaue ich zum Weg, hebe mein Rad auf und schiebe es durch das Dickicht, bis ich weit genug vom Internat entfernt bin, um ungesehen wieder auf den Weg zu fahren.

Worüber hat Arthur mit ihm gesprochen? Regeln, ja klar. Für ein Training hier draußen im Wald. Eine Jagd. Killen die Internatsschüler unschuldige Tiere zum Zeitvertreib? Ist das erlaubt? Stimmen die Gerüchte also doch?

Durch den Wald weht Unruhe, und der gesamte eiskalte Rückweg steht mir noch bevor. Bei meinem Aufbruch hatte ich verdrängt, wie zeitig es mittlerweile zu dämmern beginnt, weil ich Idiotin gedacht habe, ich würde das problemlos meistern. Meine Augen haben sich zwar an das spärliche Licht gewöhnt, doch die Geräusche, jedes Knacken und Rascheln, machen mich nervös. Ich steige vom Rad, um das Licht anzustellen, da registriere ich eine Bewegung hinter mir. Ich drehe den Kopf, doch außer Bäumen und niedrigen Büschen kann ich nichts entdecken. Im Dämmerlicht scheinen die Umrisse der Äste ineinanderzufließen. Einige Sekunden warte ich still, weil ich hoffe, ein Tier im Unterholz auszumachen. Kein Reh tritt hervor, nichts bewegt sich. Ich schalte das Licht an, schwinge mich wieder auf den Sattel, und in diesem Augenblick nehme ich aus dem Augenwinkel erneut eine Bewegung wahr. Ein großes … Etwas. Und es ist schnell!

»Hallo?«, rufe ich leise.

Eindeutig, da ist etwas oder jemand. Diesmal bewegt es sich auf der anderen Seite von mir.

Panik erfasst mich. Hastig trete ich in die Pedale, mein Fuß rutscht ab, ich fluche. Das funzlige Vorderlicht tanzt auf und ab und beleuchtet mehr die Baumstämme als den schmalen Pfad. Und dann steht vor mir etwas Großes, Schwarzes. Erschrocken reiße ich den Lenker herum – und steuere prompt gegen einen Baum.

Ich liege über dem Lenker und rühre mich nicht, bis mein Hirn allmählich den Schmerz zu sortieren beginnt: Hände, Hüften, Knie. Gott sei Dank hat mein Kopf keine Verletzung abbekommen. Ich trage wie immer keinen Helm, nur meine rote Bommelmütze. Langsam rappele ich mich auf und halte die Hände in das noch flackernde Vorderlicht. Die Stulpen sind verrutscht. Dreck und darunter blutige Schrammen. Die Rechte hat es schlimmer erwischt als die Linke.

Glück gehabt, sage ich mir und verhalte mich leise. Hinter jedem Baumstamm könnte jemand lauern. Ich hasse Angst. Wenn man nicht aufpasst, schafft es dieses Gefühl, sich in einem auszubreiten wie ein unsichtbares Gift. Schließlich traut man sich gar nichts mehr.

Also beiße ich die Zähne zusammen und hieve mit den zerschrammten Händen mein Rad hoch. Den restlichen Weg muss ich schieben. Mein Vorderrad ziert eine massive Acht – keine Chance. Hektisch humpele ich vorwärts, nach allen Seiten lauere ich, ob mir jemand folgt, und verfluche mein kaputtes Rad dafür, dass es so höllisch laut quietscht. Mein Herz schlägt wie wild.

Plötzlich nimmt mich ein entgegenkommender Lichtstrahl ins Visier. Der auf und ab tanzende Schein einer Taschenlampe. Das Licht blendet mich, sodass ich die Person nicht erkennen kann. Ich blinzele, stocke kurz, dann humpele ich auf sie zu.

Die Lichtquelle bildet nur noch eine schmale Brücke zwischen uns, da rufe ich der Gestalt dahinter zu: »Ich bin gestürzt. Können Sie mir helfen?«

Der Strahl senkt sich. Eine schlanke Person wird sichtbar: Basil!

»Bist du verletzt?«

In meiner Brust erhebt sich ein weiches Flattern.

»Ein bisschen, nicht schlimm.«

»Ich kann dich zum Waldrand begleiten.«

»Ähm … ja. Das wäre nett«, sage ich und humpele einen Schritt auf ihn zu.

In Basils Gegenwart fühle ich mich gleich sicherer. Zumindest, was dieses Etwas betrifft, das mich so geängstigt hat. Was mein Herz betrifft, fühle ich mich wackeliger als zuvor.

»Zeig mal die Wunden.« Er deutet auf meine Hände.

Ich strecke ihm die Innenflächen entgegen. Im Schein seiner Taschenlampe schimmert es blutrot.

»Siehst du? Nur ein paar Kratzer.«

»Soll ich dein Rad schieben?«

»Es geht schon.«

Basil dreht sich in die Richtung, aus der er gerade gekommen ist, und leuchtet uns den Weg.

»Warst du in der Stadt?«, frage ich.

»Ja.« Er spricht leise.

Mein Schutzblech klappert fürchterlich, sodass ich Mühe habe, ihn zu verstehen. Trotzdem bin ich heilfroh, dass ich den Lenker habe, um mich daran festzuhalten, auch wenn es ein bisschen wehtut. Mein heimlicher Wunsch, Basil heute Nachmittag zu begegnen, hat sich doch noch erfüllt!

Ich senke meinen Kopf, denn ich fürchte, meine Verlegenheit steht mir nur allzu deutlich ins Gesicht geschrieben.

»Gehst du öfter in die Stadt? Ich hab dich noch nie bei uns unten gesehen.«

»Nein.«

»Und heute? Weihnachtsgeschenke besorgt?«

»Weihnachtsgeschenke?« Basil klingt ratlos.

»Ja, ich finde es auch zu früh dafür. Manche kaufen ja schon im September Geschenke.« Was für einen Schwachsinn ich da rede.

»Ach so, das. Nein.«

»Hast du ein Halloweenkostüm gekauft für eure Party?« Warum halte ich nicht einfach meinen Mund?

»Nein. Ich habe jemanden besucht.«

»Oh, du hast Freunde in der Stadt«, sage ich und kann meine Verwunderung kaum verbergen.

»Ja.«

Offensichtlich will er mir nicht verraten, wen er besucht hat.

»Gehst du immer zu Fuß, wenn du in die Stadt musst?«, nehme ich das Gespräch nach einem kleinen Moment wieder auf.

»Ich habe kein Fahrrad.«

Ich seufze. Sehr gesprächig ist er jedenfalls nicht. »Meines ist wohl auch hinüber, zumindest bis ich die Acht repariert habe.«

»Wie kommst du morgen nach Hainpforta, Mischa?«

Verblüfft starre ich ihn an. Er hat sich meinen Namen gemerkt! Den kennen kaum die Lehrer. Bis auf Myrell, Arthur, Ergor und Gwindula sprechen sie uns pauschal mit *du* oder *Stadtschüler* an. Bedeutet das, er lächelt mich nicht bloß aus Freundlichkeit an, wenn wir uns begegnen?

»Überlegst du?«, unterbricht Basil meine Gedanken.

»Oh! Ja, tatsächlich. Keine Ahnung, wie ich den Weg ohne Fahrrad schaffen soll …« Und dann füge ich, probehalber und in einem Anflug von Übermut, hinzu: »… Basil.«

Wir erreichen den Waldrand. Von hier oben hat man einen weiten Blick über das Tal und auf unsere kleine Stadt. Die erleuchteten Straßen und Fenster versprechen Geborgenheit. Meine Angst vor einem Verfolger kommt mir plötzlich albern vor.

»Ich begleite dich noch ein Stück«, bietet Basil an.

Mit gespielter Gleichgültigkeit antworte ich, dass es sehr hilfsbereit wäre, wenn er mir bis zu den ersten Laternen am Ortseingang leuchten würde. Dabei habe ich das Gefühl, das weiche Flattern in meiner Brust verursacht so einen Lärm, dass es kaum mit Worten zu übertönen ist.

Als wir das Ortsschild passieren, bleibt er nicht stehen. Schließlich stehen wir vor meiner Haustür.

»Hier wohne ich. Sorry, nun läufst du meinetwegen den ganzen Weg doppelt.« Abwesend reibe ich meine schmerzende Hüfte mit dem Handrücken.

»Das stört mich nicht. Ich bin schnell.« Basil sieht mich konzentriert an.

»Bekommst du Ärger, wenn du so spät zurückkehrst?«

»Nein.«

»Arthur scheint ein ziemlich strenger Schulleiter zu sein. Uns kontrolliert er auf Schritt und Tritt«, sage ich, auch um das Gespräch noch etwas in die Länge zu ziehen.

»Arthur brauchst du nicht zu fürchten, der ist in Ordnung.« Der Pony rutscht ihm wieder ins Gesicht und verdeckt die Türkisaugen, die im Schein der Straßenlampen dunkelblau glänzen.

»Gefällt es dir auf Hainpforta?«, fragt er.

Was soll ich darauf antworten? Dass wir die Schüler in Gruppen unterteilen und sie insgeheim *die Schönen* oder *die Biester* nennen? Dass Marts und seine Freunde uns mobben und wir alle drei ein bisschen Angst vor ihnen haben? Immerhin sprechen wir längst nicht mehr von den *Walddoofies*. Soll ich ihm sagen, dass ich seit Wochen rumrätsele, wieso wir nicht in die oberen Stockwerke dürfen, und ich zu gern wüsste, was die Schüler im Wald trainieren?

Oder soll ich ihm gestehen, dass er der Hauptgrund ist, wieso es mich nach Hainpforta zieht?

»Es ist besser als erwartet«, sage ich knapp.

Basil legt den Kopf schief und blickt mich von der Seite an.

Ich will nicht, dass er sich verabschiedet, deswegen setze ich nach: »Weißt du, vorhin im Wald …«

»Ja?«

»Ich habe mir eingebildet, jemand sei hinter mir her.«

»Hat dich jemand vom Rad gestoßen?«

»Nein, aber etwas war dort.«

Basil nickt ernst. »Vielleicht ein Reh. Trotzdem, im Dunkeln ist der Wald nichts für dich. Und besorg dir besser ein anderes Rad.« Er streckt mir seine feingliedrigen Finger entgegen. »Versprich es mir.«

Ich ergreife seine Hand. Eigentlich will ich protestieren, weil ich es hasse, wenn man mich wie ein kleines Mädchen behandelt. Ich will fragen, warum der Wald in der Dunkelheit gefährlich ist. Doch wir halten uns an der Hand, und mein Herz klopft zum Zerspringen. Ich bringe kein Wort über die Lippen.

Und dann wird dieser Augenblick auf die beschissenste Art zerstört, die man sich denken kann: Klaas biegt um die Ecke, unterm Arm klemmt etwas, das aussieht wie der Solarschirm, an dem er bastelt. Er sieht uns Händchen haltend vor der Haustür. Wie vom Blitz getroffen bleibt er stehen. Sein Gesicht verfinstert sich. Dann dreht er sich um und rennt davon.

»Klaas!« Erschrocken ziehe ich meine Hand fort. »Das war Klaas, entschuldige, ich muss …«

So schnell ich kann, humpele ich Klaas hinterher. Unmöglich, ihn einzuholen mit dem lädierten Knie und der schmerzenden Hüfte.

Ich gebe auf und drehe mich langsam zurück zum Haus. Auch Basil ist verschwunden.

Enttäuscht schließe ich mein Rad an den Fahrradständer. Das weiche Flattern in meiner Brust ist einem schweren Klumpen Schuldgefühl gewichen. Es ist unmöglich, von Basils türkisblauen Augen zu träumen, während Klaas nun deswegen leidet.

KAPITEL ZEHN

Am nächsten Morgen stehe ich vor meinem Haus und dem großen Problem, wie ich ohne mein Rad zur Schule kommen soll. Das Problem ist auch deswegen so groß, da heute Freitag ist und wir ausnahmsweise länger auf Hainpforta bleiben dürfen, bei diesem Festessen. Aber was bringt mir das, wenn ich dafür am Nachmittag mutterseelenallein durch den dunklen Wald heimtrotte. Der gestrige Unfall hat mir gereicht.

Ich seufze und trete missmutig gegen das Vorderrad. Einen Platten und andere kleine Schäden repariere ich normalerweise eigenhändig, doch die Felge hat sowohl einen Höhen- als auch einen Seitenschlag. Das übersteigt mein Können. Außerdem sehen meine Hände im Moment nicht so aus, als könnten sie ein Rad zentrieren. Ich beschließe, eine Werkstatt aufzusuchen und mein kaputtes Rad für die Dauer der Reparatur gegen ein Leihrad einzutauschen.

Die Werkstatt hat natürlich kurz vor sieben noch geschlossen. *Ca. 11–19 Uhr* steht auf einem Zettel an der Tür. Unter dem Schaufenster auf dem Boden liegt ein Mann, bis zur Nasenspitze in einen Schlafsack eingehüllt, um ihn herum verstreut: Zeitungen, Tüten, Getränkekartons.

Ich krame mein Schulbrot aus dem Rucksack und lege es neben den Obdachlosen. Dass ich es täglich einstecke, ist eigentlich überflüssig, in Hainpforta stehen überall diese Obstteller und Saftkannen herum. Na ja, heute hat es doch Sinn gemacht.

Als mein Vater noch lebte, half er bei der städtischen Mission mit. Ihm lag diese Arbeit am Herzen, trotz der wenigen Zeit, die ihm als Journalisten blieb. Meine Mutter und er backten im Advent kiloweise Plätzchen, die wir mit Nüssen und Mandarinen in die Mission brachten. Nach seinem Tod ist auch das in Vergessenheit geraten.

Ich schiebe mein klapperndes Rad zur nächsten Laterne, schließe es an, rücke meine Bommelmütze zurecht und hinke los in Richtung Wald. Wenn ich die Zähne zusammenbeiße, kann ich es noch zur zweiten Unterrichtsstunde schaffen.

Arthur erwartet mich diesmal bereits am Tor, den Kopf wie üblich etwas im Nacken. Doch wegen der Kälte trägt er heute eine Baskenmütze, die ihm gar nicht mal so übel steht. Ich blinzle ihn an und will ihm am liebsten an den Kopf werfen, dass ich von der Jagd weiß, weil ich ihn und Marts belauscht habe.

»Haben Sie hier die gesamte Stunde in der Kälte gewartet?«, entfährt es mir.

»Deine Gefährten konnten mir keine Auskunft über dein Fernbleiben erteilen«, lautet die Antwort.

Lachhaft.

»Sie sorgen sich doch nicht etwa um mich?«

»Bewahre, dass man sich um euch sorgen muss.« Energisch dreht er mir den Rücken zu und schreitet vor mir auf das Haus zu.

Ich schlüpfe unter seinem Arm durch die Tür.

»Und nicht vergessen: Nur im …«

»… Erdgeschoss bleiben. Ich weiß. Wie oft wollen Sie uns das eigentlich noch sagen?«

Arthur packt mich am Rucksack. Die weißlichen Augen glänzen hart wie Glas. »So lange, bis ich euch vertraue!«

Gestern Abend habe ich nicht mehr daran gedacht, ihnen einen Textnachricht zu schreiben, aber Hanna und Fridolin haben mich offenbar auch nicht besonders vermisst. Es ist Pause, und ich finde sie endlich auf einer Liege im Kräuterkunderaum, wo sie eng nebeneinandersitzen. Hanna hat ihre Beine über Fridolins Schoß gelegt.

»Frido sagt gerade, dass es nicht mal mehr drei Wochen bis zu den Ferien sind.«

Seit wann nennt Hanna ihn *Frido*?

»Wo warst du heute Morgen?«, fragt er.

»Hab 'nen Platten«, antworte ich. »Rutscht rüber, ich bin versehrt und brauche ein Krankenlager.«

Hanna und Fridolin bewegen sich gleichzeitig aufeinander zu, mit dem Effekt, dass Hanna komplett auf Fridolins Schoß landet.

»Okay, Leute, es wird Zeit für was Eigenes«, gebe ich auf und drehe mich suchend um.

Basil nimmt leider nicht am Unterricht teil. Dafür Myrell, die gedankenverloren auf dem Mathehefter herumkritzelt. Mittlerweile schreibe ich doch wieder im Unterricht mit. Ich bezweifle zwar, dass mir die Kräuterkunde-Mitschriften viel nützen werden, aber Mathe notiere ich auf jeden Fall, auch wenn die meisten selbst hier supercool bleiben und es nicht für nötig halten. Myrell jedoch schreibt auch fleißig mit. Manchmal habe ich jedoch den Eindruck, sie kümmert gar nicht, was sie notiert, sondern macht mich einfach nur nach.

»Kann ich mich zu dir setzen?«

Sie blickt auf. »Ja. Aber ich sag's gleich: In Mathe bin ich absolut mies. Schlecht, schlechter, am schlechtesten.«

»Macht doch nichts, dafür bist du wahnsinnig kreativ.«

Ich lasse mich neben ihr nieder und ziehe die Doppelhandschuhe von meinen Händen. Es tut weh, denn die Wunde an der Rechten nässt ein bisschen, und der Stoff ist daran festgeklebt. Die Linke sieht dafür ganz gut aus.

Myrell malt eine dieser ungewöhnlichen Landschaften, die sie auch jedes Mal im Kunstraum anfertigt.

»Probierst du dich gerade in Kubismus?«

Sie kneift ihre Augenbrauen zusammen, dass zwei dicke, tiefe Falten über ihrer Nasenwurzel entstehen. »Das ist eine Stadt.«

»Ja, ich sehe es. Ich dachte nur, wegen der vielen Rechtecke. Deine Bilder sehen immer ein bisschen aus, als würdest du mit verschiedenen Stilen experimentieren: expressionistische Farben oder surreale Landschaften.«

»Eigentlich male ich nur Sachen aus meiner Erinnerung.« Sie klappt den Hefter zu. »Ich freue mich auf den Januar, dann komme ich dich besuchen.«

»Und ich freue mich auf heute Nachmittag!«

»Also bleibst du zum Festessen?« Freudig strahlt sie mich an.

Ich schiebe den Gedanken an den Nachhauseweg beiseite und nicke.

Arthur kommt und malt eine Vektorgrafik an die Tafel. Fluggeschwindigkeitsberechnung.

»Sag mal, nimmst du auch an diesem Waldtraining teil?«, flüstere ich Myrell zu, »der Jagd.« Ich versuche, nicht allzu neugierig zu klingen.

Sie ist nicht überrascht, dass ich davon weiß. »Doch, meistens trainiere ich aber im Park hinterm Haus. Was soll ich im Wald? Der ist öde.« Myrell beugt sich dichter zu mir und flüstert in mein Ohr: »Aber manchmal gehe ich abends bis zum Waldrand und schaue runter zur Stadt. Die Lichter eurer Häuser funkeln. Kann man deines vom Waldrand aus sehen?«

»Leider nein.«

»Schade.«

Dass es einen Park auf der Rückseite des Internatsgebäudes gibt, habe ich mir gedacht. Gesehen habe ich ihn noch nie, denn sämtliche Fenster, egal, zu welcher Seite sie sich öffnen, sind so verstaubt, dass man nichts dadurch erkennen kann. Aber eine Parkanlage passt natürlich zu diesem Jagdschlösschen.

»Fährst du manchmal nach Hause?«, frage ich.

»Nein, das ist zu aufwendig. Vielleicht über die *Raunächte*.«

»Raunächte?«

»Die heiligen Nächte, meine ich. Also Weihnachten. Da verreisen einige. Ich hab es mir noch nicht überlegt, weil es auch spannend ist, die Tage hier zu verleben.«

Ich kann mir nichts Unspannenderes vorstellen, als auch noch die ereignislosen Weihnachtstage hier rumzugammeln.

»Aber heute gibt es Essen wie bei uns zu Hause.« Myrell reibt sich die Hände, und Arthur tut so, als hätte er diese Geste als eine Wortmeldung aufgefasst. Myrell muss an die Tafel. Selbst ihre Berechnungen sehen aus wie Phantasielandschaften. Ich grinse.

In der nächsten Pause sehe ich Basil. Er steht mit Ergor in einer dunklen Ecke im Flur. Doch es ist Ende November, das ganze Internat ist mittlerweile eine Ansammlung aus dunklen

Ecken und Winkeln. Richtig hell wird es nicht mehr, und die verdreckten Fensterscheiben sperren zusätzlich das bisschen Tageslicht aus. Der Herbst fühlt sich schon wie Winter an und ist auf dem Höhepunkt seiner deprimierenden Grauphase angelangt. Ich bin gespannt, wann sie endlich die Kronleuchter anzünden.

Ergor und Basil haben die Köpfe zusammengesteckt. Basil muss sich hinabbeugen, um sein Ohr dicht am Mund des kleinen Mannes zu haben. Ergor flüstert unablässig. Als die beiden mich entdecken, winkt mir Ergor freundlich zu.

Basil löst sich von ihm und kommt zu mir herüber.

»Deine Freunde sind heute ohne dich angekommen.« Er sagt das, als wollte er mir einen Vorwurf machen.

»Na ja, mein Rad …« Ich zucke mit den Schultern.

»Ich hatte dich gebeten, dir ein anderes zu besorgen.«

Ich senke meinen Blick, das Türkis seiner Augen macht mich nervös. *Sag noch einmal meinen Namen, bitte*, flüstert eine Stimme in mir.

»Was machen deine Hände?«

»Schon viel besser. Eigentlich tut es kaum noch weh.«

Wir schlendern den Flur entlang bis zum nächsten Treppenaufgang.

»Ich muss dort hinauf«, sagt Basil.

»Schon gut.«

»Vielleicht sehen wir uns später noch? Wenn du willst, begleite ich dich nach dem Essen wieder nach Hause.« Er sagt das so dahin. Einfach so, als wäre es selbstverständlich oder eine logische Folge aus dem gestrigen Nachmittag.

Ich nicke. »Das wäre schön.«

Zu zweit durch den Wald, mit Basil. Gilt das schon als Date?

Ergor kommt zu uns. »Wie wäre es mit einer Privatstunde Musik?«, fragt er.

Ich räuspere mich: »Klingt phantastisch!«

»Dann hol deine Begleiter. Wir treffen uns in der Bibliothek.«

»Seid ihr bereit für das Reich der Töne?«, fragt Ergor händereibend.

Wir haben es uns in der gut geheizten Bibliothek bequem gemacht.

»Schon seit Monaten«, seufzt Hanna.

Eine gnadenlose Übertreibung, wo wir doch erst seit zwei Wochen auf dieser Schule sind.

Ergor seufzt ebenfalls. »Ihr Lieben, wenn ihr wüsstet, wie angenehm mir eure Anwesenheit auf Hainpforta ist. Eine Bereicherung!« Er faltet die Hände vor der Nase und schnieft gerührt.

»Wenn vielleicht einer von euch die Kerzen entzünden könnte?« Er deutet auf eine Streichholzschachtel neben sich.

Bereitwillig übernehme ich die Aufgabe, und nun ist es in der Bibliothek nicht bloß warm, es herrscht auch eine stimmungsvolle Atmosphäre. Und es ist hell.

Diesmal hören wir Wagner. Die Opernmusik beginnt dramatisch wie der Soundtrack zu einem Fantasy-Spektakel, was *die Walküre* irgendwie auch ist, zumindest nach dem, was uns Ergor darüber erzählt hat.

Mein Blick schweift über die hohen Bücherregale, und wie jedes Mal muss ich dabei an Klaas denken. Und wie jedes Mal, wenn ich in letzter Zeit an Klaas denke, werde ich traurig. Die Musik trägt nicht gerade dazu bei, meine Stimmung aufzuheitern.

Hanna lauschte andächtig, Fridolin scheint wieder mal zu

schlafen, und Ergor greift ab und an heimlich in den weiten Ärmel seines Kittels und befeuchtet sich mit seinem Fläschchen das Gesicht.

Die goldene Schrift auf den Bücherrücken glänzt im Kerzenlicht. Schade eigentlich, dass man sich nichts ausleihen darf. Auch so eine Regel, die mir reichlich unnütz vorkommt.

Wotans Bariton erfüllt den Raum.

Ich könnte während des Festessens in die Bibliothek schleichen und ein oder zwei Bücher für Klaas aussuchen. Natürlich muss ich, wenn ich sie ihm bringe, deutlich machen, dass ich mit der Aktion meinen Rausschmiss riskiert habe. Ich werde etwas für ihn wagen und ihm beweisen, dass ich trotz der *Muskelprotze* und *Aufschneider* genug Zeit finde, um an ihn zu denken. Ich werde ihm ein richtig altes, wertvolles Buch mitbringen.

Die Sonnenstrahlen auf dem Ölbild tanzen im Kerzenschein.

Wenn man nichts offiziell ausleihen kann, muss man eben inoffiziell ausleihen, denke ich. Das Buch wird wieder im Schrank stehen, ehe es jemand vermissen kann.

Ergor lächelt mir zu.

Beschämt rutsche ich tiefer in den Sessel und konzentriere mich nur noch auf die Musik.

Wie üblich begeben wir uns nach dem Unterricht zum Speisesaal. Mit dem Unterschied, dass wir heute eingeladen sind, länger zu bleiben. Ich freue mich insgeheim, dass sich Fridolin und Hanna das gute Essen doch nicht entgehen lassen. Auch wenn ich mittlerweile eine Begleitung für den Heimweg habe.

Myrell rennt an uns vorüber.

»Hey, warte, wir kommen mit«, ruft Hanna.

Aber Myrell zuckt nur entschuldigend mit den Schultern und läuft weiter, als ginge es um ihr Leben. Sie kann das Festessen wohl kaum erwarten.

Als wir ankommen, sind die Flügeltüren verschlossen. Gwindula, umringt von einer Traube Schüler, steht als charmante Türwächterin davor. Die weißen Haare hat sie zu kleinen Lockennestern aufgewickelt, die sie mit Zweigen festgesteckt hat. Es sieht etwas ungewöhnlich aus, wie eine alte japanische Naturgöttin oder so, aber ziemlich hübsch.

»Was, das sind alle?« Hanna bleibt beim Anblick der versammelten Internatsschüler stehen.

Ich bin auch ein bisschen erstaunt. Im Unterricht sitzen meistens nur eine Handvoll Schüler beisammen. In der Pause schlendern wir, ich immer auf der verstohlenen Suche nach Basil, durch das Erdgeschoss, oder manchmal gehen wir raus auf den Vorplatz, aber man trifft immer nur kleine Gruppen. Trotzdem hatte ich angenommen, dass es insgesamt mehr Schüler sind. Jetzt stehen hier vielleicht fünfzig Mädchen und Jungen herum, in altmodischen Baumwollklamotten. Ich bin gespannt, was dieser trostlose Haufen unter Feiern versteht.

Myrell winkt uns zu sich. Sie steht vorn neben Gwindula bei der verschlossenen Tür.

»Also, schnell happihappi und dann ab«, höre ich Fridolin flüstern.

Myrell hat es ebenfalls gehört und gibt ein unzufriedenes Murren von sich.

Gwindula hat für das Festmahl ihren übergroßen Schmetterlingskittel abgelegt und trägt nur das schwarz-lila Kleid, das jedoch aus mindestens genauso viel Stoff besteht wie der Kittel und ihren Körper eher verhüllt als kleidet. An ihrem Arm baumelt ein Strauß getrockneter Pflanzen, wie sie überall von der Decke hängen. Sie trägt ihn wie andere Leute die Handtasche.

Ich ärgere mich plötzlich, dass ich am Morgen nicht daran gedacht habe, mir für das Fest etwas Besonderes einzupacken. Ich hätte mir eines von Mamas Kleidern borgen können, die sie anzieht, wenn sie sich für ihren jährlichen Ausflug hübsch macht. Basil hätte das dunkelrote Neckholder-Kleid bestimmt gefallen. Aber Myrell hat ausdrücklich gesagt, dass es kein Kostümfest ist.

Ich suche Basil. Etwas abseits der Menge lehnt er mit geschlossenen Augen an der Wand. Ich könnte hingehen und ihn fragen, ob es bei unserer Verabredung bleibt.

»Bewundernswert«, sagt Myrell. Vor ihr ist es mir komischerweise nicht peinlich, dass sie mich ertappt hat. »Ich wünschte, ich könnte so gelassen sein«, fährt sie fort. »Aber vor einem Fest? Da!«, schreit sie auf. »Die Tür!«

Die Flügel öffnen sich, und sofort legt sich ein zauberhaftes Licht über die Versammelten. Zum ersten Mal, seit wir den Unterricht auf Hainpforta besuchen, ist einer der Kronleuchter entzündet. Und allein das Licht verändert den Saal grundlegend. Alles Triste und Kaputte scheint verschwunden. Jemand hat sorgfältig aufgeräumt, das Moos entfernt, Laub und anderen Dreck vom Boden gefegt. Im Kamin brennt ein Feuer, und auf jedem Tisch leuchten Kerzen. Im ganzen Saal gibt es keinen einzigen dunklen Winkel, keinen Schatten, der etwas verbirgt.

»Wunderschön«, haucht Hanna. Ihr Gesicht strahlt mindestens so hell wie der Kronleuchter.

Ein Ruck geht durch die Menge, und Gwindula ruft: »Ohne

Blättchen kein Einlass!« Woraufhin sich alle brav anstellen und etwas bei ihr abholen. Wir reihen uns ein. Als wir vor ihr stehen, pflückt sie eines der trockenen Blätter aus dem Sträußchen von ihrem Handgelenk und reicht es Myrell.

»Muss ich? Bei mir ist es doch …«

»Kein Einlass ohne Blatt«, unterbricht sie Gwindula.

»Die sind ekelhaft«, nuschelt Myrell, legt es sich aber fügsam wie eine Hostie auf die Zunge.

Ich strecke ergeben meine Hand aus.

Aber Gwindula schüttelt den Kopf. »Für euch nicht, Kinderchen.«

»Das ist Eisenkraut, oder?«, fragt Fridolin neugierig.

»Sehr richtig, mein Junge. Ich freu mich sehr, dass du solche Fortschritte machst.« Gwindula streicht ihm über die Haare. »Trotzdem braucht ihr das nicht.«

»Dürfen wir also nicht rein?«, fragt Fridolin.

»Aber sicher sollt ihr mit uns feiern. Ihr seid unsere Ehrengäste. Wer hätte gedacht, dass wir so ein Fest jemals wieder begehen.« Gwindula kneift Hanna in eine ihrer Apfelbäckchen, die erschrocken zurückweicht.

»Tja, liegt nicht an uns, dass sie sich so abschotten«, raunt Fridolin, als wir in den Saal treten.

Diesmal stehen mehr Tische im Raum, und sie sind so gedeckt, wie ich es bereits am ersten Schultag erwartet hatte. Weiße Tischtücher, dampfende Schüsseln und Saucieren aus Porzellan. Kerzen. Und Unmengen von Blumen. Muss in dieser Jahreszeit ein Vermögen gekostet haben. Irgendwie finde ich es sympathisch, dass sie ihr Geld in so vergängliche Dekoration stecken und nicht in Reparaturen.

Die Lehrer sitzen an einem Tisch nahe dem Kamin. Marts und seine Kumpels haben einen am gegenüberliegenden Rand für sich in Beschlag genommen. Er blickt mich an und streckt dabei die Zunge raus. Ich will ihm mit dem Stinkefinger antworten, da sehe ich, dass er sich das Blättchen von der Zunge zupft und mir zuzwinkert. Einer seiner Kumpel klopft ihm in üblicher Mackermanier auf die Schulter.

»Blödmann«, murmele ich.

Ich wähle einen Tisch weit entfernt von den Lehrern und von Marts, in der Nähe der Tür.

»Das ist Wurzelgemüse und Wildkräutersauce und Waldpilzsoufflé«, quietscht Myrell, während sie einen Deckel nach dem anderen von den Porzellanschüsseln lüftet. Es duftet köstlich.

Basil bringt eine Karaffe an unseren Tisch.

»Lasst es euch schmecken«, sagt er und schenkt ein. Dabei beugt er sich ein wenig zu mir herab und flüstert: »Bis später am Tor.«

Warum habe ich nicht an Mamas Kleid gedacht?

Mit stillem Bedauern sehe ich ihn am Tisch mit anderen *Schönen* Platz nehmen.

Neben mir beladen Fridolin und Hanna sich ihre Teller. Ich erhebe mich und nuschele meine Entschuldigung, ich müsse auf die Toilette.

Als ich den hell erleuchteten Saal verlasse, wirkt das Erdgeschoss wie ausgestorben. Kein Wunder, alle Internatsbewohner befinden sich hinter mir im Speisesaal und verschlingen dieses Soufflé, von dem sie mir hoffentlich etwas übrig lassen.

Ich beeile mich. Ich laufe den düsteren Flur vor zur Eingangshalle, wo ich kurz verschnaufe. Meine Hüfte schmerzt wieder ein bisschen. Ich stütze mich mit vorgebeugtem Oberkörper auf den Oberschenkeln ab und atme tief durch.

Ein Lufthauch streift meinen Nacken, und ich hebe meinen Kopf. Die Kräuterbündel vor den Fenstern pendeln sachte hin und her.

Ich lausche. Dann gehe ich weiter. Vorsichtig setze ich die Füße auf das leise knisternde Laub. Klar will ich Klaas unter die Nase reiben, dass ich meinen Rauswurf riskiert habe für ihn. Aber das heißt keinesfalls, dass ich wirklich rausfliegen möchte.

Ich biege in den lang gestreckten Gang zur Bibliothek ein. Fünf Türen muss ich passieren, dann bin ich da.

Plötzlich spüre ich meinen ganzen Körper, die Wunden an meinen Händen, die Hüfte und mein ängstliches Herz. Alle sind beim Festessen, sage ich mir, jetzt ist der beste Zeitpunkt überhaupt.

Nervös werfe ich einen prüfenden Blick hinter mich. Keiner zu sehen.

Ich konzentriere meine Gedanken auf Klaas, für den ich diesen Blödsinn schließlich veranstalte, und schleiche vorwärts.

Die Bibliothek ist nicht verschlossen. Langsam schiebe ich meinen Kopf durch den Türspalt. Als ich sehe, dass der Raum leer ist, schlüpfe ich hinein. Hier fühle ich mich wieder sicher. Auf dem Plattenspieler liegt noch die *Walküre*-Aufnahme.

Ich gehe zum Bücherregal und schaue mir in aller Ruhe die Buchrücken an. Griechische Mythologie, indianische Sagen und Legenden, keltische, slawische, afrikanische. Nahezu aus jeder Epoche und von jedem Kontinent finden sich Sagen und Legenden. Fasziniert wandert mein Blick die hohe Regalreihe empor, ich trete einen Schritt zurück und stoße dabei an das Tischchen mit dem Plattenspieler. Erschrocken fahre ich herum und fange gerade noch den Plattenspieler auf, bevor er zu Boden kracht. Das Ding wiegt Tonnen. Kein Wunder, dass sich die Technik nicht gehalten hat. Ich wuchte den Plattenspieler auf den Tisch zurück, und dabei stelle ich mich wohl zu ungeschickt an, denn ich schürfe mir die Wunde an der rechten Hand wieder auf. Fluchend setze ich mich auf die Chaiselongue und betrachte meine Handfläche. Sie blutet. Nicht sehr stark, aber stark genug, um alte, wertvolle Bücher zu ruinieren.

Unschlüssig schaue ich mich nach einem Tuch zum Abwischen um. In dem verstaubten Zimmer gibt es nichts außer Büchern und Schallplatten, dem Ohrensessel, dieser Chaiselongue.

Dann fällt mein Blick auf die Vorhänge. Es ist nicht die hygienischste Variante, um Blut zu beseitigen, aber in jedem Fall besser, als meinen Pulli zu versauen.

Ich zupfe an einem losen Fetzen, der mühelos in meine Finger gleitet. Na, wer sagt es denn?

Gerade will ich ein paar Tropfen vom Boden wischen, da springt die Tür hinter mir auf. Ein Hund hechtet auf mich zu, ein schwarzes, hässliches Monster. Riesig. Größer als eine Dogge, aber viel schmaler und muskulöser, und das Fell ist verfilzt wie das eines Straßenköters. Aus seiner Kehle steigt ein tiefes Knurren auf.

»Scht, ist gut, Großer!« Beschwichtigend strecke ich meine Hände vor.

Ehe ich begreife, was geschieht, stürzt er sich auf mich, Vorderpfoten voran, und reißt mich mit der Wucht seines Sprungs zu Boden. Will er mit mir spielen? Ich fühle feuchte Wärme an meiner Hand und sehe, dass das Vieh gierig an meiner Wunde zu lecken beginnt. Angewidert keuche ich auf.

Der Hund knurrt, fletscht die Zähne. Ich versuche, ihn von mir zu stemmen, packe seine Schnauze, und er schnappt nach meiner Hand. Fährt mir mit der Zunge über das Gesicht. Aus wilden Augen blickt er mich an.

»Hau ab!«, kreische ich und ramme mein Knie fest in seine Rippen.

Der Hund japst. Ich spüre seine Bauchmuskeln zucken und nutze die Chance. Fasse die sehnigen Vorderpfoten und schiebe ihn ein Stück von mir, bis ich unter ihm hervorkriechen kann.

Einen Moment schöpfen wir Atem. Dann hebt er seine Schnauze, langsam. Er lächelt. Es sieht tatsächlich so aus, als würde das Vieh sein Maul zu einem Lächeln verziehen. Es senkt den Schädel. Wie benommen folge ich ihm mit meinem Blick.

Ich krieche zu einem der Ohrensessel, hinter dem ich mich verschanze. Von meinem Versteck aus beobachte ich, wie er die Schnauze zum Boden neigt. Eine kurze, gierige Bewegung, und entsetzt begreife ich, was er da macht: Er leckt mein Blut auf. Als er vom Boden ablässt, glänzt Speichel auf dem Parkett.

Träge trabt der Hund zur Tür und richtet sich auf die Hinterbeine auf, mannshoch steht er da. Er legt mit eigenartiger, fast menschlicher Bewegung seine Pfote auf die Klinke, und die Tür springt auf. Der Abschiedsblick, den er mir zuwirft, jagt mir einen Schauder über den Rücken. Ich frage mich, ob Tiere Hass empfinden können.

Erschöpft rutsche ich hinter der Rückenlehne zu Boden und atme tief durch. Wo, um alles in der Welt, ist dieses Vieh hergekommen? Dieser Blut saufende Hund ist vielleicht das Geheimnis, das vor uns versteckt wird? Halten sie abgerichtete Tiere für ihre Jagd?

Mit wackeligen Knien erhebe ich mich, steige breitbeinig über den Sabber hinweg zum Regal. Dass meine Hand vom Speichel klebt, merke ich erst, als ich sie nach einem Buch ausstrecke. Mit zusammengebissenen Zähnen wische ich mir die Wunde mit dem Gardinenfetzen sauber. Dann schnappe ich ein Buch. Irgendeines, mir ist völlig gleichgültig, welches. Ich will bloß noch weg hier. Ich schiebe mir einen schmalen Band unter den Pullover und renne zur Toilette, wo ich die Hände unter kaltes Wasser halte. Um die Wunde bilden sich rote Ränder.

»Na prima«, schimpfe ich leise vor mich hin, »jetzt hat mir dieses Drecksvieh eine Entzündung verpasst.«

Am Lehrertisch herrscht Aufregung. Gwindula schüttelt immer wieder mit offenem Mund den Kopf, wobei sich ihre Lockennester lösen. Sie hält den Handtaschenstrauß vor ihrer Brust umklammert. Arthur scheint wütend. Nur Ergor lächelt mild, wie üblich.

Die Szene könnte sich genauso an unserer Schule abspielen. Hofmeier meckert, die Apfel verteidigt sich, und Schlummi, unser freundlicher Biolehrer, versucht zu vermitteln. Es beruhigt mich, dass hier im Saal alles so normal abläuft. Na ja, normal für Hainpforta-Verhältnisse. Verstohlen werfe ich einen Blick auf meine verletzte Handfläche. Meine Finger zittern.

Myrell verputzt gerade ihren Nachtisch. Die Teller vor Hanna und Fridolin sind kaum leerer geworden. Kein Wunder, denn die beiden hängen selbstvergessen mit ihren Blicken aneinander. Von wegen *happihappi und ab*.

»Habt ihr hier schon einmal einen Hund bemerkt?«, flüstere ich ihnen zu, während ich auf die Bank zu ihnen klettere.

Myrell schiebt mir ein Glas mit *Internat Spezial* rüber, wie wir den Saft mittlerweile nennen.

»Wo?«, fragt Fridolin etwas dümmlich. Ich kann mir vorstellen, wo er gerade mit seinen Gedanken war.

»Hier, auf Hainpforta.«

Beide sehen mich skeptisch an und schütteln die Köpfe.

»Und du?«, frage ich Myrell.

»Hunde? Heute?« Sie dreht sich um, doch bevor ich sie fragen kann, wonach sie sucht, steht Arthur hinter mir.

»Ich muss euch die betrübliche Mitteilung machen, dass wir ab jetzt ohne euch weiterfeiern.«

»Haben wir etwas falsch gemacht?«, frage ich schuldbewusst. Ich versuche, keinen verräterischen Blick auf meinen Pulli zu werfen, den das Buch ausbeult. Ich bin mir sicher, dass Arthur irgendetwas von meiner eigenmächtigen Aktion bemerkt hat und uns deswegen vor die Tür setzt. Als Strafe. Oder hat er den Hund auch gesehen? Befürchtet er, wir könnten Hainpfortas Geheimnis entdecken?

Arthur antwortet nicht, er wirkt abwesend. Auf seiner Glatze glänzt ein feiner feuchter Film.

»Kommt jetzt!« Am liebsten würde er uns wohl mit seinem bauschigen Ärmel fortwischen. »Zeit zu gehen.«

Fridolin greift sich sein Besteck. »Ähm, wir haben ja noch nicht mal …« Er schiebt sich etwas von diesem: Was war es noch gleich? Waldpilzsoufflé?, in den Mund und spricht kauend weiter. »Sie sollten öfter den Leuchter anknipsen. Der Saal sieht richtig gut aus. Voll Elite.«

»Fridolin, leg die Gabel beiseite. Es ist mein vollkommener Ernst.«

»Erst großartig einladen und dann vor die Tür setzen. Die reinste Willkür.« Hanna muss wirklich traurig sein, dass wir gehen müssen, wenn sogar sie es wagt, Arthur Widerworte zu geben. Sie schürzt ihre Lippen.

Mein schlechtes Gewissen wächst. Aber wer hätte auch gedacht, nach Fridolins anfänglichem Gemecker, dass die beiden plötzlich Lust haben zu bleiben?

Ich verschränke meine Arme vor der Brust und erhebe mich. Hätte ich das Buch nur nicht aus der Bibliothek gestohlen. Ich bin mir sicher, dass Arthur etwas mitbekommen hat. Aber warum spricht er mich nicht direkt darauf an? Will er, dass ich das Buch hervorhole und reuevoll meine Tat gestehe? Nein. Wenn ich das Buch herausrücke, wäre die ganze Aktion absolut sinnlos gewesen.

Arthur zieht den Teller unter Fridolins Besteck fort: »Auf! Jetzt!«

Murrend packen wir das Geschirr auf den Servierwagen. Dabei werfe ich einen Blick zu Basil, der mit drei Mitschülern irgendetwas diskutiert. Sie schieben Becher und Teller auf dem Tischtuch hin und her, wie Militärstrategen im Film. Ob er den Rauswurf überhaupt mitbekommen hat? Aber der war eigentlich nicht zu übersehen. Zumindest schauen uns die meisten anderen mitleidig hinterher.

»Arrogante Deppen«, murmele ich, und zu Hanna und Fridolin sage ich laut: »Fahrt ruhig ohne mich.«

»Wir können gemeinsam durch den Wald schieben«, bietet Hanna an, aber ich sehe, dass die Vorstellung sie nicht gerade begeistert.

»Nein, das dauert doch viel zu lange. Fahrt ihr nur. Ich will sowieso allein sein«, sage ich. Ich habe den beiden schon genug verdorben.

»Ich hab leider keinen Gepäckträger, auf dem ich dich mitnehmen kann.« Fridolin zuckt bedauernd mit den Schultern.

»Macht euch keine Gedanken.«

»Bist du sicher?« Hanna gibt sich Mühe, ihre Freude zu verbergen.

»Ja, klar.«

Ich hoffe, Basil erinnert sich noch an sein Versprechen, mich zu begleiten.

KAPITEL ELF

Ich lehne am Tor und warte, das Buch drückt unter dem Pulli gegen meine Brust. Nervös puste ich auf die Entzündung an meiner rechten Hand, die von Augenblick zu Augenblick mehr brennt. Meine Handschuhe habe ich in den Rucksack gestopft, keine Chance, sie über diese Wunde zu streifen.

Da sehe ich, wie Myrell aus einem Fenster im Erdgeschoss klettert und mir zuwinkt. Ich zögere, werfe einen Blick zum Eingang, doch weil Basil nirgends zu sehen ist und Myrells Winken immer heftiger wird, gebe ich schließlich nach und schleiche über den Hof zurück zum Internat.

»Ich darf gar nicht mehr hier sein«, flüstere ich hektisch. »Was gibt es denn?«

»Hier!« Myrell drückt mir ein Stückchen Moos in die Hand. »Ich hab gesehen, dass deine Hand blutet. Drück es darauf, es hilft.«

»Myrell, das ist Moos. Was ich brauche, ist Desinfektionsmittel und einen sauberen Verband. Falls du weißt, wo ihr das im Internat aufbewahrt, kannst du mir ja vielleicht lieber so was holen.«

Sie kratzt sich verlegen am Kinn.

»Wie ist das denn passiert?«, fragt sie endlich.

»Fahrradunfall«, antworte ich knapp.

»Ehrlich?« Ihr skeptischer Blick lockt mich, ihr die Wahrheit zu sagen.

»Ich will eigentlich nicht darüber sprechen.«

»Schon gut. Aber tu mir einen Gefallen und probiere das Moos.« Sie grinst. »Und wenn es hilft, bringst du mir dann etwas aus der Stadt mit?«

»Ich bring dir auch etwas mit, wenn es nicht hilft. Was brauchst du denn?«

»Marzipan«, haucht sie, und ihre Augen weiten sich, schon bei dem Gedanken an die Süßigkeit.

Es tut mir unglaublich leid, dass Myrell so eine krude Geschichte mit dem Moos erfindet, um an ein bisschen Marzipan zu kommen. Wahrscheinlich rationieren sie Süßigkeiten. Wenn ich daran denke, wie sie den Nachtisch verschlungen hat … Das tut fast mehr weh als meine Wunde, und ich nehme mir vor, ihr am Montag ein ganzes Kilo Marzipan mitzubringen. Andererseits weiß ich ja, wie die Phantasie in ihrem Kopf uferlos blüht. Wer weiß, vielleicht glaubt sie tatsächlich an die heilende Wirkung von Moos?

»Ich bringe dir was mit«, verspreche ich.

»Okay, danke.« Sie verschwindet durch das Fenster wieder ins Haus.

Als ich mich umdrehe, schlendert Basil auf mich zu. Seine ruhigen Schritte verscheuchen alle unschönen Gedanken an marzipanlose Internatsschülerinnen.

»Bist du traurig, weil du nun einen Teil des Festes verpasst?«, frage ich ihn.

»Nein. Welchen Weg wollen wir nehmen?«

»Ich kenne nur einen«, gebe ich zu.

»Es gibt eine Abkürzung.«

Wie kommt er nur auf die Idee, dass mir an einer Abkürzung gelegen sein könnte?

»Die führt allerdings ziemlich steil den Hang hinunter«, fährt er fort. »Ich weiß nicht, ob du das mit deinem Knie schaffst.«

»Das Knie ist in Ordnung. Nur meine Hände …«

Basil runzelt die Stirn.

»Keine Bange, tut nur bei Druck weh«, sage ich und tupfe nun doch aus lauter Verlegenheit das Moos auf die Wunde.

»Dann hier entlang.«

Er hält mir das Tor auf, und wir folgen dem üblichen Weg.

Zwischen den kahlen Ästen der Bäume blitzt der Himmel. Für den Abend haben sie Schnee vorhergesagt.

Schwarz-weiße Welt, denke ich und ziehe meinen Reißverschluss hoch bis zum Kinn.

»Was ist passiert? Gestern Abend war die Verletzung nicht so schlimm, oder?«

Ich zögere.

»Gibt es eigentlich Tiere auf Hainpforta? Ich meine, abgesehen von Spinnen.«

Basil reißt den Kopf hoch. »Was für Tiere?«

»Haustiere eben. Katzen, Hamster … oder Hunde.«

»Nein! Gibt es nicht«, antwortet er knapp.

»Aha«, sage ich.

»Wirst du dir ein Rad besorgen?«, fragt er.

»Ja«, sage ich etwas enttäuscht. Mit Rad gibt es keinen Grund mehr für ihn, mich nach Hause zu begleiten.

Unsicher spiele ich mit dem Moos, das allmählich in kleine Bröckchen zerfällt.

»Gib mir deine Hand«, sagt Basil.

Ich halte die Luft an. In meinem Bauch fühlt es sich an, als ob ein Spatzenjunges fliegen lernt. Ungestüm flattert es hin und her, das Spatzengefühl. Ich lächele, aber rühre mich nicht.

Da greift er meine Hände, löst das Moos aus meinen Fingern und presst es ziemlich fest auf die Wunde. Die raue Oberfläche reibt kalt – oder heiß? – an der Innenfläche.

Erschrocken blicke ich Basil ins Gesicht. »Das tut weh.«

Er hält den Kopf gesenkt, die Augen sind hinter dem Vorhang aus blondem Haar verborgen.

»Wird es besser?«, fragt er.

Ich denke, ich sage einfach deshalb Ja, weil er sich völlig seltsam benimmt. Oder hat der Schmerz ein wenig nachgelassen?

»Lass das Moos noch eine Weile darauf. Das sieht aus, als könnte es sich sonst zu einer Blutvergiftung entwickeln.«

»Okay«, sage ich und balle meine Faust um den trockenen Klumpen.

Allmählich glaube ich, dass alle auf dem Internat ein bisschen verrückt sind. Ich eingeschlossen …

Wir laufen weiter, dicht nebeneinander. Wir könnten uns mühelos anfassen. Ich sehe sein schönes Gesicht, spüre die Sicherheit, die in seinem Gang liegt, und bereue es, ihm überhaupt meine Wunde gezeigt zu haben.

»Was ist?«, fragt Basil.

»Dieses Moos, glaubst du wirklich …?«

»Es ist entzündungshemmend.«

»Lernt ihr das auf Hainpforta? In den oberen Räumen? Kratzt ihr das deswegen von den Wänden?« Ich fürchte sofort, dass ich zu vorschnell war, auch wenn ich ihm am liebsten alle Fragen, die mir seit dem ersten Tag Kopfzerbrechen bereiten, auf einmal stellen würde. Aber nicht einmal Myrell hat bisher etwas ausgeplaudert, was die oberen Stockwerke betrifft, oder die Nachmittage, von denen wir ausgeschlossen werden, die Jagd.

»Mischa, ich kann dir nichts darüber erzählen. Und du solltest aufpassen mit deinen Fragen.«

»Schon gut«, brumme ich enttäuscht in meinen Jackenkragen.

Basil hat mich trotzdem verstanden. Er bleibt abrupt stehen. Sonst trägt er meistens dunkle Farben, schwarze flatterige Hemden, doch heute blitzt unter seinem weiten, dunklen Mantel ein weißes Baumwollhemd. Wie gern ich meine Hand auf den weichen Stoff legen würde.

»Bitte, besorg dir ein Rad und sieh dich vor im Wald.« Er tritt einen Schritt näher an mich und senkt die Stimme. »Und traue auf keinen Fall Marts.«

»Ach, der Anführer des *Biester*-Clans«, rutscht es mir heraus. »Dem gehe ich sowieso aus dem Weg. Keine Sorge.«

»Bitte, Mischa.« Er berührt zaghaft meine Wange. »Sei vorsichtig!«

»Warum denn?«, entfährt es mir. »Warum soll ich vorsichtig sein? Was ist los bei euch auf dem Internat? Warum geht ihr nie in die Stadt? Dürft ihr nicht? Wollt ihr nicht? Und eure Kleidung, seid ihr in einer Sekte, einer Religionsgemeinschaft? Basil, ist alles okay bei euch?«

Basil schweigt. Dann seufzt er: »Es ist alles okay, Mischa.«

Ich rühre mich nicht. Seine Fingerspitzen kitzeln auf meiner Haut.

Den restlichen Weg laufen wir schweigend nebeneinanderher.

Verstohlen blicke ich auf seine Finger und wünsche sie mir zurück an meine Wange. Mir ist zum Heulen.

Am Ortseingang knipst er die Taschenlampe aus.

»Danke fürs Begleiten«, sage ich. »Ab hier komme ich alleine klar.« Eigentlich ist es das genaue Gegenteil dessen, was ich mir wünsche, aber ein zweites Mal müssen wir Klaas nicht in die Arme laufen.

»Komm gut nach Hause.«

Ich gehe ein paar Schritte. Im Grunde genommen kann die Stimmung zwischen Klaas und mir kaum noch schlechter werden. Klar will ich mich mit ihm versöhnen, aber deswegen muss ich ja noch lange nicht …

»Willst du mit zu mir kommen?«, rufe ich und drehe mich um.

Aber Basil ist fort. Verblüfft starre ich die Hangwiese hinauf. Ist er so schnell, dass ihn die Dunkelheit schon geschluckt hat? Warum knipst er die Taschenlampe nicht wieder an? Verdammt!

Ich glaube, erst jetzt beginnt mein Verstand wieder zu arbeiten. Ich laufe zur Fahrradwerkstatt, wie ferngesteuert, denn die Erlebnisse des Tages steigen in mir auf. Ich sehe das alte Jagdschloss vor mir. Arthur. Den festlich erleuchteten Saal, aufgesperrte Münder, in denen Gwindulas Kraut landet, den ekelhaften Hund.

Wieso nehme ich diesen durchgeknallten Quatsch hin, wenn ich im Internat bin, und in der Stadt fange ich dann an zu grübeln? Als ob sich, sobald ich den Wald betrete, der vernünftig arbeitenden Teil meines Hirns ausknipst. Ich denke an Myrell, wie sie ihren Nachtisch verschlingt, und an Basil, wie er Moos auf meine Hand drückt.

Hainpforta war von Anfang an merkwürdig, aber auf eine unterhaltsame, witzige Art. Nur deswegen haben Hanna, Fridolin und ich jeden Tag den Weg durch den Wald in Kauf genommen. Der Unterricht ist viel zu leicht, und die Typen vom *Biester*-Clan sind unerträglich, aber zwei Wochen haben offensichtlich nicht ausgereicht, um uns ernsthafte Sorgen zu bereiten. Doch nach dem heutigen Tag wachsen meine Zweifel.

Was, wenn an den Gerüchten um Hainpforta etwas dran ist? Arthur wacht nicht ohne Grund über unser Verschwinden. Vielleicht ist dieses abgewrackte Haus der Sitz einer merkwürdigen esoterischen Sekte?

Der Himmel hat sich zugezogen. Die ersten Schneeflocken fallen, aber ich nehme die kleinen weißen Sterne auf meiner Jacke kaum wahr. Während sich um mich herum langsam die Welt in Weiß hüllt, rauscht in meinem Ohr das Blut, pumpt mein Herz aufgeregt Adrenalin durch meine Adern.

Basil hat mir eine Warnung zugeraunt. Wie ernst muss ich sie nehmen? Soll ich mit Hanna und Fridolin über meinen Sekten-Verdacht reden? Vielleicht sollte ich zur Polizei gehen? Aber was könnte ich denen schon sagen? Dass ich es im Wald zu unheimlich finde, dass sie im Internat schräg drauf sind? Lächerlich.

Der, mit dem ich früher meine Zweifel geteilt hätte, zieht es vor, nicht mehr mit mir zu reden, weil ich nichts getan habe, nichts!

Wütend streiche ich über den Reißverschluss meiner Jacke und spüre das Diebesgut unter meinem Pulli. Nein, nicht gestohlen, nur geborgt! Ich werde das Buch ja zurückbringen.

Ich finde mein kaputtes Rad an der Laterne, wische die Miniaturschneehaube vom Sattel und rüttele eine gefühlte Ewigkeit, um das eingefrorene Schloss zu öffnen. Endlich schnappt es auf, und ich schiebe das eiernde Wrack zur Werkstatt.

Der Schrauber richtet sich auf, als ich ihn nach einem Leihrad frage.

»Ich brauche es unbedingt! Ich muss jeden Morgen raus nach Hainpforta.«

Mitleidig schaut er mich an. »Bei dem Wetter geht eigentlich nur ein Mountainbike. Griffige Stollenreifen. So etwas habe ich nicht zum Verleih. Sorry. Dein Rad kannst du Montag wieder abholen, aber wenn es weiterschneit, kommst du mit dem nicht mal durch die Stadt.«

Mist! Natürlich hat er recht. Doch das bedeutet, dass ich bis zu den Ferien zu Fuß unterwegs sein werde. Und früher aufstehen muss als ein Hahn. Unmöglich! Ich bedanke mich und gehe.

Unschlüssig drehe ich mich vor der Tür auf der Stelle. Soll ich jetzt zu Klaas gehen? Ihm das Buch bringen und ganz beiläufig von der Hundeattacke anfangen?

Wieder einmal klingele ich umsonst, trete das bisschen Schnee vor seiner Haustür platt. Niemand öffnet. Zwei Wochen Funkstille. Wütend fege ich den Schnee vom Geländer.

Dann zum Friseursalon.

»Hallo, Mischki, wie war dein Tag? Wie war das Essen?«, begrüßt mich meine Mutter. Ihre Fragen treiben mir beinahe Tränen in die Augen. Mama lehnt am Kassentresen und schlürft genüsslich einen Kaffee.

»Unglaublich«, sage ich vorsichtig und wende mich schnell zur Garderobe, wo ich umständlich meine Winterkleidung aufhänge, bis ich mich halbwegs gefasst habe. Ein Häufchen Weiß plumpst von meiner Jacke auf den Holzboden, wo es sofort zu tauen anfängt. Das Buch lasse ich, wo es ist, zwischen Unterhemd und Pullover. Das hole ich lieber in einem unbeobachteten Moment hervor.

»Unglaublich gut oder unglaublich schlecht?« Eine typische Mama-Frage.

»Ich glaube … gut.«

Ich sage das, um mir weitere Fragen vom Hals zu halten. Ich kann mir vorstellen, wie sie auf die Hundegeschichte reagieren würde oder auf die ganzen Verbote von Arthur, von denen ich bisher nichts verraten habe. Dass sie mich von der Schule nimmt, will ich nicht riskieren.

»Weißt du, im Grunde genommen war der Tag einfach nur unglaublich. Also weder gut noch schlecht. Nur unglaublich«, beginne ich vorsichtig. »Kennst du das?

Mama stellt die Kaffeetasse ab. »Ja, das kenne ich.« Sie zögert, bevor sie weiterspricht. »Was ist mit deiner Hand?«

»Moment, ich gehe eben auf die Toilette.«

Im Flur verstecke ich das Buch in meinem Rucksack. Dieses alberne Buch, das nicht einmal besonders alt oder wertvoll scheint.

Ich gehe ins Bad, drücke die Spülung, und während ich mir meine Hände wasche, stelle ich erstaunt fest, dass die Wunde tatsächlich nicht mehr wehtut. Auch die Entzündung ist viel besser geworden, und die Ränder der Wunde sind kaum noch rot. Irritiert drehe ich den Hahn zu und gehe wieder in den Kundenraum.

Mama wendet den Kaffeebecher auf dem Tresen vor sich her. Ihr Gesicht sieht mit einem Mal ganz grau aus. Ich kenne das. Es ist ihr Trauergesicht. Plötzlich fehlen die fröhlichen Fältchen, die sich sonst bei jeder Gelegenheit zeigen.

Ich stelle mich zu ihr und lege meinen Kopf auf ihre Schulter: »Denkst du an Papa?«, frage ich.

»Hm«, macht sie. »Hab ich dir eigentlich schon mal erzählt, wie wir uns kennengelernt haben?«

»Tausendmal.«

Sie kannten sich seit dem Kindergarten – ähnliche Geschichte wie bei mir und Klaas. Ich seufze.

Sie trommelt ein bisschen auf der Kaffeetasse herum, steht auf und dreht das Schild an der Eingangstür auf *Geschlossen*.

»Heraus damit, was ist dir Unglaubliches passiert?«

»Jemand vom Internat hat meine Wunde mit Moos geheilt.«

»Die da, an deinen Händen? Woher hast du die?« Sie schaut mich prüfend an. »Und welcher Jemand war das?«

»Ist nichts Schlimmes. Bin gestern mit dem Rad gestürzt. Die Wunde ist fast weg, sagte ich doch. Mein Rad wird auch schon wieder repariert. Alles paletti!« Auf ihre letzte Frage nach dem Jemand gehe ich nicht ein.

»Zeig mir die Wunde!«

Ich stöhne und halte ihr die Handflächen hin. Sie pustet auf die frischen rosa Ränder. Immerhin ist der Kummer aus ihrem Gesicht gewichen.

»Warum backen wir eigentlich keine Plätzchen mehr für die Obdachlosen in der Mission?«, frage ich, während meine Mutter mir ein Pflaster auf die Handfläche klebt.

Die Frage muss mit der Erinnerung an meinen Vater in mein Bewusstsein geschlüpft sein.

»Hättest du denn Lust dazu?«

»Unbedingt.«

Mama rutscht von ihrem Tresenhocker. Als sie an mir vorbeigeht, stupst sie mich leicht an: »Also, dann haben wir ein Date nächsten Sonntag. Das ist dann aber schon der zweite Advent.« Sie dreht das Schild wieder auf *Geöffnet*.

»Na, Sie können es sich wohl leisten!« Eine Frau rauscht herein und gibt sich keine Mühe, ihre Empörung zu verbergen. Mama zwinkert mir zu, und ich zwinkere zurück.

KAPITEL ZWÖLF

Am Montagmorgen setze ich mich um fünf Uhr dreißig in meinem Bett auf. Aber als ich die Kälte im Zimmer spüre, schlinge ich die Decke fest um meinen Körper und lege mich wieder hin. Fünf Minuten noch, denke ich, dann bin ich bereit, durch diesen kalten, dunklen Kackwald zu laufen.

Sobald ich an den Wald denke und an die Art, wie Basil mir seine Warnung ins Ohr geflüstert hat, stellen sich die Härchen auf meinen Unterarmen auf. Ich fahre mir über die Gänsehaut.

Und wenn Fridolin doch nicht falschgelegen hat mit seiner Behauptung, dass sich der Schlüssel zum Geheimnis in den oberen Stockwerken befindet? Auch wenn er unendliche Reichtümer dort vermutet, wohingegen ich … tja, was eigentlich? Seufzend stehe ich auf und suche in der Küche nach Marzipan.

Während das Teewasser im Kocher sprudelt, blicke ich aus dem Fenster. Der Schnee ist übers Wochenende noch mehr geworden. Ich setze mich an meinen Computer und rufe die Seite mit dem Wetterbericht auf.

Nein, mit Tauwetter kann ich wohl erst mal nicht rechnen. Am Nachmittag darf ich mein Fahrrad zwar aus der Werkstatt abholen, doch bei Schnee hilft mir die Rostlaube auch nicht weiter. Wenn Fridolin nicht mindestens zweihundertmal über das frühe

Aufstehen gemeckert hätte, würde ich ihn und Hanna bitten, mit mir gemeinsam zu laufen. Aber ich gönne ihm die paar Minuten mehr Schlaf. Und Hanna die Zeit allein mit Fridolin. Sicher können sie ihre Fahrräder auch nicht mehr lange nutzen …

Dann schicke ich Klaas eine meiner vergeblichen Textnachrichten: *Hab was für dich.*

Halb sieben. Ich ziehe eine lange Jeans, meine Mütze und die warmen Wintersachen an. Dann hole ich die Stabtaschenlampe aus dem Besenschrank. So ausgerüstet stapfe ich los.

Hinter dem Ortsausgang schalte ich die Lampe ein. Ich male mit dem Strahl helle Kreise in den Schnee, teste seine Reichweite an den Baumkronen. Ich leuchte den Hang hinauf und scheuche dabei einen Fuchs auf, der dort im Schnee gewühlt hat. Außer uns beiden ist niemand so früh auf den Beinen. Trotz des morgendlichen Friedens breitet sich Unruhe in mir aus. Sie wächst, je näher ich dem Waldrand komme. Vergeblich versuche ich, Basils Warnung beiseitezuschieben. Ich drehe mich um. Hinter mir liegt der Hang und unten die Stadt mit den Lichtern. Die Wiese schlummert unberührt unter ihrer weißen Decke, die im Schein meiner Taschenlampe glitzert.

Ich atme einmal tief durch und laufe weiter. Der Schnee unter meinen Schuhen knirscht. Das Geräusch übertönt die Stille und, wie ich fürchte, auch die Schritte eines möglichen Verfolgers. In willkürlichen Abständen bleibe ich abrupt stehen, blicke hinter mich und lausche. Außer meinem Atem höre ich nichts. Ich komme mir völlig paranoid vor.

Nur eine letzte Biegung trennt mich noch vom Schulgebäude, da knirscht es hinter mir. Schnell verberge ich mich hinter einem Baumstamm.

Kurz darauf schlittern Hanna und Fridolin an mir vorbei. Beide sind so dick eingemummt, dass ich sie praktisch nur an den Rädern erkenne. Und Hanna an ihrer Stimme, denn sie flucht vor sich hin. Ich spüre förmlich die Anstrengung, die sie aufbringen muss, um sich mit den dünnen Reifen durch den Schnee zu bewegen.

Wie dämlich. Wie ein aufgescheuchtes Reh bin ich ins Gebüsch geflohen.

»Wartet«, rufe ich und komme hinter dem Baum hervor. In diesem Augenblick löst sich etwas Schwarzes über mir vom Stamm ab, erhebt sich und wird im nächsten Moment wieder von den Ästen und dem sich darüber ausbreitenden Dämmerhimmel verschluckt. Das war kein Vogel. Zumindest keiner, den ich kenne. Dieses Tier war riesig. Und es hat nur wenige Meter über mir gehockt!

Einen Moment lang bin ich unfähig, mich zu rühren. Dann erfasst mich Panik, und ich laufe hinter Fridolin und Hanna her, die mich bestimmt nicht gehört haben.

»Wartet!«, schreie ich, aber sie sind schon zu weit weg. Ich renne ihren Radspuren keuchend hinterher.

Endlich sehe ich das Tor. Laternen erhellen den Weg. Die Angst weicht langsam, als ich in den warmen Lichtschein trete. Der Schnee darunter schimmert orange.

Ich sehe meine Freunde ihre Räder anschließen. Arthur lehnt wie jeden Morgen im Türrahmen und beäugt die zwei aufmerksam. Das gewohnte Bild des strengen Ältesten beruhigt mich, auch wenn er vielleicht der Anführer einer merkwürdigen Sekte ist.

Basil wartet in der großen Vorhalle. Und in mir explodiert förmlich die Freude, ihn zu sehen.

»Hallo, Basil! Haben wir zusammen Unterricht?«, frage ich fröhlich.

In einer Schule ohne festen Stundenplan kann man nie wissen.

»Wir sind zum Schneeschippen eingeteilt.«

Ich entdecke hinter ihm ungefähr zehn weitere Schüler und Schülerinnen, die im Flur bereitstehen mit Fellmützen und Fellfäustlingen. Allesamt aus der Fraktion *der Schönen*. Als würde das Ballettensemble einen Ausflug machen.

Kurz habe ich geglaubt, sein *wir* hätte sich auf uns beide bezogen. Jetzt begreife ich, dass er nicht einmal auf mich gewartet hat.

»Laut Wetterbericht könnt ihr euch die Mühe sparen.« Ich versuche, lässig zu wirken und mir meine Enttäuschung nicht anmerken zu lassen.

»Mag sein. Aber wenn wir nicht schippen, schneit Hainpforta ein. Dann sind wir hier gefangen.«

Das seid ihr doch sowieso, schießt es mir durch den Kopf. Wozu macht ihr euch die Mühe?

»Und außerdem«, fährt Basil fort, »schippst du mit. Du bist eingeteilt.« Er beugt sich verschwörerisch zu mir vor. »Ich hoffe, du hast Lust auf Winterdienst, denn es war ein Stück Arbeit, Arthur zu überreden, dass du mitmachen darfst.«

Meine Laune bessert sich schlagartig. »Ja, klar habe ich Lust! Der Wetterbericht irrt sich doch ständig.«

Nur wenige Minuten später stehe ich wieder draußen in der kalten Winterluft. Doch diesmal ist Basil an meiner Seite. Während sich die anderen im Hof verteilen, beschließen wir, die Allee außerhalb der Mauer freizuschaufeln.

Basil legt sofort mit dem Schippen los. Trotz seines grazilen Körpers verfügt er über erstaunliche Kraft. Ich dagegen kämpfe mit dem hölzernen Relikt, das ich schon ohne Schneelast kaum tragen kann.

»Ist das schwer. Gibt es einen Trick? Irgendeine Technik?«

Basil lacht. »Ruh dich einfach aus. Ich habe dich nicht hierhergelotst, damit du mir beim Schippen hilfst, Mischa. Ich wollte gern mit dir allein sein.«

Verlegen blicke ich zurück. Die anderen bearbeiten die Wege auf dem Gelände. Von ihnen ist niemand in Hörweite.

Warum will er mit mir allein sein? Will er mir etwas über Hainpforta verraten? Mich um Hilfe bitten?

Aber nichts dergleichen geschieht. Basil schippt einfach nur Schnee. Er bearbeitet den Weg, den wir täglich gehen, und dringt immer tiefer in den Wald vor. Ich bilde mir ein, er tut es ausschließlich für mich. Ich folge ihm, die Schippe schleife ich hinter mir her.

Ab und an, wenn er sich die Haare aus dem Gesicht wischt und Atem schöpft, wirft er mir einen seiner konzentrierten Blicke zu, als wäre ich ein Rätsel. Und ich schäme mich, obwohl ich noch nicht einmal genau sagen kann, wofür. Dass ich ihn allein schippen lasse? Dass ich ihn so offensichtlich anstarre?

»Kalt geworden«, wispere ich. Die Verlegenheit, die ich vermeintlich besiegt hatte, schleicht sich hinterrücks wieder an. Wie blöd ich mir vorkomme.

Basil richtet sich auf. »Sollen wir ein Stück spazieren gehen?«, fragt er. »Dann wird dir warm.« Er nimmt mir die Schaufel aus der Hand. »Komm, wir gehen einmal ums Internat herum, an der Mauer entlang.«

Ich bin immer noch stumm wie ein Fisch. Wir stapfen nebeneinanderher durch den unberührten Schnee. Plötzlich spüre ich seine Hand an meiner.

Meine Wangen laufen knallrot an, was nicht weiter auffällt, denn durch die Kälte sind sie sowieso rot. Zumindest rede ich mir das ein.

»Ist es weit? Also, ich meine, einmal ums Gelände herum, ist das weit?«

Basil stoppt und zieht seine Hand fort. »Sollen wir umkehren?«

»Äh, nein! So habe ich das nicht gemeint. Im Gegenteil. Meinetwegen könnten wir den ganzen Vormittag wandern. Wirklich. Wanderurlaub ist mein Liebstes. Echt. Ich wollte eigentlich nur wissen, wie groß das Gelände ist. Kann man ja vom Schulhaus schlecht einschätzen. Also, zumindest nicht vom Erdgeschoss. Wegen der dreckigen Fenster und auch der Bäume. Wirklich, ich wandere wahnsinnig gern hier an der Mauer lang.«

Wenn Basil meine Hand nicht wieder ergriffen hätte, wären die Worte sicher weiter ungefiltert aus mir herausgeflossen.

»Eine Wanderung würde ich es nicht nennen. Wenn wir schnell laufen, sind wir in fünf Minuten wieder am Tor. Wenn wir langsam laufen …«

Er hält an. Wir stehen neben einem hohen Strauch. Schnee prasselt mir in den Kragen, als ich dagegenstoße.

»Langsam ist in Ordnung«, flüstere ich.

»Finde ich auch«, sagt Basil, und dann beugt er sich zu mir vor und küsst mich.

Ich spüre seinen warmen Mund, schließe die Augen und denke an nichts mehr. Basils Lippen sind weich, und er riecht gut. Nach frischem Gras und Holz. Behutsam streicht seine Hand über meine Wange. Die andere liegt in meinem Rücken, und er zieht mich enger zu sich. Doch die Berührung fühlt sich ganz zart an.

Ach, Basil! Ich will diesen Kuss genießen, gleichzeitig drängelt sich meine Unsicherheit dazwischen. Mache ich das richtig so? Lippen auf oder zu?

Bevor ich mich entscheide, lösen wir uns voneinander, ganz vorsichtig, doch unsere Hände bleiben ineinander verschränkt.

Schade, denke ich und stoße einen schweren Seufzer aus, der mir sofort peinlich ist. Als neblige Atemwolke hängt er noch kurz in der Luft, dann schluckt ihn die Kälte.

»Sollen wir wieder ins Warme?«, fragt Basil.

Wie kann er bloß so verdammt lässig sein?

Ich bewege meinen Kopf.

»Habe ich gerade genickt oder den Kopf geschüttelt?«

Basil kneift ein Auge zusammen. »Genickt.«

»Gut, das war auch, was ich wollte. Entschuldige, ich fühle mich ein bisschen … komisch.«

»Dann hak dich besser unter, nicht dass du wieder stürzt.«

Ich halte mich an Basils Arm fest, und wir laufen an der efeubewachsenen Mauer entlang zurück zum Eingang. Basil bleibt an einem Hagebuttenstrauch stehen und pflückt einen kleinen Zweig mit drei runzelig roten Früchten ab, den er durch die Maschen meiner Mütze steckt. Wahrscheinlich wäre mir die kleine Tür, die halb verdeckt hinter dem Gestrüpp liegt, sonst gar nicht aufgefallen. Neben Basil zu laufen, seine Nähe zu spüren, unsere Arme brezelförmig ineinander verschränkt, hat meine Sinne in Beschlag genommen. Doch nun sehe ich die grauen Holzbretter mit den rostigen Beschlägen.

»Ist das ein Keller?«, frage ich.

»Ein Durchgang zum Eingang«, antwortet er rätselhaft.

»Basil?«

»Hm?«

Seine türkisfarbenen Augen schimmern und färben sich für einen Moment dunkelblau.

»Wie … hast du das gemacht?«, frage ich.

»Was?«

Nichts. Ich sage nichts. Augen verfärben sich nicht. Basta!

»Für dich!«, sage ich und lege Myrell eine Handvoll Marzipankonfekt auf die Liege.

Ich schwebe immer noch über der Realität.

Myrell schiebt das Konfekt mit einer unglaublichen Geschwindigkeit in ihre Rocktasche. Ein Stück wickelt sie aus und stopft es sich sofort in den Mund. Gleich tut sie mir wieder leid.

»Mehr hatten wir nicht zu Hause, aber ich versuche, beim nächsten Einkauf an dich zu denken.«

»Und? Deine Hand?«, nuschelt sie mit vollem Mund.

Ich halte sie ihr wortlos entgegen. Sie nickt zufrieden.

»Hm, lecker«, sagt plötzlich Marts, der sich auf einer benachbarten Liege rekelt. Erst denke ich, er meint das Marzipan, aber er steht auf, tritt dicht an mich heran und zupft die Hagebutten aus meiner Mütze.

»Lass sie in Frieden!«, zischt Myrell. Blitzschnell steht sie auf der Liege und reicht Marts nun bis zu den Augen.

»Pass lieber auf, dass ich euer kleines Geheimnis nicht verrate.« Marts pikst ihr grinsend gegen die vom Marzipan ausgebeulte Wange.

»Ist nicht verboten«, sagt Myrell trotzig.

Ich ziehe Myrell von ihm fort, runter von der Liege, denn nichts, nicht einmal so ein Idiot wie Marts, kann mir heute die Laune verderben.

Nach der Schule begleitet mich Basil wieder durch den Wald. Wir halten uns wie selbstverständlich an der Hand. Mein Daumen fährt vorsichtig über seinen, und er lächelt.

An einer kleinen Lichtung bleibe ich stehen, lege meine Hand auf die blasse Haut seiner Wange.

Basil sieht mich an, ich kann seinen Blick nicht deuten. Kurz habe ich den Eindruck, dass er erschrocken ist.

Aber dann macht er einen Schritt auf mich zu, und ich lehne mich vor, bis ich wieder seinen Duft rieche und seine Wärme spüre. Und dann seine Lippen auf meinen. In dem Moment, in dem sich unsere Lippen berühren, vergesse ich alles. Basils Hand liegt wieder in meinem Rücken, er zieht mich an sich, stärker als beim letzten Mal. Und ich vergesse die Welt um mich herum. Und all meine Fragen.

KAPITEL DREIZEHN

Vor dem Ortseingang verabschieden wir uns. Ich schlendere durch die Stadt, und ab und an überrollt mich die Freude, ich stempele mit meinen Füßen Herzabdrücke in den Schnee. Bei den Schneemassen, die im Laufe des Tages gefallen sind, brauche ich mir gar nicht erst die Mühe zu machen, die Werkstatt aufzusuchen. Für den Rückweg von Hainpforta wünsche ich mir, dass es ewig weiterschneit und ich jeden Tag mit Basil nach Hause laufen kann. Aber für den Hinweg muss ich mir etwas überlegen. Die Erinnerung an den Morgen schafft es sogar kurz, mir die Wattewolke unter meinen Füßen wegzuziehen.

Klaas hat ein ungenutztes Mountainbike in seinem Keller stehen. Ohne Probleme hätte ich es mir leihen dürfen – vor zweieinhalb Wochen, als wir noch Freunde waren.

Das Buch aus der Bibliothek liegt noch in meinem Rucksack. Und meine Textnachricht ist unbeantwortet geblieben.

Ich klingele und warte. Klingele wieder. Warte. Selbst wenn er nicht zu Hause ist, muss er ja irgendwann vorbeikommen. Nach einer halben Stunde Klingeln und Warten komme ich mir vor wie eine Stalkerin.

»Klaas?«, rufe ich hoch zu seinem Fenster. »Klaas, für den Fall, dass du zu Hause bist und mich hörst: Ich würde wirklich gern mit dir reden. Und zwar nur mit dir und nicht mit sämtlichen Nachbarn. Könntest du bitte aufmachen?«

Einen Augenblick später höre ich Schritte hinter der Tür. Klaas öffnet, und mein Herz knautscht sich zusammen.

»Hi«, sage ich.

Er trägt eine neue Brille, nicht mehr dieses dünne Metallgestell, sondern ein moderneres Modell aus Plastik. Es steht ihm richtig gut.

»Was willst du?«

»Kann ich reinkommen?«

Klaas stößt die Tür auf, und ich schlüpfe in den Flur.

»Also ist heute nicht der Tag, an dem ich in der Kälte verende«, sage ich.

Nicht die winzigste Regung zeigt sich in seinem Gesicht, nicht mal ein verächtliches Anheben der Mundwinkel.

»Okay, aber immerhin, du redest wieder mit mir. Heißt das, die Sendepause ist endlich vorüber? Alles wieder gut zwischen uns?«

Klaas zuckt mit den Schultern.

»Mensch, Klaas. Was soll ich denn machen?« Ich stelle den Rucksack ab und öffne die Schnalle. »Schau mal, ich bin extra kriminell geworden für dich.«

»Ist der Waldhampi jetzt dein Freund?«

Ich halte inne. »Das weiß ich nicht.«

»Du weißt es nicht?«

Klaas reibt den Stoff seines T-Shirts zwischen den Fingern. Langsam richte ich mich auf. Man muss schon autistisch veranlagt sein, um nicht zu erkennen, wie traurig er ist.

»In meinen Augen ist das mehr als fair«, sagt er schließlich.

»Wenn ich dich an einen Internatsschnösel verliere, sollst du mich auch nicht mehr haben.«

»Klaas, weißt du, wie lange wir schon befreundet sind? Das darfst du nicht beenden. Das geht nicht. Man kann eine Freundschaft gar nicht beenden.«

»Wieso nicht?«

»Weil Freundschaft nichts Endliches ist. Also so richtige Freundschaft, so eine, wie du und ich sie haben. Wie das Möbiusband.«

»Du meinst einen Kreis«, sagt er trocken.

»Ist doch auch egal.«

»Ach ja? Und was ist dir an unserer Freundschaft so wichtig?« Jetzt klingt er spöttisch.

»*Du* bist mir wichtig! Du fehlst mir. Soll ich es dir wirklich erklären? Ich kenne dich wie sonst niemanden. Neben Mama bist du mir der liebste Mensch auf der Welt. Seit Wochen renne ich wie scheintot durch die Gegend und weiß ohne dich nichts mit mir anzufangen. Ich kann mit dir reden wie mit niemandem sonst. Du verstehst mich. Du hast die besten Ideen und bist so klug und witzig. Vermisst du mich denn kein bisschen?«

Klaas' Finger hören auf, das T-Shirt zu zerknüllen. »Mischa, es tut mir leid! Ich kann mich nicht mehr mit dir treffen und so tun, als wäre alles in Butter. Das geht einfach nicht.« Damit dreht er sich um und steigt die schmale Treppe zu seinem Zimmer hinauf.

Langsam laufe ich heimwärts. Wo die Tränen mein Gesicht berühren, trocknet die Kälte eisige Spuren auf meine Wangen. Diesmal ist es mir egal, ob die Nachbarn hinter ihren Gardinen verstohlen meinen Kummer beobachten. Der Tag, an dem ich meinen ersten Kuss bekommen habe, ist gleichzeitig der Tag, an dem ich meinen besten Freund für immer verliere, so sieht es aus! Klaas hat mit mir Schluss gemacht. Dabei bin ich überzeugt, dass das gar nicht möglich ist.

Zu Hause setze ich mich vor den Fernseher und lenke mich mit dem banalen Rauschen ab. Basils Kuss kommt mir vor wie die Szene aus einem Film. Etwas, das ich nicht selbst erlebt habe, das nichts mit mir zu tun hat.

An diesem Tag denke ich zum ersten Mal seit Langem an die Tage und Wochen nach Papas Tod und daran, was meine Mutter durchgemacht haben muss, als sie ihn verlor. Ich war damals sieben Jahre alt, und auch wenn ich unendlich traurig war und Papa vermisst habe, ich war bloß ein Kind und begriff nur so viel, wie ich imstande war zu verkraften. Das hat mich vermutlich geschützt vor der Wucht der Trauer.

Wahrscheinlich verstehe ich zum ersten Mal annähernd, wie sich meine Mutter damals gefühlt haben muss. Wenn man weiß, dass man jemanden unwiederbringlich verloren hat. Doch im Gegensatz zu Klaas ist mein Vater für immer von ihr gegangen, und es gab keinen Zipfel Hoffnung, an den sie sich klammern konnte.

Als Mama am Abend nach Hause kommt, ist mein Gesicht verheult, und ich umarme sie stürmisch.

»Was ist denn los, Mischki?«

»Papa«, weine ich. »Mein Papa.«

Aber ich weine auch wegen Klaas.

KAPITEL VIERZEHN

Ein weiterer Morgen bricht an, aber diesmal quäle ich mich nicht aus dem Bett, denn es ist Tag eins im Leben als Geküsste. Und sosehr mir der Kummer um Klaas gestern Nacht das Einschlafen erschwert hat, heute Morgen kitzelt die Vorfreude mich aus den Federn. Egal, wie düster der Wald ist. Ich habe eine Taschenlampe, und vor allem habe ich unglaubliche Lust, Basil wiederzusehen.

Ich werfe die Bettdecke zur Seite und gehe ins Bad.

Mein schwarz gefärbtes Haar schreit nach einem Kamm, und meine Lippen sind vom Warten in der Kälte aufgeplatzt und brennen. Kein Anblick zum Verlieben.

Energisch bürste ich meine Haare, fasse sie mit einem Zopfgummi am Hinterkopf zusammen, creme die Lippen ein. Anschließend schlüpfe ich aus dem Nachtshirt in ein Longsleeve – fällt im Schimmelmief von Hainpforta sowieso nicht auf, denke ich –, ziehe es mir aber sofort wieder aus und klettere tapfer in die Badewanne, wo ich mich abbrause.

Das Buch aus der Bibliothek steckt nach wie vor zwischen meinen Heftern. Ich hole es heraus. Die ganze Aktion war so sinnlos. Gestern Nachmittag bin ich naiv zu Klaas gestiefelt und habe gedacht, ich könnte mit einem läppischen Buch unsere Freundschaft retten. Doch wahrscheinlich gibt es nichts auf der Welt, was sie noch retten kann.

Ich blicke auf das Buch in meiner Hand. *Ärzte, Heilanstalten, Geisteskranke im mittelalterlichen Frankfurt am Main* von Georg Ludwig Kriegk. Na ja, wenigstens kann ich das Buch heute in die Bibliothek zurückstellen. Das wird die Gefahr verringern, dass irgendjemand meinen Diebstahl bemerkt.

Ich schlage den Band auf und erstarre. Auf dem Vorsatzblatt klebt ein Exlibris, das ich in- und auswendig kenne. Ich bräuchte bloß ins Wohnzimmer gehen und ein beliebiges Buch meines Vaters aus dem Schrank ziehen. Dort würde ich das gleiche kleine Bild eines schneebedeckten Ackers finden. Durch den Schnee blitzt die dunkle Erdkruste, und darüber kreist eine vogelähnliche Gestalt. Tausendmal habe ich es schon betrachtet. Das Vogelwesen spreizt die Krallen, als ließe es etwas frei: den Namen des Buchbesitzers. Selbst die Schrift gleicht der im Exlibris meines Vaters. Doch der Name, den diese Harpyie hier fallen lässt lautet: *Tullwiss*. In den Büchern meines Vaters steht in derselben geradlinigen Schrift *Lutz Ullweg*.

Entschlossen stehe ich auf und hole mir aus dem Bücherregal eines zum Vergleich. Eindeutig. Dieselbe Schrift, das gleiche Bild. Es ist das Exlibris meines Vaters. Aber wieso steht da *Tullwiss*? Und warum klebt es in einem Buch, das ich auf Hainpforta gefunden habe?

»Mama!« Laut rufend renne ich durch den Flur. Mir ist es völlig egal, dass es kurz nach sechs ist und sie eigentlich noch zwei Stunden schlafen kann. Ich springe zu ihr aufs Bett, was sie mit einem Aufschrei in die Höhe fahren lässt.

»Wer ist Tullwiss?«

»Was?«

»Hatte Papa etwas mit Hainpforta zu tun?«

»Gar nichts«, antwortet sie und rutscht wieder unter ihre Decke.

»Lüg doch nicht.« Ich rüttele an ihrer Schulter und halte ihr das Buch unter die Nase. »Das habe ich im Internat gefunden. Mit Papas Exlibris. Irgendetwas ist da faul.«

»Wovon redest du, Mischa?«

»Von *Tullwiss*.« Ich lege das Buch auf ihre Brust. »Wer ist das?«

Ich glaube nicht, dass Mama so ahnungslos ist, wie sie tut.

Sie rutscht langsam nach oben, bis sie mit dem Oberkörper am Kopfteil des Bettes lehnt. Das Buch poltert zu Boden.

»Wie spät?«, fragt sie mit geschlossenen Augen.

»Sechs.« Ich verschränke meine Arme vor der Brust. »Tullwiss, ist das Papa?«

»Sechs Uhr? Kann nicht denken. Zu früh. Heute Nachmittag, okay? Bitte lass mich schlafen.« Sie kippt wie ein Kartoffelsack zur Seite.

»Na gut«, gebe ich nach und rutsche von der Bettkante. Falsch, ganz falsch, sage ich mir. Wenn du die Wahrheit erfahren willst, hock dich auf ihre Brust und lass nicht locker.

Stattdessen bücke ich mich und hebe das Buch auf.

Ich habe noch ein komplettes Schuljahr vor mir auf einem Internat voller Freaks, die irgendeinen Hokuspokus veranstalten. Mir könnte es egal sein, aber jetzt taucht dieses Exlibris auf, und ich fürchte, mein toter Vater ist in diese Geschichte verstrickt.

Plötzlich kommt mir eine Idee, die ich ungeheuerlich finde, aber bestechend logisch. Wie oft wurde ich in den letzten Wochen vor dem Wald gewarnt? Dreimal, viermal, fünfmal? Mindestens.

Doch alles, was mir bisher zugestoßen ist, war ein dämlicher Radunfall, den ich selbst verschuldet habe, weil mich all die Warnungen fast paranoid gemacht haben. Ich schrecke zusammen, weil meine Sinne überreizt auf jedes stinknormale Geräusch reagieren. Was, wenn die Warnungen mir genau diese Angst einjagen sollen, wenn sie nur dem einzigen Zweck dienen, dass ich mich außerhalb des Unterrichts vom Internat fernhalte? Aber warum haben sie uns dann überhaupt aufgenommen?

Vielleicht hat mein Vater sich als Journalist auf Hainpforta eingeschleust und wollte das düstere Geheimnis quasi undercover aufdecken?

Ich verstaue das Büchlein mit dem Exlibris in meinem Schreibtisch.

Auch Basil hat mich gewarnt. Ich möchte das nicht denken, aber vermutlich steckt er also mit Arthur unter einer Decke. Ob mir Myrell helfen kann?

Eingepackt in meine dicke Jacke, mit Bommelmütze, Schal und Taschenlampe ausgerüstet, marschiere ich fünf Minuten später los, entschlossen, die Ungereimtheiten auf Hainpforta nicht länger einfach zu schlucken.

Wenn mein Vater euer Geheimnis entdeckt hat, dann kann ich das auch, denke ich.

KAPITEL FÜNFZEHN

Durch den Wald muss ich trotzdem, und es ist stockfinster. Kaum habe ich die Hangwiese hinter mir gelassen, sind alle Sinne wieder in Alarmbereitschaft. Ich kann nichts dagegen unternehmen.

Ich bereue, nicht auch ein Messer oder eine andere Waffe eingesteckt zu haben. Die Taschenlampe liegt schwer und kompakt in meiner Hand. Als Schlagstock taugt sie trotzdem kaum. In raschen Abständen leuchte ich auf den Weg vor mir, hinter mich und in die Bäume, falls dort wieder so ein Riesenvogel sitzen sollte. Wenn es Harpyien wirklich gäbe, wüsste ich, was sich tags zuvor aus den Ästen erhoben hat.

Der Wind heult, er pfeift und lässt die Äste klappern. Wenn die Borken aneinanderreiben, klingt es, als würden sie flüstern. Doch jedes Mal, wenn ich stehen bleibe, um auf das Echo meiner Schritte zu lauschen, verstummt er. Ich ärgere mich darüber, dass ich doch wieder Angst habe, und schwöre mir, am nächsten Morgen nicht mehr allein durch die Dunkelheit zu laufen. Ich werde Hanna fragen, ob wir nicht zusammen laufen wollen. Sie hat auch bloß ein blödes Damenrad.

Die Welt um mich herum ist nur so weit wie der Lichtschein der Taschenlampe. Vor und hinter mir scheint nichts zu existieren. Als ob ich den Weg erst mit meinem Licht erschaffen würde.

Nach einer Weile meine ich, im Gebüsch neben mir ein Knacken zu vernehmen. Ich ignoriere es, ziehe das Tempo an, um gleich darauf abrupt zu stoppen. Eine ähnliche Taktik wie am Vortag. Entweder bilde ich mir das Geräusch ein, oder derjenige, der es verursacht, hat extreme Reflexe. Könnte ein Fuchs sein oder ein Marder. Die sind schnell.

Angespannt lausche ich. Da! – wieder ein Knacken. Ich richte den Strahl der Taschenlampe direkt aufs Gebüsch. Für den Bruchteil einer Sekunde blitzt zwischen dem kargen Gitter aus Ästen ein heller Fleck auf. Ein Gesicht!

Erschrocken lasse ich die Taschenlampe fallen. Ihr Licht wird sofort vom Schnee geschluckt. Nun herrscht vollkommene Finsternis. Ich ducke mich auf den kalten Boden. Schützend schlage ich meine Arme über den Kopf. Ich rechne mit einem Angriff – aber nichts geschieht, und das ist beinahe das Schlimmste.

Ich warte. Mein Atem geht stoßweise. Dann senke ich vorsichtig meine Arme.

War das ein Gesicht? Ist es noch da? Hastig ziehe ich die Fäustlinge aus und grabe meine Lampe aus dem Schnee. Ich leuchte wieder in die Richtung. Äste. Nur Äste, die ein Gespinst bilden, in das die Phantasie alles Mögliche einweben kann: Gesichter, Hände, bucklige Hexen aus Kinderalbträumen.

Trotzdem bleibe ich hocken und leuchte in den Wald vor mir, während zwischen meinen Schultern die Angst herabrieselt und sich anfühlt, als taste mir eine Hand über die blanke Haut.

Ich leuchte in Richtung des Weges. Ein Stück gibt der Lichtschein preis, dahinter wieder Dunkelheit. Ich schaffe es nicht, aufzustehen. Die einzige Bewegung, die mein Körper zulässt, ist eine leichte Drehung des Kopfes.

So hocke ich noch, als aus dem Schwarz Grau wird. Und so hocke ich noch, als sich das Grau in Farben verwandelt. Farben in Gestalt von Hannas grünem Anorak, ihrer hellblauen Skihose und Fridolins bunt gestreifter Wollmütze. Hanna sitzt auf Fridolins Sattel, und er schiebt das Rad mit verbissener Miene und roten Wangen durch den Schnee.

Ich richte mich auf, bevor Fridolin sich mit seiner Fracht nah genug herangekämpft hat.

»Rad noch in der Werkstatt?«, ruft mir Hanna zu. »Ich nehme morgen vielleicht den Schlitten. Heimwärts geht es ja fast nur bergab.«

Ich trete an das Gebüsch.

»Und auf dem Hinweg ziehe ich dich? Hast du dir so gedacht!«, sagt Fridolin und stoppt so hart, dass Hanna vom Sattel rutscht.

Ich biege einen Zweig beiseite und schaue hinunter in den Schnee. Fußabdrücke. Erschrocken lasse ich den Zweig zurückschnellen. Eine kleine Wolke Schnee fällt aus den Ästen und überdeckt die Spuren am Boden.

»Frido wollte sein Bike nicht wie ich unten am Hang stehen lassen. Er hat Schiss, dass es jemand klaut. Aber wer verirrt sich außer uns schon in den Wald? Noch dazu um diese Tageszeit.«

Ich nicke abwesend. Ja, gute Frage. Wer außer uns treibt sich noch hier herum? Wer hat mich aus dem Dickicht heraus beobachtet? Hat mich Basil deswegen gewarnt? Was verschweigt er mir?

Einige Schüler schaufeln bereits wieder die Auffahrt frei. Ich suche Basil, aber diesmal sind wohl die *Biester* an der Reihe mit dem Winterdienst. Wieso machen sie sich die Mühe? Der Zustand des

Internats ist ihnen doch sonst auch egal. Vielleicht wollen sie die Wege frei halten für ihre Jagd? Im Schnee lassen sich Rehe oder Hasen und andere unschuldige Tier bestimmt noch viel einfacher abschießen.

Wir warten, bis Fridolin sein Rad abgeschlossen hat. Nervös trete ich auf der Stelle.

»Bald sind Ferien«, denke ich laut.

»Ja, noch drei Wochen. Mal wieder richtig ausschlafen, das wird mein bestes Weihnachtsgeschenk.« Fridolin seufzt.

Hanna allerdings guckt ziemlich unglücklich aus der Wäsche.

Wir steigen die Treppenstufen zum Eingang empor, vorbei an Arthur, den wir höflich grüßen, woraufhin er sein übliches Sprüchlein ablässt.

»Rituale«, sage ich. »Es geht doch nichts über vorhersehbare Abläufe.«

Fridolin grinst und boxt mich mit dem Ellbogen in die Seite. Soll er ruhig denken, meine Worte wären ironisch gemeint.

Basil entdecke ich auch nirgends im Schulgebäude. Vielleicht ist er in einem der oberen Stockwerke, wo sie Heilmethoden mit Moos erforschen, denke ich grimmig, oder Sektenrituale ausleben.

Lustlos trotte ich Hanna hinterher, die wiederum Fridolin folgt. Die beiden diskutieren über etwas. Sieht fast aus, als hätten sie Streit.

Aber egal, zu welchem Unterricht sie unterwegs sind, ich bin dabei, heute steht mir nicht der Sinn danach, allein mit den Hainpfortanern einen Klassenraum zu teilen.

Ich bin fest entschlossen, dem Geheimnis um dieses Internat und um meinen Vater auf die Spur zu kommen. Wenn ich nicht länger von einer Merkwürdigkeit zur nächsten stolpern will, muss ich mir allerdings etwas Schlaues überlegen.

Wie lassen die Bibliothek links liegen und laufen weiter den Gang entlang. Ich ahne, wohin es Fridolin zieht.

Ein paar Schüler kommen uns entgegen, grüßen. Ich bin die Einzige, die sie zurückgrüßt.

»Ist irgendetwas?«, frage ich Hanna, die Fridolin nun demonstrativ vorlaufen lässt und mit Trauermiene neben mir läuft.

»Frido geht nach den Ferien auf eine andere Schule.«

»Ach, Hannibunny übertreibt. Noch steht das gar nicht fest«, ruft er mir über seine Schulter hinweg zu.

»Kannst du denn deinem Vater nicht einfach sagen, dass du bleiben willst?« Hanna wendet sich zu mir: »Seinem Vater ist der Unterricht hier zu lasch.«

Wer kann es ihm verübeln?

»Vielleicht solltest du mehr Mathe belegen statt Kräuterkunde?«, schlage ich vor.

»Ach, meinem Vater wäre selbst der Matheunterricht zu lasch. Der will Tests, Klassenarbeiten, Noten.«

Na ja, vor drei Wochen wolltest du das auch noch, denke ich.

Fridolin legt tröstend seinen Arm um Hannas Schultern. Ich falle hinter die beiden zurück und versuche, alles zu betrachten, als sähe ich es zum ersten Mal. Wie passen das Moos und die Pilzkolonien ins Bild? Die Kräutersträuße, die von der Decke baumeln. Gwindula hat alle Schüler damit gefüttert – außer uns. Da, Kratzer im Parkett! Sind das nur gewöhnliche Abnutzungsspuren?

Im Klassenzimmer sinke ich auf die Liege, die ich mir mittlerweile regelmäßig mit Myrell teile, und notiere meine Überlegungen. Doch in dieser Stunde fehlt Myrell. Wahrscheinlich ist sie im Wintergarten und malt.

Ich schenke mir einen Becher Saft ein und führe ihn zum Mund, aber dann halte ich inne, denn ich habe plötzlich eine Idee. Um wirklich etwas herauszufinden, muss ich dorthin, wo Arthur uns nicht haben möchte, denke ich. Und ich muss noch einmal in die Bibliothek. Ich setze den Becher ab. Irgendwie ist mir heute nicht nach dem Zeug.

Gwindula betritt den Raum. Für den anstehenden Unterricht bettet sie einen Zweig vorsichtig auf den Duplizierapparat und flüstert dabei.

»Wieder ein spannendes Vortragsstündchen«, kommentiert Fridolin das Geschehen. »Rutsch ran, Hannibunny.«

Verlegen rutscht sie eine Pobreite näher. Die Zeit auf Hainpforta muss ihnen wie eine einzige Klassenfahrt vorkommen. Abgesehen von Arthurs Regeln gibt es keine Einschränkungen. Wahrscheinlich ist genau das der Grund, wieso Fridolin aufgehört hat, sich über das Internat aufzuregen, und sich, anders als sein Vater, keine Sorgen mehr um Abiturnoten macht.

Ich atme einmal kräftig aus und lenke meinen Blick auf das Ebenbild der Pflanze, das gerade mit leichtem Sirren vor mir in der Luft erscheint. Fasziniert betrachte ich die exakte dreidimensionale Reproduktion, die selbst die feinen Härchen am Stiel abbildet. Ich habe mittlerweile schon ein paarmal erlebt, wie diese Luftspiegelung vor uns entsteht, aber wie das funktioniert und warum Hainpforta sich mit dieser Erfindung keine goldene Nase verdient, verstehe ich nicht. Ich zeichne den Apparat unter meine Notizen.

»Meine Lieben. Bitte widmet euch mit allen Sinnen diesem

Holunder, schon aus Anstand und Respekt.« Gwindulas weißer Haarturban wippt auf und ab.

Mein Finger schnellt in die Höhe.

»Wenn du zur Toilette willst, Mischa, beeile dich bitte! Du brauchst nicht so erschrocken zu gucken, ich kann keine Gedanken lesen.«

Eine aus dem Team der *Schönen* kichert albern. »Husch, denn wir kommen gleich zur Verkostung des Hollersaftes. Husch. Husch.« Ein Schmunzeln breitet sich über ihr Gesicht.

»Ich beeile mich«, rufe ich und stürze aus dem Klassenraum.

Im Erdgeschoss ist außer mir keine Menschenseele unterwegs. Meine Füße rascheln über die verwelkten Kräuter am Boden. Kurz bleibe ich stehen und werfe einen Blick auf die trüben Fenster. Wieso nehmen wir seit Wochen alles einfach so hin? Es ist fast, als wären wir nicht mehr wir selbst.

Entschlossen biege ich in den Gang zur Bibliothek. Ich versuche mich daran zu erinnern, aus welchem Regal ich das Büchlein vor zwei Tagen gezogen habe, stelle mir so genau wie möglich vor, wie ich danach gegriffen habe, doch meine Erinnerung schickt mir stattdessen das geifernde Maul des Hundes an meiner Hand.

Ich bin kaum fünf Schritte entfernt, da springt die Bibliothekstür auf. »Mischa. Kann ich dir helfen?« Ergor hält einen Becher in der ausgestreckten Hand. Fast könnte man glauben, er habe nur auf mich gewartet.

»Ist Basil bei Ihnen?«, ist das Erste, was mir in den Sinn kommt.

Ergor lächelt, und ich schäme mich sofort. Schließlich muss ich ja nicht gleich jedem meine Begeisterung für diesen Internatsschüler auf die Nase binden.

»Er wird im Unterricht in einem der oberen Geschosse sein.« Ergor schwenkt den Becher vorsichtig und sieht hinein.

»Soll ich ihn holen?« Marts tritt hinter der Tür hervor und grinst herausfordernd.

»Wir sind hier noch beschäftigt«, sagt Ergor knapp und hebt unwillkürlich den Becher. »Geh zurück in die Bibliothek, Marts, ich komme gleich.« Der kleine Mann reicht nicht mal annähernd bis an Marts' Kinn, dennoch besteht kein Zweifel, dass er absolute Autorität besitzt.

Marts zieht widerwillig den Kopf ein.

Ergor schüttelt milde lächelnd den Becher in seiner Hand, seine weißen Haare zittern wie trockenes Gras. Er schließt die Tür hinter Marts.

»Ich denke, Mischa, du wirst warten können, bis Basil in einer der Pausen auftaucht.« Er lächelt immer noch, als er mich anblickt, und unter seinen freundlichen Augen bin ich fast so weit, meinen Plan hinzuwerfen und einfach wieder in den Kräuterkundeunterricht zurückzugehen.

Ergor ist so freundlich und mitfühlend. In seiner Nähe kann ich mir gar nicht vorstellen, dass Hainpforta irgendeine Art dunkles Geheimnis hütet. Aber leider ist nicht er der Schulleiter, sondern Arthur, und der ist schroff und abweisend. Genau wie die Schüler, einige wie Myrell und Basil sind nett und interessiert, und andere beachten uns kaum, wenden sich ab, wenn wir einen Raum betreten, oder greifen uns offen an, so wie Marts.

»Natürlich kann ich ihm auch gern etwas ausrichten?«, fährt er in seiner liebenswürdigen Art fort. Seine Augen blitzen.

»Ach, vielen Dank, aber eigentlich kann es doch bis zur Pause warten.«

Ergor betrachtet wieder prüfend den Inhalt seines Bechers und murmelt dabei: »Dein Rad ist kaputt?«

»Woher wissen Sie das?«, frage ich verblüfft.

»Arthur hat mir davon berichtet. Sei nicht ängstlich, wenn du durch den Wald gehst. Wachsam, ja, aber nicht ängstlich! Angst ist so ein nutzloses, überflüssiges Gefühl, es lähmt. Um den Rest kümmere ich mich.« Abrupt dreht er sich um und verschwindet durch die Tür.

Verdutzt starre ich auf die Klinke. Was er gesagt hat, über die Angst, das Gleiche habe ich auch gedacht. Ich will keine Angst mehr haben, wenn ich durch den Wald laufe. Aber ich habe diese Fußspuren gesehen …

Ich atme tief durch. Meine Mission ist noch nicht beendet. Ich laufe zur Treppe, die in die oberen Stockwerke führt.

Als ich um den Treppenpfeiler linse, ist niemand zu sehen. Der Gang sieht haargenau so aus wie der im Erdgeschoss. Auch hier hängen Kräuter von der Decke, der Boden ist übersät mit Laub. Moos, Pilze und bröckelnder Putz, das gleiche Bild.

Doch einen Unterschied gibt es: Hier oben ist es hell, denn Tageslicht strömt durch alle Fenster.

Neugierig trete ich an eines.

Aus dem Fenster bietet sich mir der Blick auf den gegenüberliegenden Flügel und hinunter in den Hof, der sich in eine Parkanlage mit verschneiten Bäumen und Büschen öffnet. Einen Garten oder die Gewächshäuser kann ich von hier aus nicht sehen, die müssen weiter seitlich außerhalb meines Blickfeldes liegen. Dafür entdecke ich im Zentrum der Anlage einen großen, runden Stein, einen Findling, dessen glatte Oberfläche in der Wintersonne funkelt. Offenbar hat sich jemand die Mühe gemacht, den Schnee vom Stein zu fegen. Auch wenn ich keine Fußspuren in der weißen Decke erkennen kann.

Mein Blick wandert zur Mauer und entdeckt die Holzpforte. Genau dahinter hat Basil mich geküsst. Gestern.

Plötzlich höre ich Schritte und erkenne Basils Stimme. Freudig drehe ich mich um. Doch er ist nicht allein. Arthur ist an seiner Seite, und die beiden diskutieren heftig.

Mist! Hierfür bekomme ich richtig Ärger.

Hastig klettere ich auf den Fenstersims und verberge mich hinter einem Pfeiler.

Arthurs Stimme steigt die Stufen hinauf und nähert sich. Er spricht sehr leise, unverständlich. Die beiden gehen an mir vorbei, immer noch redet Arthur eifrig auf Basil ein. Und plötzlich schält sich aus dem Gemurmel ein Wort heraus: *Tullwiss*.

Ich fahre mir mit der Hand vor den Mund, um den Laut aufzuhalten, der herausspringen will. Dabei wische ich unglücklich über das Mauerwerk, Putz bröckelt zu Boden.

Die Schritte stoppen. Arthurs Augen heften sich auf mich.

»Du.«

»Ich … muss zurück zum Unterricht!«, piepse ich und husche an Basil vorbei, den ich nicht anzublicken wage.

Kopflos renne ich ins Erdgeschoss, reiße die Klassenzimmertür auf, ohne mich um die Unruhe zu scheren, die ich verursache. Ich blende Gwindulas Stimme aus, die mich immer wieder fragt, ob alles in Ordnung ist, und stiefele stur zu meiner Jacke und dem Rucksack.

»Gehst du?«, fragt Hanna.

»Knutscht weiter!«, schnauze ich und stürze an den verblüfften Gesichtern vorbei aus dem Raum, hinaus in den Flur und endlich ins Freie. Der Wind weht unsanft wie am frühen Morgen und bremst meine Schritte.

Doch erst am Tor bleibe ich stehen. Ich wundere mich, dass Arthur mir nicht gefolgt ist. Immerhin habe ich gegen sein ehernes Schulgesetz verstoßen.

Okay, komm schon, denke ich und warte ab.

Die Eingangstür öffnet sich. Überrascht erkenne ich, dass es Basils blonder Schopf ist, der sich gegen den dunklen Hintergrund abzeichnet. Ein Windstoß fegt ihm die Haare aus der Stirn. Er trägt nur eine Stoffhose und sein schwarzes Hemd. Nicht gerade passende Kleidung, um mich durch den Winterwald zu begleiten.

Er ist noch einige Schritte von mir entfernt, da brülle ich ihn an. »Sag mir, was hier vorgeht.«

»Mischa«, seine Stimme ist vollkommen ruhig, »ich habe dir erklärt, dass es Angelegenheiten gibt, die wir intern behandeln. Wir wissen, dass ihr Städter uns ablehnt. Aber Mischa, wir stellen keine Gefahr für dich dar. Für niemanden.«

»Was weißt du über Tullwiss?«

Basil zögert.

»Tullwiss! Ich habe euch diesen Namen aussprechen hören!«

»Kümmere dich nicht darum, bitte.«

»Warum nicht? Irgendetwas geht doch hier vor. Irgendjemand belauert mich, folgt mir im Wald. Seit Tagen. Jeden Morgen habe ich panische Angst, wenn ich durch den Wald gehe. Nicht zuletzt, weil alle mich davor warnen. Aber niemand sagt mir, warum. Selbst du nicht. Ich kann das nicht mehr!«

Ich unterbreche mich, um ihm die Chance zu geben, mir eine logische Erklärung zu liefern, etwas, das mich beruhigen wird.

Seine Hemdsärmel flattern im Wind und schmiegen sich um seine Arme. Ich wünschte mir, er würde sie um mich legen, und das macht mich noch wütender. Also fauche ich ihn weiter an.

»Und dann finde ich in eurer Bibliothek dieses Buch mit dem Exlibris meines Vaters. Nur, dass der Name nicht stimmt. *Tullwiss* steht da. Plötzlich schleichst du mit Arthur durch die Gänge, und ihr tuschelt über diesen Tullwiss, der exakt dieselbe Schrift hat wie mein toter Vater!«

Basil schaut mich wieder so konzentriert an. Bestimmt grübelt er, mit welcher Ausrede er mich abspeisen kann. Da sehe ich es: Das Türkis seiner Augen verfärbt sich in ein dunkles Blau. Genau wie nach unserem Kuss hinter der Mauer. Es sieht wunderschön aus, wie ein Naturereignis, eine Gewitterwolke, die sich über die Oberfläche des Sees schiebt.

»Und zu guter Letzt«, schreie ich weiter, »kann ich nicht akzeptieren, dass ich in einen Typen verliebt bin, der inmitten einer Ansammlung von Halloweengestalten lebt und seine Augenfarbe auf Knopfdruck ändert.«

»Vertrau mir bitte, Mischa, dir passiert nichts.« Er streckt seinen Arm aus, doch ich weiche zurück.

»Damit du es weißt, ab morgen werde ich mit Grippe im Bett liegen. Und nach den Ferien wechsle ich aufs Rudolf! Ich werde keinen Fuß mehr hier reinsetzen. Nie wieder!«

»Ja, das stimmt«, sagt Basil matt.

Ich starre ihn an.

»Ich soll dir von Arthur ausrichten, dass du vom Unterricht freigestellt bist.«

»Was?« Meine Stimme ist kaum mehr als ein Atemhauch.

»Vielleicht ist es besser so.« Seine Fingerspitzen wandern über meine Wangenknochen, bis sie den höchsten Punkt erreicht haben, und wischen etwas beiseite.

Ich will ihm um den Hals fallen, ihn fest an mich drücken, aber die folgenden Worte klingen so verdammt distanziert: »Arthur lässt dir ausrichten, dass du bis Neujahr nicht mehr zur Schule kommen darfst.«

Ich drehe mich um und lasse Basil stehen. Er folgt mir nicht, hält mich nicht zurück.

Nur der kalte Wind weht. Kein Knirschen. Niemand hinter mir im Schnee. Es fällt mir unendlich schwer, die Allee entlangzulaufen, ohne mich umzudrehen.

Meine Hände umklammern einander – ich spüre noch schwach die Wunde an der einen –, doch erst, als ich hinter der Biegung außer Sichtweite bin, halte ich an und schlinge die Arme fest um meinen Bauch, wo sich kein federleichtes Spatzengefühl mehr tummelt, sondern die Traurigkeit in mir nagt, wie eine miese, gefräßige Raupe. Diese Traurigkeit fühlt sich bedrohlicher an als der Wald um mich herum.

Ich müsste wütend auf Arthur sein, schimpfen, den halben Wald zusammentreten. Lieber würde ich Wut spüren als dieses übermächtige lähmende Gefühl.

»Basil«, flüstere ich.

Eine Schar Krähen erhebt sich unter ohrenbetäubendem Gekreische aus den Bäumen vor mir. Es müssen zwanzig oder dreißig Tiere sein.

Uff! Das also sind die Ereignisse der letzten Wochen gewesen. Jetzt sitze ich mit tropfender Nase und verkrampfter Schreibhand an meinem Tisch vorm Fenster und schreibe.

Ironie des Schicksals, ich bin wirklich krank geworden. Deswegen muss ich Mama nicht wegen des Rauswurfs anschwindeln, auch wenn es keine Grippe ist, sondern bloß eine saftige Erkältung, die mich erwischt hat. Zumindest für die nächsten Tage kann ich mich in meinem Bett verkriechen und brauche ihr nichts zu erklären.

Vom Unterricht freigestellt! Nicht mal persönlich hat Arthur mir den Rauswurf überbracht. So ein Feigling! Weil er gewusst hat, dass ich ihm einen Haufen unangenehmer Fragen stellen würde, anders als Fridolin und Hanna, die, betäubt in ihrem Liebesrausch, nichts mehr mitbekommen und sicher nach wie vor jeden Morgen nach Hainpforta radeln.

Immerhin habe ich jetzt Zeit für diesen Bericht.

Wenn ich bedenke, was ich alles erlebt habe, wundere ich mich, dass ich selbst so lange jeden Morgen nach Hainpforta gedackelt bin. Wenn ich ehrlich bin, lag das wohl vor allem an Basil. Ich denke oft an seine Augen. An seine tiefe Stimme. Daran, wie ihm die Haare in die Stirn fallen und er sie mit einer fließenden Bewegung beiseitewischt, und ertappe mich dabei, wie ich ihn selbstvergessen imitiere. Ich träume von seinen türkisblauen Augen mit dieser besonderen Form und seinem konzentrierten Blick. Basil ist so ernst. Doch je länger ich darüber nachdenke, desto stärker fällt mir auf, dass auch Basil sich widersprüchlich benommen hat. Sein Ausweichen und die Geheimniskrämerei. Ich verstehe ihn nicht. Und das macht mich nervös. Er hat so offensichtlich etwas zu verbergen. Und war es wirklich Zufall, dass er mich nach meinem Radunfall im Wald gefunden hat? Manchmal hatte ich das Gefühl, dass er mich versteht und wirklich mag. Und dann wieder – all diese Warnungen, nie hat er auf meine Fragen reagiert.

Ich wünschte mir, er hätte auf meinen Rauswurf anders reagiert, traurig oder wütend wie ich, aber er findet es *besser so*. Das waren doch seine Worte.

Ich schreibe weiter, zwischendurch schaue ich auf, weil ich immer noch dieses Verfolgungsgefühl habe, das mir keine Ruhe lässt. Selbst durch die heruntergelassene Jalousie fühle ich mich beobachtet. Wieder und wieder vergewissere ich mich, dass niemand unten auf der Straße steht und mich überwacht. Ich sehe nichts. Ich weiß, dass niemand dort lauert. Aber dann denke ich an die Abdrücke im Schnee und weiß, dass ich mir nicht alles bloß eingebildet habe.

Wie seltsam sich dieser Schulbesuch entwickelt hat.

Wenn Mama aus dem Laden nach Hause kommt, muss ich sie zur Rede stellen. Ich will endlich wissen, was mein Papa mit dem Internat zu tun hatte.

KAPITEL SECHZEHN

Als ich aufwache, habe ich Schüttelfrost und Fieber. Mama stopft mir eine Wärmflasche unter die Bettdecke und wickelt nasskalte Lappen um meine Waden. Sie schwört darauf, aber ich hasse diese Dinger.

»Tullwiss«, krächze ich.

Sie tut, als hätte sie mich nicht verstanden, und hält mir Thymiansaft hin.

Ich krächze also noch einmal.

»Das hat Zeit«, sagt sie und zwingt mich, einen Löffel von diesem klebrigen Saft zu schlucken.

Nach zwei Tagen Bettruhe, die ich mir mit Zoo-Dokus im Fernsehen vertreibe, fühle ich mich etwas gesünder. Das heißt, in meinem Kopf fängt es wieder an, zu arbeiten, und ich werde unruhig. Wieso habe ich Basil so angebrüllt? Was denkt er jetzt nur von mir? Wenn Hainpforta wirklich einer finsteren Sekte angehören sollte, hat sie Hanna, Fridolin und mich bisher jedenfalls verschont. Aber nun darf ich nicht mehr hin, so oder so. Blöde, dickköpfige Mischa. Und noch schlimmer ist: Das Internat fehlt mir, Myrell, Basil, Gwindula, Ergor, Hanna und Fridolin – selbst Arthur fehlt mir.

Ich halte es im Bett nur so lange aus, bis Mama die Wohnung

verlässt. Dann setze ich mich an meinen Computer, wo ich »Tullwiss« in die Suchmaschine eingebe. Das Wort ergibt sage und schreibe null Treffer.

Ich suche nach Hainpforta, aber das Internat verfügt nicht einmal über einen eigenen Internetauftritt. Doch ich entdecke etwas anderes, das mein Herz sofort schneller schlagen lässt: den Link zu einem Artikel über das Internat in unserer Regionalzeitung, verfasst von Lutz Ullweg. Leider lässt sich der Artikel nicht mehr öffnen.

Ich schicke, nur aus reiner Gewohnheit, eine Textnachricht an Klaas. Hier in der Stadt habe ich wenigstens durchweg Empfang. Was aber absolut nutzlos ist, da er mir sowieso nie antwortet. Dann schicke ich noch einen Gruß an Hannas Handy: *Wie läuft's so im Wald? Bin krank.*

Die Nachricht schicke ich los, und dann sende ich gleich noch eine hinterher: *Würde mich über Krankenbesuch von dir freuen. Aber will dich natürlich nicht anstecken …*

Dann hole ich den Schreibblock aus meinem Rucksack. Ich reiße die kindischen Notizen über Hainpforta aus dem Heft, knülle den Zettel zusammen, entfalte ihn wieder und befestige ihn mit Tesastreifen am Schrank meinem Bett gegenüber. Auch die Zeichnung von dem Apparat hänge ich dazu. Anschließend drucke ich mir die Handyfotos aus und klebe sie daneben.

Als Nächstes erstelle ich eine Tabelle, in der ich sämtliche Verfolgungsereignisse aufliste, also beispielsweise *Flattern/Rascheln vorm Fenster, Fußspuren/Gesicht im Gebüsch*. Erst sind es nur diese beiden, aber dann fällt mir immer mehr ein. Dieses schwarze Vieh, das sich aus dem Baum erhoben hat, natürlich, aber auch der Nachmittag, an dem ich den Radunfall hatte, und der erste

Tag überhaupt auf Hainpforta, als sich in der Schaufensterscheibe etwas gespiegelt hat, oder damals, als ich Klaas angerufen habe und mir einbildete, etwas würde sich in der oberen Fensterecke bewegen. Ich schiebe meine Lippen vor. Ziemlich viel, um das alles bloß als ein diffuses Gefühl abzutun.

In einer zweiten Spalte notiere ich das Datum und den genauen Ort dazu und in einer dritten, welche Personen oder – weiter gefasst – welches Lebewesen in unmittelbarer Nähe war. Ich liste auf: Pfandsammler, niemand, Basil, Riesenvogel (?), Hanna + Fridolin, Gesicht (?), Hanna + Fridolin.

Dass Hanna und Fridolin doppelt auftauchen, deute ich nicht als Hinweis, dass sie anders als unwissend verstrickt sind.

An Basils Namen bleibt mein Blick hängen. Langsam strecke ich eine Hand aus und fahre sachte die Buchstaben ab. Unfassbar, dass ich ihm Tage zuvor noch so nah gewesen bin. Er hat mich geküsst. Und ich habe darüber nachgedacht, ob wir ein Pärchen sind.

Ich schließe die Augen, denn das hilft mir, mich an seine Wärme zu erinnern, an seinen holzigen Geruch. Ob er auch an mich denkt?

Ich hefte die Tabelle neben meine anderen Dokumente an die Wand und kringele Basils Namen rot ein. Der Kringel gerät mir zu einem Herz, und diesem Herz folgen fünf, sechs weitere, die rot ausschraffiert seinen Namen schmücken. Zum Schluss verwandele ich auch noch den i-Punkt in ein kleines Herzchen.

Vom Schulunterricht freigestellt. Ich seufze wieder. Blöder, schöner Basil.

»Okay, sieh es positiv! Wenigstens den Wald bist du los«, murmele ich.

Bliebe da noch die Sache mit meinem Vater. Ich pause die Exlibris ab, das aus dem Internatsbuch und eines aus unseren Büchern, und pinne sie nebeneinander über die anderen Zettel. Dann trete ich einen Schritt zurück.

Mit dem Daumennagel an der Oberlippe hocke ich mich auf mein Bett und grübele. Dann markiere ich die Figur auf dem Exlibris neongelb, genauso wie die drei Ereignisse, als ich mir eingebildet habe, etwas flattere umher, neben mir, über mir, vorm Fenster. Den megaintuitiven Detectives in amerikanischen Fernsehkrimis fällt an dieser Stelle die zündende Lösung ein.

Mir nicht.

»Sinnlos«, murmele ich, »unmöglich, daraus mehr abzulesen, als ich sowieso schon weiß.«

Tullwiss, um mehr über dich herauszufinden, werde ich wieder ins Internat müssen. Mein Herz fängt an zu rasen, denn im selben Moment begreife ich: Wenn zwischen Tullwiss und meinem Vater tatsächlich eine Verbindung besteht, gibt es einen weiteren Ort, an dem ich meine Nachforschungen anstellen kann: mein Zuhause.

Die Erkenntnis treibt mich hoch. Der Wecker auf meinem Nachttisch zeigt Viertel vor vier. Mir bleiben mehr als zwei Stunden, in denen ich mich in Ruhe durch Mamas Zimmer wühlen kann. Denn dort vermute ich die aufschlussreichsten Hinweise.

Als Erstes ziehe ich die Schublade ihres Schreibtisches auf. Schweiß klebt an meinen Handflächen. Es sind nur Papas Sachen, die ich durchsuche, lüge ich mich an. Du wühlst nicht in ihren Dingen.

Vorsichtig hebe ich an, was darin liegt, Locher, Büroklammerketten, Briefe, und luge darunter, ohne wirklich etwas zu erkennen. Dafür müsste ich das Fach ausräumen und kaltblütig jedes Ding einzeln betrachten. Meine Hände zittern. Ich kann das nicht. Ich schiebe das Fach wieder zu und gebe auf.

Beim Verlassen des Zimmers streift mein Blick ein Bild an der Wand. Eine Reproduktion, die ich als kleines Kind stundenlang betrachtet habe, wenn ich morgens im Bett meiner Eltern kuschelte. Ich bleibe stehen und sehe mir zum ersten Mal seit Jahren das Motiv wieder genauer an: Eine junge Frau kniet neben einem Spaniel, der ihr das Handgelenk zum Trost leckt.

Zumindest war das die Geschichte, die ich mir damals zusammengereimt hatte. Jetzt betrachte ich die rosa Zunge des Hundes genauer, wie sie über die weiße Haut der Frau fährt, und bemerke, dass dieses Lecken keine tröstende Geste ist. In der fahlen Haut der Frau klafft eine winzige Wunde, aus der Blut tropft.

»Ach, du dickes Ei!«, rufe ich unwillkürlich und beuge mich näher an die Reproduktion. Eindeutig, die Haut ist verwundet, und der Hund schlabbert daran.

»Wollen wir doch mal sehen, wer das gemalt hat«, sage ich und hebe das Bild vom Nagel. Doch auf der Rückseite klebt kein Etikett, sondern ein Blatt Papier, ein Zettel.

Eine Weile stehe ich bloß da, dann kratze ich die Klebestreifen vom Blatt und stecke es in meine Jogginghose. Der Schlüssel an der Wohnungstür klimpert.

Im selben Augenblick, als Mama die Tür aufstößt, ziehe ich mir die Bettdecke hoch bis ans Kinn. Ich verlangsame meinen Atem, lasse die Augenlider auf halb acht sinken und huste erbärmlich. Den Husten brauche ich allerdings nicht zu simulieren, der begleitet mich gratis und ohne Anstrengung.

»Hab heute den Laden früher zugemacht, Mischki. Du liegst

hier wie ein Häufchen Elend, und ich toupiere fremden Leuten die Haare, unerträglich! Jetzt koche ich dir erst mal eine feine Kraftbrühe. Wie geht es dir denn?« Ihr Kopf erscheint im Türrahmen, und sie lächelt mich sorgenvoll an. »Fieber? Du hast ganz rote Wangen. Na, ich bin jetzt da.« Sie setzt sich zu mir ans Bett, fasst mir an die Stirn und gibt mir einen Kuss. Lügnerin, denke ich und meine uns beide.

KAPITEL SIEBZEHN

Mama schneidet in der Küche das Gemüse für die Suppe, ich höre das gleichmäßige Hacken auf dem Brett. Ich fingere behutsam den Zettel aus der Jogginghose. Er ist völlig ruiniert. Als ich ihn entfalte, erkenne ich, dass es ein Brief ist, geschrieben in der Handschrift meines Vaters.

Ich ziehe die Luft durch die Zähne, dann streiche ich das Papier glatt und breche auch noch die letzte Regel unseres Zusammenlebens: Ich lese einen Brief, der an meine Mutter gerichtet ist.

Liebe Wendla!

Ich weiß, dass Du Dich gestern zu Tode geängstigt hast. Mir wäre lieber, Du hättest es nicht auf diese Weise zu sehen bekommen.

In Deinen Augen nimmt es sich monströs aus, vermute ich. Für mich jedoch ist es normal, oder vielmehr: Das bin ich. So bin ich. Ich hoffe, Du kannst mich so akzeptieren..

Bitte glaube mir, ich nehme welchen Preis auch immer in Kauf, um bei Dir zu sein. Falls Du Dir vorstellen kannst, weiter an meiner Seite zu leben, gibt es eine Möglichkeit …

Ich liebe Dich!

Dein Tullwiss

Zumindest eine Frage kann ich mir nun beantworten: Mama kannte Tullwiss. Nun ja, kannte ist in diesem Fall untertrieben. Sie liebten sich, denn ja, auch das ist jetzt zweifelsfrei für mich belegt: Tullwiss ist mein Vater, Lutz »Tullwiss« Ullweg.

Ich drehe mich zur Wand. In meinen Händen rolle ich den Brief zu einer dünnen Röhre und verstaue ihn sorgfältig in der Ritze zwischen Bettgestell und Matratze.

Leider wirft der Brief mehr Fragen auf, als er beantwortet. Und es steht rein gar nichts über Hainpforta drin. Ich linse zur Tür. Das Hacken in der Küche hat aufgehört.

Mama trägt die Antworten in sich. Natürlich kann ich nicht in die Küche gehen, den Brief schwenken und fragen, was bitte schön mein Vater mit *monströs* gemeint hat. Sofern ich mich erinnere, war er geduldig, humorvoll, manchmal etwas stur – »Wie du!«, sagt Mama immer – und keinesfalls monströs.

Eine halbe Stunde später bringt Mama mir ein Tablett mit einer dampfenden Suppenschüssel und Weißbrot.

Sie hilft mir beim Aufrichten – ich huste wieder ein bisschen –, klopft das Kissen hinter meinem Rücken zurecht und befiehlt mir zu essen.

Während ich in die heiße Suppe puste, spaziert Mama im Zimmer herum und bleibt vor dem Schrank stehen. Minutenlang betrachtet sie die Zettel und Fotos wortlos. Plötzlich streckt sie ihren Arm aus. Wie ich zuvor berührt sie ein Bild sachte mit ihren Fingerspitzen und streicht liebevoll darüber. Es ist die Exlibris-Kopie aus Hainpforta.

»Tullwiss«, murmelt sie und setzt lauter nach: »Du willst langsam die Erklärung, nehme ich an? Dann will ich dich erlösen und deine Neugier befriedigen, Mischki.« Sie dreht sich zu mir um.

»Ja, Tullwiss und Papa sind ein und dieselbe Person. Und es gibt natürlich einen Grund, warum dir sein Name auf Hainpforta begegnet ist.«

Der Suppenlöffel steckt in meinem Mund. Deswegen wedele ich mit meiner Hand, was so viel heißen soll wie, dass Mama es nicht so spannend zu machen braucht.

»Tullwiss ist ein Spitzname. So, wie ich dich meistens Mischki nenne.«

Mama dreht sich zum Fenster, doch diesmal will ich sie nicht gehen lassen, ohne dass sie meine Fragen beantwortet hat.

»Das mit dem Spitznamen ist Blödsinn«, sage ich. »Vor ein paar Tagen habe ich gehört, wie ein Schüler vom Internat über *Tullwiss* geredet hat.«

Etwas Suppe schwappt aus dem Teller auf meine Bettdecke, und ich bemühe mich, weniger aufgebracht zu sein. »Also? Warum sollte ein Internatsschüler auf Hainpforta über meinen toten Vater reden und dabei einen Spitznamen verwenden?«

»Ein Schüler?« Mama lacht und setzt sich zu mir aufs Bett. Noch mehr Suppe landet auf meiner Bettdecke. »Kein Wunder! Dein Vater unterrichtete dort.«

»Also kennst du das Internat? Warum hast du das nicht gesagt, als ich ausgelost wurde?«

»Nein, Mischa! Ich kenne niemanden. Außerdem ist das Jahre her. Lutz hat den Lehrerberuf aufgegeben, als du geboren wurdest.« Liebevoll streicht sie die Decke glatt. »Trotzdem scheint ihm sein guter Ruf immer noch Verehrer zu bescheren. Lutz war ein außerordentlich beliebter Lehrer.« Glatter als glatt streicht sie die Bettdecke. »Aber ich kenne keinen dort. Das war ausschließlich seine Welt.« Mit einem Mal blickt sie ernst. Etwas, ein Gedanke, eine Erinnerung, muss eine Saite in ihr verstimmt haben, und nun trägt sie wieder das übliche Trauergesicht.

Ich bin mir nicht sicher, ob ich ihr glauben soll, dass sie niemanden kennt. Nicht einmal Arthur? Und was soll diese Lüge mit dem Spitznamen? Kein Mensch erinnert sich an einen Lehrer, der vor Milliarden von Jahren unterrichtet hat, und flüstert dessen Namen, als wäre der Nitroglyzerin. Andererseits, warum sollte sie mich anlügen?

»Nimmst du mich dieses Jahr am einundzwanzigsten mit?«

»Nein.«

»Langsam wird es Zeit, dass du mir mehr über Papa und dich erzählst«, sage ich und schiele zu der Stelle, wo ich den Brief versteckt habe. »Immerhin sind in den letzten Tagen einige Neuigkeiten auf mich eingeprasselt. Warum ist Papa Journalist geworden? Warum ist er nicht Lehrer geblieben? Ist irgendetwas vorgefallen im Internat?«

Vielleicht etwas, das andere als *monströs* bezeichnen würden, füge ich in Gedanken hinzu.

»Für heute ist es genug, du bist noch krank, Mischa, ruh dich aus.«

»Nimm mich mit. Verrate mir, wer Papa wirklich war. Diese Geheimnisse …«

»Nein«, unterbricht sie mich.

»Aber verstehst du nicht, dass mich das ängstigt?«

»Mischa, es tut mir leid, aber ich fürchte, du musst es aushalten und mir vertrauen, wenn ich dir sage, dass dein Vater ein wundervoller Mensch gewesen ist und alles, was du an guten Erinnerungen an ihn in dir trägst, wahr ist.«

»Ich bin fünfzehn.«

»Noch bist du vierzehn. Ende der Diskussion! Du bist krank und solltest schlafen.« Mama erhebt sich und nimmt den Suppenteller mit.

Beleidigt drehe ich mich zur Wand.

Zwei Tage später, als ich erwache, ist der Vormittag fast vorbei. Ich fühle mich unglaublich gesund. In meiner Jogginghose und einem alten Kapuzenpulli schleiche ich in die Küche, aus der es seltsam klirrt und klappert. Mama steht über ein Rezeptbuch gebeugt am Tisch. An ihrem Zeigefinger trägt sie einen Ring aus Ausstechförmchen, den sie unablässig dreht.

»Unglaublich, dass ich tatsächlich die Plätzchenrezepte vergessen habe. Die konnte ich alle mal auswendig.«

Richtig, wir wollten Plätzchen backen! Auf dem Fensterbrett brennen zwei von vier roten Stumpenkerzen. Trotzdem werte ich das Nudelholz und die Plätzchenformen, die Mehlbüchse und die kleine elektrische Waage auch als Versuch, die Wogen zwischen uns zu glätten.

»Gut, ich backe mit. Aber nur, damit du glaubst, alles sei in Butter, und ich dich hintenrum aushorchen kann«, sage ich.

Mama lacht. »Oberschlau. Ich lass mich nicht aushorchen. Hol den Zucker und wasch dir die Pfötchen.«

»Miau!«

Wir backen acht Bleche. Anschließend verzieren wir den Plätzchenberg mit Schokolade, Puderzucker und bunten Streuseln. Wenn man eine Karte der vorweihnachtlichsten Orte unserer Stadt erstellen würde, müsste unser Haus heute mit Sicherheit als olfaktorisches Zentrum markiert werden.

»Teil eins des Auftrags ausgeführt«, sage ich und salutiere

vor dem bunten Haufen. »Sollen wir die jetzt zur Mission bringen?«

»Hm. Ich muss mich noch ein bisschen an die Buchhaltung setzen. Vielleicht gehst du morgen nach der Schule ohne mich? Du scheinst wieder gesund genug zu sein.«

Autsch! *Morgen nach der Schule*. Jetzt, da ich weiß, dass mein Vater auf Hainpforta ein beliebter Lehrer gewesen ist, bringe ich es noch viel weniger fertig, ihr den Rauswurf zu beichten. Okay, es handelt sich nicht um einen richtigen Rauswurf, nur um eine *Freistellung*. Bis Januar.

Mama wischt Schokokleckse von der Arbeitsplatte. Sie missversteht mein Zögern. »Ich habe alle gestrigen Friseurtermine auf Montag und Dienstag verschoben. Mehr als einmal kann ich mir das Absagen nicht erlauben, sonst läuft mir die Kundschaft weg.«

»Schon okay, ich bringe die Plätzchen gern morgen nach der Schule zur Mission. Aber Mama, selbst wenn du deiner Kundschaft Ketchup in die Haare reibst, die würden dir nicht weglaufen. Du bist die beste Friseurin der Stadt.«

Ich schiebe mir ein Plätzchen in den Mund. Wie und wann ich ihr den Rauswurf beichten soll, muss ich mir noch überlegen.

KAPITEL ACHTZEHN

Am Montag kehrt die Erkältung zurück. Zumindest lasse ich Mama in dem Glauben. Sie erlaubt mir, noch einen Tag zu Hause zu bleiben.

Nachdem sie gegangen ist, hole ich Papas Brief aus der Ritze zwischen Bett und Matratze hervor, um ihn wieder an sein ursprüngliches Versteck zu kleben. Ich betrachte die Schrift. Wendla und Tullwiss. Wendla und Lutz. Die beiden waren ein schönes Paar. Ich erinnere mich an unseren letzten gemeinsamen Urlaub. Wir hatten das Auto vollgepackt und fuhren an den Gardasee. Mama und Papa saßen vorn und hielten die ganze Zeit Händchen, außer wenn Mama schalten musste. Auf der Fahrt übergab ich mich im Stundentakt, und zwischen den Kotzattacken wimmerte ich auf der Rückbank in mein Schnuffeltuch. Schließlich bat Papa Mama, von der Autobahn abzufahren. Wir hielten in einer kleinen Parkbucht am Waldrand.

»Lutz, keinen Budenzauber!«, hat Mama gestöhnt. Papa hat geantwortet, es gehe um mich, und da könnten sie doch einmal auf die Vereinbarung pfeifen.

Dann verschwand er im Dickicht, um ein paar Minuten später mit einem Kraut aufzutauchen, das ich mir in die Wange klemmen musste. Meine Reisekrankheit linderte es tatsächlich.

Der Sommer am See war großartig. Mama brachte mir das Schwimmen bei, und mit Papa übte sie Autofahren, er machte gerade seinen Führerschein. Wir wanderten durch Olivenhaine, und ich aß jeden Abend abwechselnd Pasta mit Cozze oder Pizza Margherita und danach Pistazieneis. Das war der letzte Sommer mit meinem Vater.

Im selben Jahr, kurz vor Weihnachten, am 21. Dezember, starb er bei einem Unfall. Er fuhr heimlich und auch nur selten, da er die Fahrerlaubnis noch nicht besaß. An diesem Morgen wollte er schnell sein und fuhr die aberwitzig kurze Strecke zur Redaktion.

Mama verabschiedete sich morgens mit tränenfeuchten Augen von ihm und tigerte den ganzen Tag durch die Wohnung, als ob sie geahnt hätte, dass der Abschied für immer war. Als die Nachricht vom Unfall eintraf, brach sie zusammen und lag anschließend zwei Monate im Bett.

Ich zog für zwei Wochen zu Klaas, bis meine Oma kam und den Haushalt versorgte, doch dann ging es auch Opa schlechter, und sich gleichzeitig um Mama, mich und Opa zu kümmern, schaffte sie nicht. Also sagte sie zu Mama, dass es jetzt Zeit sei, aufzustehen und das Leben wieder in die Hand zu nehmen, was Mama dann auch tat.

Ich denke nicht gern an die Monate nach Papas Tod. Und auch selten an das Familienleben davor, denn es ist unnütz, sich an etwas zu erinnern, das so schön war, aber unwiederbringlich vorbei ist.

Zumindest habe ich lange so gedacht. Doch jetzt versuche ich, mich ganz bewusst zu erinnern. Ich ziehe mir meine warme Jacke über und verlasse die Wohnung.

Der Weg zum Redaktionsgebäude führt an der Brandruine

meiner Schule vorüber. Kein einziger Handgriff ist bisher gemacht worden. Sogar das Flatterband der Feuerwehr knattert noch vor dem zerborstenen Eingang. Vermutlich kann man wegen des Wetters und der Kälte jetzt eine ganze Weile nichts machen … Ich starre auf den rußigen Dachstuhl. Nicht einmal der Schnee verleiht dem zerstörten Gebäude etwas Freundliches. Mein altes Gymnasium kommt mir vor wie ein Grab.

Und wenn ich tatsächlich zur Rudolf wechseln würde? Dann stünde meine Versöhnung mit Klaas vielleicht auf einem besseren Blatt? Ich könnte Fridolins Vater fragen, ob er den Antrag für uns drei stellen will.

Aber nach Neujahr darf ich auch wieder aufs Internat, hat Basil gesagt. Ich bücke mich und hebe eine Handvoll Schnee auf, den ich zusammengepresst in Richtung Schule schleudere.

Die Redaktion ist im zweiten Stock eines schmucklosen Hauses untergebracht. Der Hauptteil der Zeitung entsteht in Wiesbaden. Hier werden nur die Nachrichten aus der Region für den Lokalteil verfasst. Dementsprechend überschaubar ist die Anzahl der Büros.

Ich klopfe an die erste Tür auf der rechten Seite und stoße sie vorsichtig ein Stückchen auf. Hier sitzt Lorenz Herbert, früher ein sehr guter Freund meines Vaters.

»Die Mischa, na, so eine Überraschung! Schwarze Haare trägst du jetzt? Steht dir gut.«

»Danke, Lorenz.«

»Und? Was treibt dich her? Hast du eine Nachricht für uns?«

»Nein, eigentlich nicht. Aber ich wollte dich fragen, ob es eventuell im Archiv noch die Artikel von Papa gibt. Ich will …«

»Verständlich. Ja, wir haben alle Artikel archiviert. Nur wirst du dich leider selbst durch das Archiv graben müssen. Marie ist im Urlaub. Sie kennt sich mit unserem elektronischen Archiv aus wie keine andere. Aber ihr jungen Leute fuchst euch da schnell rein. Das ist so ähnlich wie Googeln.«

Er erhebt sich aus seinem Drehstuhl. Seine Hosenbeine sind ein wahres Faltengebirge, da nutzt es wenig, dass er den Stoff glatt streicht.

»Denkst du manchmal an meinen Vater?«, frage ich.

Lorenz lässt sich langsam in den Sitz zurückgleiten und weist auf einen Stuhl, der neben der Tür steht. Ich rücke ihn an seinen Schreibtisch und setze mich ebenfalls. Mit einer Hand fährt er ein paarmal die Kante des Tisches ab, als hole er so Schwung für das, was er sagen will.

»Genau genommen vergeht seit dem Unfall kein Tag, an dem ich ihn nicht vermisse. Dein Vater war nicht nur ein hervorragender Journalist mit einem hohen Berufsethos, er war mein bester Freund.«

»Was ist an dem Tag passiert?«

»Was meinst du? Er hatte einen Unfall.«

»Ja, aber davor? Was hat er vor seinem Unfall gemacht? Wie hat er die letzten Stunden seines Lebens verbracht?«

»Mischa, wir waren beste Freunde, aber das kann dir wahrscheinlich niemand beantworten. Ich muss zugeben, dass wir am Tag vor seinem Unfall eine Auseinandersetzung hatten. Dummes Zeug, eigentlich kein Grund für einen Streit. Als Nächstes habe ich von seinem Unfall erfahren. Ich denke sehr oft an Lutz und diesen ärgerlichen, überflüssigen Streit.«

Ich stutze. »Aber er war ja noch hier, oder? Im Büro?«

»Am Tag seines Unfalls? Nein.« Er lacht bitter. »Nein, war er nicht. Genau davon handelte unser Streit. Er kam und wollte kündigen. Natürlich durfte er das. Aber nicht von einem Tag auf den anderen, und außerdem wollte ich ihn nicht gehen lassen. Meinen besten Mitarbeiter. Meinen Freund. Ich verweigerte ihm schlichtweg sein Recht, und er sagte, dass ich ihn zu nichts zwingen könne. Ich schäme mich, wenn ich davon erzähle, Mischa. Das war keine rühmliche Tat von mir.«

Stumm blicke ich auf den Teppich zu meinen Füßen. Was werde ich wohl noch alles erfahren? Ich habe das Gefühl, dass ich gar nichts über meinen Vater weiß.

»Vielen Dank trotzdem. Kann ich dann jetzt vielleicht das digitale Archiv sehen?«

»Sofort.« Lorenz Herbert steht schwerfällig auf. Mit meinen Fragen habe ich offenbar in einer Wunde gebohrt.

Im Archiv tippe ich den Namen meines Vaters in die Suchmaske des Programms ein, und auf dem Bildschirm erscheint eine ellenlange Liste. Hunderte Artikel hat er während der Jahre, die er für die Lokalredaktion gearbeitet hat, veröffentlicht. Aber ich suche nur einen bestimmten. Deshalb verknüpfe ich im Sucheintrag seinen Namen mit dem des Internats. Zehn Artikel werden mir angezeigt, mit fallender Relevanz. Die meisten, entnehme ich den Überschriften, befassen sich mit Armut und Obdachlosigkeit. Ich drucke sie aus und schließe das Programm.

»Auf Wiedersehen, Lorenz. Ich gehe jetzt, und vielen Dank«, rufe ich durch die halb offene Tür.

»Mach es gut, Mischa! Grüß deine Mama und besuch mich mal wieder. Du kannst jederzeit ins Archiv.«

KAPITEL NEUNZEHN

Auf der Straße herrscht um die Mittagszeit wenig Verkehr. Gut so, denke ich, dann laufe ich Mamas Kundschaft nicht in die Arme. Fehlt noch, dass die ihr zuträgt, die kranke Tochter gondele durch die Weltgeschichte.

Jemand ruft: »He, du! Schneewittchen mit der roten Bommelmütze!«

Mist! Jetzt hat mich doch jemand erwischt.

Suchend schaue ich mich um und entdecke den Schrauber.

»Dein Rad ist fertig. Wenn du willst, ich bin gerade auf dem Weg zur Werkstatt, hol es dir ab.«

»Kein Geld dabei.«

»Wäre gut, wenn du es heute noch abholst. Hab nicht so viel Platz.«

Ich nehme einen Umweg, der nicht über den belebten Marktplatz führt, sondern die abgeschiedene, ungepflasterte Gasse am Bach entlang. Die Gasse mag ich nicht besonders. Im Sommer klebt mit jedem Schritt schwere Erde an den Schuhen, und durch die Feuchtigkeit riecht es modrig.

Nun versiegelt der Schnee die Erde. Hell und freundlich ist der Weg trotzdem nicht. Hier treffen sich oft die Obdachlosen und Alkies der Stadt und lungern auf den Bänken herum.

Trotz der Kälte hockt eine Gestalt in unzählige Decken gewickelt auf einer der Bänke. Nur die buckelige Form lässt auf einen Menschen schließen.

Ich grabe meine Hände in die Jackentaschen, in der Hoffnung, ein paar verlorene Münzen im Winkel des Futters zu ertasten.

In diesem Augenblick tritt eine weitere Person aus dem Gebüsch an die Bank. Sie ist schlank, hochgewachsen, und überlange Ponysträhnen hängen ihr ins Gesicht.

Mein Herz hüpft freudig, als ich Basil erkenne, gleichzeitig stolpert mein Verstand über die Tatsache, dass er schon wieder überraschend aufgetaucht ist.

Basil kniet sich vor dem Deckenberg nieder. Er greift in seinen Mantel und bringt eine Blechbüchse zum Vorschein. Langsam laufe ich auf die beiden zu. Je näher ich komme, desto deutlicher zeigt sich, dass es sich bei dem Vermummten um den Obdachlosen vorm Radladen handelt. Seine Hand zittert, und die schmutzigen, brüchigen Fingernägel heben sich gegen das silbrig glänzende Blech der Büchse ab, die Essen enthält. Der Alte schlingt es gierig hinunter. Der Mann unterbricht kurz sein Mahl, um über Basils Kopf hinweg einen trotzigen Blick auf mich zu werfen. Dreck und Wetter haben sein Gesicht wie wund gescheuert. Trübsinnig liegen die Augen in tiefen Höhlen. So klein und gemütlich unsere Stadt auch ist, Armut und Obdachlosigkeit gehören zu ihr. Die Artikel meines Vaters, die ich zusammengefaltet in der Jacke trage, berichten davon.

»Hallo«, sage ich endlich, und Basil dreht sich um.

Er richtet sich auf, wie immer lässig. Wenn ich ihn überrascht habe, lässt er es sich nicht anmerken. »Wie geht es dir?«

»Ich bin krank.«

»Grippe. Hattest du gesagt.«

»Und du? Wieder mal in der Stadt?«

Basil tritt einen Schritt zur Seite und deutet auf den Mann. »Ich besuche meinen Bekannten. Ich habe dir ja von ihm erzählt.«

Das ist Basils Bekanntschaft aus der Stadt? Ein obdachloser, alter Mann? Ich habe mit allem gerechnet, aber nicht damit.

Basil beugt sich zu dem Alten und wispert ihm etwas zu. Unwillkürlich taste ich nach den Zeitungsartikeln. Der Mann zuckt mit den Schultern, was unter den steifen Decken nur als kleine Bewegung wahrnehmbar ist.

»Darf ich dich begleiten?«, fragt mich Basil.

Dass wir Klaas um die Mittagszeit hier begegnen werden, erscheint mir so gut wie ausgeschlossen, also nicke ich. Basil verabschiedet sich leise, und wir folgen dem Bachlauf.

Wieder spüre ich seine Hand an meiner. Ich zögere etwas, doch dann schließe ich als Antwort die Finger um seine. Er zieht mich an sich. Fest umschlungen stehen wir eine Weile da. Aus irgendeinem Grund bin ich traurig.

»Ich höre einfach auf, dir Fragen zu stellen«, flüstere ich. »Oder wirst du mir sagen, was es mit diesem Mann auf sich hat? Warum du ihn besuchst? Mein Vater war Lehrer auf eurem Internat, wusstest du das? Er hat Artikel …«

Statt einer Antwort fühle ich seine Hand, die meinen Nacken umschließt und dabei meinen Hinterkopf streichelt. Die Bommelmütze verrutscht.

»Ich mag dich sehr, Mischa. Aber die Geschichte sollte sich nicht wiederholen.« Seine Tropfenaugen wechseln wieder die Farbe, diesmal ins Tiefseeschwarze.

Wütend laufe ich ein paar Schritte fort, drehe wieder um. »Dass sich die Geschichte nicht wiederholt, kannst du dir abschminken, denn alles verläuft in Zyklen, immer! Alles wiederholt sich, so oder so. Auf welche Geschichte du auch anspielst, ich wette, sie ist gerade dabei, Anlauf zu nehmen für diese Wiederholung. Und weißt du noch was? Der einzige Weg, um das zu verhindern, wäre Offenheit.« Ich verschränke die Arme und warte.

Zum ersten Mal erlebe ich Basil ratlos. Er denkt wirklich ernsthaft über meine Worte nach, saugt seine Unterlippe ein, kaut auf ihr herum.

»Du hast recht. Wir sind schon mittendrin.«

Und dann jauchzt er, absolut unverständlicherweise, und drückt mich an sich. Wir wirbeln zwei, drei Runden durch den Schnee, und meine Mütze rutscht ganz vom Kopf. So kindlich hat er sich noch nie aufgeführt. Die Ruhe, die er sonst ausstrahlt, ist verschwunden, ich finde ihn einfach nur überwältigend süß.

Hand in Hand rennen wir den Weg bis zu mir nach Hause, wo wir keuchend vor der Tür stoppen. Ich fummele den Schlüssel aus der Jacke.

»Kommst du mit?«, flüstere ich zu meinen Fußspitzen.

»Ja«, antwortet er dem Klingelschild.

Wir betreten den kleinen Flur. Plötzlich denke ich, dass der mal wieder renoviert werden müsste. Die komplette Wohnung bedarf eigentlich einer Überholung. Es wächst zwar kein Moos, und es riecht Gott sei Dank noch ein wenig nach Plätzchen, aber ich geniere mich mit einem Mal für unser buntes, zugestelltes Durcheinander.

Ich lotse Basil schnell in mein Zimmer, wo mich fast der Schlag trifft, denn an meine Indizienwand habe ich nicht mehr gedacht.

Dort hängen am Schrank sein rot eingeherzter Name und das verschwommene Handyfoto.

Basil kratzt sich hinter dem Ohr, als er die Zettel entdeckt, dann dreht er sich grinsend zu mir um. »Also, du magst mich auch.«

»Ja, aber es gibt auch noch die Seite, die …« – sich über dich wundert und mich vor dir warnt, will ich sagen. Aber so etwas sagt man nicht einfach so jemandem ins Gesicht. Schon gar nicht, wenn dieses Gesicht sich verdammt schnell nähert und Mikrometer vor dem eigenen stoppt. Und man wieder dessen Wärme wahrnimmt und wunderschön weiche Lippen spürt.

Basil löst seinen Mund von meinem und küsst mir den Hals. Es kitzelt ziemlich, besonders, als seine Lippen meiner Kehle nahe kommen. Ich zucke weg.

»Aufhören?«, fragt er.

»Kennst du dich damit aus?«

»Womit?«

»Mit Küssen – und so weiter.«

»Gefallen dir meine Küsse nicht?«

»Mann, Basil. Ich will wissen, ob du schon mal eine Freundin hattest.«

Er schiebt sich den Pony mit langsamer Geste weit hinters Ohr.

»Ja, ich hatte schon eine Freundin.«

»Geht sie aufs Internat?«

»Nein, du kennst sie nicht. Sie wohnt …«, Basil zögert, »… in einem anderen Land. Das ist auch schon zwei Jahre her.«

»Denkst du noch an sie?«

»Nein, ich denke eigentlich nur noch an dieses schwarzhaarige Mädchen. Mischa.«

Ich lache. Wir küssen uns wieder. Und ja, Basil kennt sich richtig gut aus.

Wir stehen zwischen Schrank und Bett, auf diesem einen Meter, der gerade genug Platz bietet für den Bettvorleger. Oder um mit seinem besten Freund dort auf dem Boden zu kauern und … Stopp, Mischa! Hör auf, an Klaas zu denken. Es ist nicht deine Schuld.

Basil streicht meine Haare beiseite und küsst meinen Hals. Und das ist schön, aber es geht irgendwie auch schwindelerregend schnell. Wir taumeln einen Schritt oder zwei und landen auf meinem Bett. Ich versuche, meine Unerfahrenheit nicht zum Hindernis werden zu lassen. Basil hilft mir, ihm seinen Pulli über den Kopf zu ziehen. Schließlich sitzen wir uns gegenüber. Sein Oberkörper ist frei. Ich trage nur noch mein Top und die Jeans.

»Du bist so schön«, sagt Basil und streichelt meinen nackten Oberarm.

Ich betrachte fasziniert seine sahneweiße Haut, die sich über das Schlüsselbein spannt. Die perfekten Kugeln seiner Schulter, die feingliedrigen Arme, die keine übermäßigen Kräfte vermuten lassen. Meine Finger fahren langsam seinen Arm empor und hinab, tasten sich vom Schlüsselbein langsam hinab über seinen Bauch. Etwas hoch und dann etwas hinunter.

Bevor ich den Hosenbund erreiche, legt er seine Hand über meine.

Ich gebe zu, ich will wissen, wie es weitergeht. Aber gleichzeitig fällt mir ein Stein vom Herzen. Basil hat bereits eine Freundin gehabt. Wahrscheinlich haben die beiden nicht bloß rumgeknutscht. Für mich ist das alles neu. Ich fürchte, nicht mithalten zu können mit dieser fremdländischen Schönheit. Plötzlich schäme ich mich.

»Kannst meine Hand wieder loslassen«, sage ich.

Basil lächelt, umfasst meinen Körper und hebt mich dicht zu sich ran – mit einem Arm. Vorsichtig legt er mich auf den Rücken. Ebenso behutsam bettet er sich neben mich. Er zieht die Decke unter uns hervor und breitet sie über uns aus. Währenddessen liege ich still mit rasendem Herzen neben ihm. Nervös folge ich seinen Bewegungen.

»Und du?«, fragt er.

»Ich? Auch ausziehen?«, frage ich zurück.

Er lächelt. »Wenn du willst. Ich meinte eigentlich, ob du schon mal einen Freund hattest.«

»Nein«, sage ich und knülle verlegen die Bettdecke zwischen meinen Fingern. »Hab ich denn jetzt einen?«

»Wir sind mittendrin«, antwortet er, und ich fühle sein Herz ebenso heftig schlagen wie meines.

Wir küssen uns wieder.

»Mein Freund. Basil«, flüstere ich.

Wir schauen uns ewig in die Augen, und nach dieser Ewigkeit öffne ich den Knopf meiner Jeans und ziehe sie mir von den Beinen. Unsere Körper rücken dicht zueinander. In meinem Bauch ist ein Gefühl, das ich nicht kenne. Ein Drang, der mich wünschen lässt, keinen Fingerbreit Luft zwischen unseren Körpern zu lassen, der mich wünschen lässt, unsere Körper wären eins. So fühlt sich das an. Ich reibe meinen Fuß an seiner Wade – anders als an den Armen, Hals, Brust, Gesicht, am gesamten Körper, fühlt sich seine Haut hier rau an. Mein Fuß fährt über etwas Spitzes, und erschrocken ziehe ich ihn zurück.

Etwas hat mich gestochen! Was war das? Ich greife die Decke und will sie zurückschlagen.

»Nicht!« Basil packt mein Handgelenk. Seine Augen leuchten fast gelb.

»Was ist das?«

Er lässt meinen Arm los und wälzt sich auf den Bauch. Ich rutsche ein Stück von ihm weg. Zusammengekauert, mit angezogenen Knien, drückt er sein Gesicht ins Kissen und murmelt in den Stoff. Die Stimme dringt gedämpft durch das Kissen, aber trotzdem verstehe ich *mittendrin*.

»Das ist bereits das dritte Mal, dass du sagst, dass wir mittendrin stecken. Wovon redest du?«

Er schaut mich mit seinen wundervollen, wieder türkisfarbenen Augen an, und ich lege sacht die Hand auf seine Schulter.

»Erzähl mir doch, was los ist. In welcher Geschichte stecken wir drin? Vielleicht kann ich ja helfen?«

Er schüttelt den Kopf.

»Geteiltes Leid ist halbes Leid, sagt meine Mutter.«

»Mischa.« Er nimmt mein Gesicht in seine Hände, und der Griff ist so fest, dass es fast unangenehm ist. »Nicht ich werde leiden, sondern du. Und ich werde der Grund sein. Das ist unsere Geschichte, die sich nun wiederholt.«

»Aber wieso willst du mir wehtun?«

»Ich will nicht, Mischa. Ich werde.«

»Warum? Ich verstehe das nicht. Hat es etwas mit Hainpforta zu tun? Erklär mir doch, was los ist!«

Aber er will nichts erklären. Er schlingt sich die Decke um den Körper und steht vom Bett auf. Dann zieht er sich umständlich darunter die Hose an. Obwohl ich weiß, dass er nun gehen wird und alles wieder in der Schwebe hängt, weil Basil zu küssen nicht zwangsläufig bedeutet, dass es an diesem Punkt weitergeht, muss ich lachen, als er so durch mein Zimmer hopst. Doch als er angezogen vor mir steht, um sich zu verabschieden, bin ich den Tränen nah.

»Bleib doch«, bitte ich ihn.

»Tut mir leid, Mischa.«

»Ich frage nichts weiter. Ehrenwort. Bleib doch.«

Er senkt den Kopf. Die Haare verbergen seine Augen.

»Sehen wir uns morgen? Kommst du mich besuchen? Oder hast du vielleicht eine Telefonnummer im Internat, unter der ich dich erreichen kann?«

»Nein. Das war dumm von mir. Wochenlang habe ich mich zusammengerissen, bin dir aus dem Weg gegangen. Es muss an der Jahreszeit liegen. Ich bin durcheinander.«

Ich begleite Basil zur Tür. Besser, ich verabschiede ihn erhobenen Hauptes, als sitzen gelassen in meinem Zimmer hinter ihm herzuheulen.

An der Tür dreht er sich noch einmal zu mir um. »Entschuldige bitte! Ich hätte das nicht tun sollen.«

Ich stehe im Flur, immer noch halb nackt, der Wind bläst aus dem Treppenhaus kalt in die Wohnung.

»Geh nicht durch den Wald und halte dich vom Internat fern. Wenigstens bis Neujahr. Versprich es mir«, bittet er.

»Besuchst du mich? Du könntest vorbeischauen, wenn du deinen Bekannten triffst.«

Er seufzt, und in der kalten Treppenhausluft weht seine Atemwolke zu mir und streift mich, beinahe wie ein Kuss.

»Ich weiß es nicht. Ich muss nachdenken. Ich schicke dir ein Zeichen. Dann treffen wir uns an der Bank am Bach.«

»Kannst du mir wenigstens sagen, wovor ich mich fürchten muss?«

»Vor gar nichts. Wenn du hierbleibst.«

Er geht.

Ich rutsche am Türrahmen hinab und heule still vor mich hin.

Nach einer Weile klappern die Sicherheitsschlösser an der gegenüberliegenden Tür.

»Jetzt reicht es aber, Mischa«, sagt Frau Klemm, unsere Nachbarin. »Zieh dir wenigstens was über, wenn du dir schon im Treppenhaus den Tod holen musst.« Sie verschwindet kopfschüttelnd in ihrer überheizten Festung.

Ich stehe auf.

Im Bad dusche ich heiß und koche mir anschließend einen Tee. Doch auch danach zittere ich noch ziemlich heftig. Erst habe ich Klaas verloren und nun Basil.

»Na schön«, sage ich trotzig, »dann werden wir uns eben nicht mehr wiedersehen.«

Im Flur liegen die Ausdrucke von Papas Artikeln. Ich bin mir sicher, hier ansetzen zu müssen. Es kann kein Zufall sein, dass Basils Bekannter ein Obdachloser ist.

KAPITEL ZWANZIG

Wie verknüpfen sich die Fäden?

Mein Vater unterrichtete auf Hainpforta, als Journalist später schrieb er über Obdachlosigkeit und Armut. Und Basils einziger Bekannter in der Stadt ist ebenfalls ein Obdachloser.

Ich hole die Artikel und fange an zu lesen. Der letzte stammt vom 18. Dezember von vor sieben Jahren. Er ist somit drei Tage vor Papas Tod gedruckt worden. Neugierig beginne ich zu lesen, was meinen Vater kurz vor seinem Tod beschäftigt hat.

Bei dem Artikel handelt es sich um einen Spendenaufruf, der die besondere Not der Menschen ohne Wohnung zur Winterzeit beschreibt und die Arbeit der städtischen Mission vorstellt. Beim letzten Abschnitt stockt mein Atem. Hier steht, dass sich die Hainpforta-Stiftung immer wieder bereit erklärt, Menschen einen festen Wohnsitz zu stellen und für sie zu sorgen, und wie schön es wäre, wenn andere dem positiven Beispiel folgen würden.

Moment, sollte das die simple Lösung des Geheimnisses von Hainpforta sein? Leben in der Tabuzone der oberen Stockwerke die Gestrandeten? Wieso soll es ein Geheimnis sein, sich um Hilfsbedürftige zu kümmern? Und wieso waren sie dann nicht auch beim Festessen?

Und was ist mit Basils Beinen? Und warum warnt er mich vor Hainpforta und dem Wald? Und wieso, verdammt noch mal, hat Mama mich all die Jahre über angelogen? Wieso hat Papa uns angelogen? Er war nicht in der Redaktion am Tag seines Todes. Oder weiß Mama das?

Mir schwindelt. Ich werfe den Artikel auf den Küchentisch und gehe in mein Zimmer. Die Bettdecke liegt immer noch auf dem Boden. Ich hebe sie auf, in der Hoffnung, dass Basils holziger Duft sich darin verfangen hat. Etwas Schwarzes segelt zu Boden. Eine Daunenfeder. Ich bücke mich und hebe sie auf. Leicht liegt sie in meiner Hand. Ich streiche über den weichen Flaum. Die winzigen Härchen spreizen sich. Ich lege die Feder an meine Lippen, dann schiebe ich sie unter den Tesafilm von Basils Foto, krieche zurück ins Bett, schließe die Augen und träume von seinen Berührungen.

Am Abend, als Mama nach Hause kommt, fiebere ich wieder. Die Erkältung ist wirklich zurückgekehrt.

Mama betritt mit Papas Artikeln mein Zimmer und legt sie schweigend auf meinen Schreibtisch, doch davon bekomme ich kaum etwas mit. Ebenso wenig vom Arzt, der am nächsten Vormittag eine Grippe mit Verdacht auf Lungenentzündung bei mir diagnostiziert.

Ich schlafe die meiste Zeit, manchmal meine ich, ein Geräusch am Fenster wahrzunehmen, ein Kratzen oder Klopfen. Doch ich bin zu schwach, um mich aufzurichten und nachzuschauen.

Am vierten Tag geht es bergauf. Mama öffnet für ein paar Stunden am Nachmittag ihr Geschäft. Ich fühle mich elend, aber immerhin schaffe ich es ins Wohnzimmer aufs Sofa, wo ich die meiste Zeit döse. Später ruft mich Hanna an.

»Hi. Wie geht's?«, krächze ich in den Hörer.

»Gut, aber du klingst noch ziemlich krank. Kommst du vor den Ferien gar nicht mehr zur Schule?«

Weiß Hanna überhaupt nichts vom Rauswurf? Dann haben sie es offensichtlich nicht an die große Glocke gehängt, was bedeutet, dass ich einfach nach Neujahr zur Schule spazieren kann, und Mama braucht nichts zu erfahren.

»Wie läuft es sonst so? Was macht der Unterricht? Was machen Fridolins Schulwechselpläne?«

»Die seines Vaters«, sagt Hanna etwas säuerlich. »Nichts. Bisher hat keine andere Schule Platz für ihn.«

»Und sonst? Irgendwelche Neuigkeiten?«

»Fridolin und ich dürfen jetzt am Bogenschießen teilnehmen. Und es gibt morgen so eine Art Geländespiel, bei dem wir vielleicht mitmachen dürfen. So ein Hindernisparcours, wenn ich es richtig verstanden habe.«

»Wie cool.« Ich kann meinen Neid kaum verbergen.

»Wenn du wieder gesund bist, schick mir doch eine Nachricht, damit wir am Brunnen auf dich warten«, sagt Hanna. »Dann laufen wir zusammen.«

»Okay, danke, das mache ich. Bitte grüß Fridolin. Und Myrell. Und Gwindula.«

»Gute Besserung!«

Wir legen auf. Ich huste ein bisschen vor mich hin.

Jegliches Zeitgefühl ist verschwunden. Die letzten Tage waren gleichmäßig grau.

Ich verdränge die Gedanken an Basil, Hainpforta und meinen

Vater. Und auch an Klaas. An Klaas sowieso. Ich verbiete mir zum eintausendsten Mal, seine Nummer zu wählen. Das Ende unserer Freundschaft hat auf diesem Sofa begonnen. Es ist eindeutig kontaminiert mit Klaas-Erinnerungen, genauso wie mein Bett kontaminiert ist mit Basil-Erinnerungen.

Nichts kann ich mehr betrachten oder anfassen, ohne gleichzeitig in diese schmierige Sehnsuchtsfalle zu tappen. Schließlich halte ich es nicht länger aus und entferne die nutzlosen Zettel und das Foto von der Schranktür, um sie in einer Schublade meines Schreibtischs verschwinden zu lassen.

Dann werde ich doch schwach und schicke Klaas eine Textnachricht, in der ich ihm schreibe, dass ich krank bin und es schön wäre, wenn er sich melden würde. Ich übertreibe ein bisschen beim Gesundheitszustand, aber das wird Klaas durchschauen. Dafür kennt er mich zu gut. Ich beschwöre das Telefon, endlich zu klingeln. Basils Zeichen, das ich mir wünsche.

Meine Tage bestehen aus Essen, Schlafen und Tierdokumentationen. Mama bringt mir ein paar unserer Plätzchen. Ich schiebe den Teller beiseite und öffne das Fenster, um ein wenig frische Luft zwischen meine verklebten Hirnzellen zu lassen. Dezember, denke ich, nichts für schwache Gemüter. Rauer Monat ohne Licht.

Vor mir auf dem Fensterbrett liegt eine kleine schwarze Feder. Ich stupse sie an und beobachte ihren Tanz zum Boden. Doch der graue Hintergrund schluckt sie.

KAPITEL EINUNDZWANZIG

Pünktlich zum Ferienbeginn steigt die Temperatur über null, der Schnee taut, und ich bin wieder gesund.

Die letzten Tage habe ich mit einer Wühlkiste auf dem Schoß dagesessen und aus alten Kronkorken, verwaisten Legosteinen, Plastikdübeln und anderem nutzlosen Kram Schmuck gebastelt. Weihnachtsgeschenke. Dabei habe ich fortwährend darüber gegrübelt, wen ich nun mehr vermisse, Klaas oder Basil. Von Klaas kam immerhin ein knappes *Gute Besserung!*.

Doch langsam fühle ich mich wieder fit, ich strotze vor Tatendrang, der alle trüben Gedanken vertreibt.

Als Erstes beschließe ich, das Rad aus der Werkstatt zu holen.

»Zeit wird's, dass du die Krücke abholst. Die steht mir beim Weihnachtsgeschäft ständig im Weg rum.« Der Schrauber empfängt mich schimpfend, aber ich habe keine Lust, mich zu entschuldigen oder etwas zu erklären.

Als Nächstes radele ich heim und hole die übrig gebliebenen Plätzchen, der größte Teil ist vertilgt. Ich schütte den kläglichen Rest in eine Dose, packe ein Netz mit Orangen in meinen Rucksack und fahre damit zur Mission. Anders als früher übergebe ich alles unspektakulär am Einlass der Frau vom Dienst.

»Oh, danke!«, sagt die junge Frau. »Das ist ja mal eine nette Idee.«

»Sind Lutz-Ullweg-Gedächtniskekse«, sage ich.

Sie zieht die Stirn kraus und grübelt, was ihr das sagen soll. Wahrscheinlich fragt sie sich, ob die Dinger Ginseng oder andere Hirndurchbluter enthalten.

»Auch bekannt als Tullwiss-Plätzchen«, füge ich hinzu, um sie gänzlich zu verwirren.

»Na dann. Besten Dank!«

Ich drehe mich um und höre noch, wie die Frau den Deckel der Dose lüftet.

Basil hat mir bisher kein Zeichen gesendet. Ich radele trotzdem den Bachlauf ab.

Weihnachtsferien – und ich kurve allein durch die Stadt. Klaas hat mir keinen Krankenbesuch abgestattet, Hanna auch nicht.

Mit Klaas an meiner Seite wären die zwei Wochen wie im Flug vergangen. Und die Ferien ohne ihn drohen ähnlich trostlos zu werden wie die letzten Tage.

Ob es ihm ähnlich geht?

Ich fahre bis zur Brücke und überquere den Bach. Auf der anderen Seite kehre ich um. Weit und breit keine Menschenseele. Kein Zeichen. Mein Blick streift jeden Baumstamm, jede Banklehne, jede Fläche, die sich als Träger welcher Botschaft auch immer eignen würde.

Zu Hause betrachte ich zum hundertsten Mal das verschwommene Foto von Basil und streiche über die kleine Daune, die ich irgendwie mit unserem gemeinsamen Nachmittag verbinde. Immer wieder kehren meine Gedanken zurück zu unserer letzten Begegnung. Ich lenke sie bewusst zu diesem Nachmittag am Bach und in meinem Bett, bis zu dem Moment, als, was auch immer es gewesen ist, meine Haut kratzte. Dann blende ich aus. Ich will nur an die romantischen Momente denken. Ich will so tun, als seien wir ein Paar und seine Hände lägen noch auf meiner Taille, seine Lippen auf meinen. Zum Schluss heule ich, weil ich weiß, dass Basil es ernst gemeint hat. Er will nicht mit mir zusammen sein.

KAPITEL ZWEIUNDZWANZIG

Am nächsten Vormittag, einem Samstag, kommt Mama pfeifend nach Hause. Sie trägt eine pralle Einkaufstüte.

»Gehst du heute nicht ins Geschäft?«

»Nein, heute koche ich uns etwas Besonderes zum Mittagessen. Und dann, Mischa, du weißt ja, ist Papatag!«

Richtig! Heute ist der zwanzigste Dezember. Am Abend wird sie sich auf den Weg machen, um den morgigen Tag in stiller Trauer oder sonst wie sonst wo zu verbringen.

Na phantastisch! Ausgerechnet jetzt lässt sie mich allein. Gibt es einen einsameren Menschen als mich? Hanna hat Fridolin, meine Mutter hat ihre Trauer. Und ich? Darf aus angeblichen Leidvermeidungsgründen nicht mit Basil zusammen sein. Wenn ich wenigstens mit Klaas reden könnte. Oder Myrell kontaktieren könnte. Aber auf Hainpforta gibt es keinen Handyempfang, und ich habe auch keine Festnetznummer. Ich wette, Myrell hat nicht mal einen E-Mail-Account.

»Wann gehst du?«, frage ich mürrisch.

»Gegen acht oder neun.«

»Nimmst du mich mit?«

»Mischa, bitte!«

»Sagst du mir wenigstens, wo du bist?

»Du hast Ursels Nummer, wie immer.«

»Blöde Kuh!«, rufe ich und knalle die Tür zu meinem Zimmer zu.

Durch die Wand dringt das Geklapper von Töpfen und Geschirr, der Geruch nach Semmelknödeln und Bohnen. Dann ruft sie, dass es Mittagessen gibt. Aber ich bleibe stur hocken und starre aus dem Fenster.

»Bitte! Verdirb uns nicht den Tag und komm! Ich freue mich so auf morgen, bitte«, klingt Mamas Stimme dumpf durch die abgeschlossene Tür. Sie wartet eine Weile, dann entfernen sich ihre Schritte in die Küche.

Mit knurrendem Magen lausche ich auf ihr Geklapper und hoffe, dass Basil endlich sein Zeichen schickt.

Der Uhrzeiger rückt unmerklich vor.

Ich höre, wie Mama duscht, höre sie in ihrem Zimmer rumoren.

Später kommt mir eine Erleuchtung. Hanna soll meine Neugier befriedigen! Beim gemütlichen Kaffeeklatsch in ihrer Küche werde ich mir haargenau die versäumte Zeit auf Hainpforta vorbeten lassen. Wir werden zusammen über Myrells Eigenheiten kichern und von Ergor schwärmen. Ich merke, dass mir die beiden ans Herz gewachsen sind. Ebenso wie ich Gwindula und sogar die *Biester* ein wenig vermisse.

Ich will mit Hanna über Arthur lästern und sie aushorchen, ob er mittlerweile etwas über meine Unterrichtsfreistellung gesagt hat. Bis nach Neujahr. Ich hätte nie geglaubt, dass mir das Internat einmal fehlen würde.

Ich schicke Hanna eine Nachricht, aber sie antwortet nicht. Also schwinge ich mich auf mein Rad und fahre einfach los. Vom Schnee ist nichts mehr übrig.

Hanna wohnt in einem ähnlichen Mietshaus wie wir. Ich suche auf dem Klingelschild nach ihrem Familiennamen und warte. Der Türsummer ertönt.

Hastig erklimme ich die Treppen. Ich freue mich richtig auf sie, doch stattdessen blickt mich ihr Vater an.

»Hanna zu Hause?«, keuche ich.

»Nee, die ist auf der Fahrt. Bist du nicht mit?«

»Welche Fahrt?«

»Internatsreise. Skiurlaub in der Schweiz. Kommen erst am 23. zurück.«

»Davon weiß ich gar nichts.«

»Tja, da geht es dir wie uns. Gestern nach der Schule rief einer an und meinte, ob Hanna und – wie heißt der Kerl, der große andere?«

»Fridolin?«

»Ja, der. Ob die beiden mitdürften ins Dings, Jura. Ich sage: Bisschen kurzfristig, finden Sie nicht? Der am Apparat lacht mich aus. Hab natürlich gefragt, was es kosten soll. Skiurlaub in der Schweiz klingt nach viel Geld. Nichts kostet es! Da hab ich zugesagt.«

Also haben sie auf Hainpforta doch ein Telefon, denke ich und sage: »Das müssen sie beschlossen haben, während ich krank war.«

»Weiß ich nicht. Hanna hat uns nichts davon erzählt. Hab sie zum letzten Mal an dem Morgen gesehen.«

»War sie nach der Schule nicht noch mal zu Hause?«

»Nee, die haben jemanden geschickt. Wir sollten einen Koffer packen für einige Tage, Skiausrüstung wird vor Ort gestellt. Dann kam so ein Lackaffe in einem Wollsakko und nahm das mit.«

»Aber wieso hat Hanna denn ihren Koffer nicht am Morgen mitgenommen?«

»Tja, das haben wir uns auch gefragt. Wahrscheinlich hat sie es vergessen. Wäre ja nicht das erste Mal. Typisch. Bist du auch so? Egal. Skiurlaub in der Schweiz können wir uns normalerweise nicht leisten. Das wollte ich ihr nicht versauen, und am Telefon meinten sie, der Bus stehe bereit und alle würden nur auf Hanna und den anderen warten.«

»Fridolin.«

»Genau.«

»Ist Frido auch mit?«

»Ich nehme es an.«

»Und der Junge, der den Koffer geholt hat? Wie sah der aus?«

»Wie alle in eurem Alter. Maulfaul. Dunkle, ungekämmte Haare.«

Marts! Bestimmt Marts. Die Beschreibung klingt zumindest nach einem aus der *Biester*-Fraktion.

Ich verabschiede mich und trotte die Treppen hinunter.

Na großartig! Hanna und Frido verbringen vier Tage mit der Internatsbelegschaft in den Schweizer Bergen, können dort ungestört beisammen sein, und ich kurve hier allein herum! Also bleiben mir nicht einmal Myrell und die beiden, um mir die Langeweile zu vertreiben. Und deswegen warte ich vermutlich auch vergeblich auf Basils Zeichen.

Ich stöhne auf, als mir bewusst wird, was ich verpasse: eine halbe Woche in einer Skihütte mit Basil vor dem Kamin. Wieso hat mich keiner gefragt, ob ich mitkommen will? Okay, die Antwort liegt auf der Hand: weil ich vom Unterricht suspendiert bin. Kein Unterricht. Keine Skireise.

Wieso hat Basil mir kein Zeichen geschickt? Wieso haben Hanna und Fridolin mir nichts von der Reise erzählt? Kein einziges Mal sind sie in den letzten zwei Wochen vorbeigekommen. Doch bevor ich richtig wütend werde, schaltet sich mein Verstand ein.

Die Geschichte ist seltsam. Selbst in so einer Freakbude wie Hainpforta müssen Regeln eingehalten werden. Ich grinse, weil ich an Arthur denken muss, wie er uns am ersten Tag in das Regelwerk seines Internats eingewiesen hat. Es kann nicht sein, dass keinerlei Rundschreiben an die Eltern verschickt worden sind, Vollmachten unterschrieben werden mussten. Wir sind minderjährig, auch Fridolin ist keine achtzehn. Und ein Bus vor Hainpforta? Ich stehe vor Hannas Haus und blicke die Fassade empor.

Die sind nicht in der Schweiz! Nie und nimmer! Da hat jemand Hannas Vater einen schönen Bären aufgebunden.

Aber wenn die beiden weder zu Hause noch auf Skireise sind, frage ich mich, als ich wieder auf meinem Rad sitze: Wo stecken sie dann? Sind sie zusammen abgehauen? Vielleicht, um Fridos Vater zu erpressen? Und Marts hat sie dabei unterstützt? Kaum vorstellbar, dass aus den dreien plötzlich Verbündete geworden sind. Trotzdem erscheint mir diese Variante plausibler als die Skifahrtstory.

Eigentlich bleibt ihnen nur ein Ort, an dem sie sich verstecken können: das Internat.

Und wenn noch etwas anderes dahintersteckt? Ich denke an die vielen Warnungen. Vor Marts muss man sich in Acht nehmen. Plötzlich packt mich Unruhe, und ich bilde mir ein, dass zwischen Stadt und Wald eine unsichtbare Wand verläuft, die Normalität und Sicherheit von Gefahr trennt.

Die Zeiger der Rathausuhr stehen auf halb sechs. Ich muss in den Wald und zum Internat. Aber vorher habe ich noch etwas zu erledigen.

In Klaas' Zimmer brennt Licht. Sicher sitzt er dort oben über sein Buch über Fotovoltaik gebeugt und isst Nüsse.

Ich klingele Sturm und trommele gleichzeitig mit der Faust gegen die Tür, so lange, bis mir Klaas öffnet. Dass er mich zur Begrüßung anlächelt, bringt mich völlig aus dem Konzept.

»Entschuldige. Ich wollte dich nicht stören, aber ... es ist etwas passiert.« Mein Brustkorb hebt und senkt sich heftig.

»Alles okay?« Sein Lächeln verschwindet.

»Ja, aber Hanna und Fridolin werden vermisst.« Das ist maßlos übertrieben, schließlich bin ich die Einzige, die sich um die beiden sorgt.

»Was meinst du damit? Sind Hanna und Fridolin verschwunden?«, fragt Klaas.

»Vermutlich sind sie nur im Internat ...« Als ich das erwähne, verschwindet das letzte Fünkchen Offenheit aus Klaas' Gesicht. »... und turteln dort herum. Aber vielleicht ...«, der Gedanke kommt mir selbst abwegig vor, »... vielleicht sind sie auch entführt worden.«

»Spinn nicht rum, Mischa. Du übertreibst mal wieder. Oder?« Klaas blickt mich an, als suche er in meinem Gesicht nach einem Anzeichen.

»Klaas. Das ist kein Spiel, nicht mal ein Vorwand. Wirklich. Ein Junge aus dem Internat hat ihre Sachen abgeholt und behauptet, das Internat würde verreisen. Aber das stimmt nicht.«

»Der Waldhampi oder was?«

»Nein. Ein anderer. Der ist richtig fies.«

»Und warum sollten sie entführt worden sein?«

»Ich glaube es ja auch nicht. Aber die ganze Geschichte ist sehr merkwürdig. Frag Hannas Vater.«

»Und was willst du von mir?«

»Ich weiß nicht, vielleicht … dass du?«

»Ach, Mischa, geh zur Polizei, wenn du dir wirklich Sorgen um sie machst!« Er knallt die Tür zu.

Ich klingele, doch der Ton erstirbt. Die Klingel ist abgestellt worden.

KAPITEL DREIUNDZWANZIG

Ich lenke mein Rad in Richtung Stadtausgang. Jetzt ärgere ich mich, dass ich das Mittagessen stehen gelassen habe. In einer Bäckerei kaufe ich mir eine Rosinenschnecke und fahre weiter.

Wie spät mag es sein? Sechs, halb sieben? Es ist schon seit einer Weile dunkel. Die Taschenlampe habe ich diesmal nicht bei mir, dafür mein Rad mit dem Funzellicht.

Der Schnee auf der Hangwiese ist fast vollständig getaut. Ich steige ab, um nicht im Schlamm auszurutschen. Im Matsch entdecke ich die Spuren eines Hasen. Ich folge den Abdrücken mit meinem Blick, bis sich mein Kopf hebt, hoch zum Wald. Ein harmloses Wirrwarr aus Zellulose, oder?

Sollte ich nicht lieber morgen bei Tageslicht nach Hanna und Fridolin suchen? Oder doch zur Polizei gehen?

Pfeifend schiebe ich den Hang hinauf. Und es funktioniert, meine Angst halte ich in Schach.

Doch dann erreiche ich die ersten Bäume und stocke. Der Weg bricht eine kleine Schneise ins Dunkel, nur ein paar Meter weit, dann schließt sich das dichte Schwarz.

Unschlüssig drehe ich mich zur Stadt. Ich klappe den Ständer aus und stelle das Rad ab. Während ich die Rosinenschnecke esse, wähle ich die Nummer unseres Festnetzanschlusses auf meinem

Handy. Ich will mich mit Mama versöhnen und ihr eine schöne Zeit wünschen.

Aber zu Hause nimmt niemand den Hörer ab. Ich schiebe mir den Rest der Rosinenschnecke in den Mund und knülle die Papiertüte zusammen.

Über der Stadt mit ihren anheimelnd vorweihnachtlichen Lichtern ist der Himmel sternenklar. Nur in unserer Wohnung wird kein Licht brennen, und ich bedauere, dass ich zu dieser kopflosen Aktion aufgebrochen bin und mich nicht von meiner Mutter verabschiedet habe. Seufzend packe ich das zerknüllte Papier in meine Jackentasche und will mich schon auf mein Rad schwingen, um den Berg hinabzurollen, da sehe ich im Schein der Straßenlaternen eine Gestalt den Weg heraufkommen.

Wer außer mir ist jetzt unterwegs in den Wald?

Ich schiebe das Rad ein paar Meter vom Weg und warte im Gebüsch. Die Gestalt lasse ich nicht aus den Augen. Je näher sie kommt, desto vertrauter erscheint sie mir. Die Bewegungen sind gleichmäßig und weich. Mit einem Mal weiß ich, wer da den Hang heraufsteigt.

Du willst zum Internat. Dort verbringst du also deine Trauertage? Trauert ihr zusammen, du und Papas ehemalige Kollegen?

Dass Mama mich angelogen hat, dass sie mit diesen Freaks, diesen Heimlichtuern etwas verbindet, etwas, das sie mir seit Jahren vorenthält, obwohl ich sie immer wieder darum gebeten habe, mir die Wahrheit zu sagen, enttäuscht mich maßlos. Meine Knie werden weich, und ich sinke neben meinem Rad zu Boden.

Sie hätte es mir sagen müssen. Sie hätte mich genauso gut mitnehmen können.

Zielstrebig schreitet meine Mutter vorwärts, und im Gegensatz zu mir scheint sie sich in der Dunkelheit nicht zu fürchten. Der Wald, vor dem sie mich gewarnt hat, jagt ihr selbst keine Angst ein. Mit einem Mal kommt sie mir wie ein wunderschönes Wesen vor, wie sie in ihrem eleganten Mantel, mit offenem, wehendem Haar durch die Nacht rauscht.

Wie eine Prinzessin, denke ich zitternd.

Als sie an mir vorbeiläuft, konzentriert, aber ohne Furcht im Ausdruck, halte ich den Atem an. Sie betritt den Wald ohne Zögern und verschwindet aus meinem Blickfeld.

Ich lasse mein Rad liegen und schleiche ihr hinterher. Während ich darauf achte, dass ich ausreichend Abstand zwischen uns lasse, muss ich plötzlich an meinen Verfolger denken. So fühlt es sich also an, wenn man der Jäger ist …

Holz knackt. Vielleicht ein Tier? Bin ich auf einen Ast getreten? Oder ist jemand hinter mir?

Neben mir raschelt es.

Ich konzentriere mich auf meine Mutter, die unbeirrt in einiger Entfernung vor mir herschreitet.

Wie ein schwarzes Loch taucht das Internat nach einiger Zeit vor uns auf. Die Gaslaternen brennen nicht. Es ist finster und unheimlich. Das Tor, die Mauer und die Umrisse des Gebäudes wirken noch dunkler als die Umgebung, als saugten sie jeglichen Überrest des Lichts in sich auf.

Mama geht die letzten Meter der Allee auf das Tor zu, doch dann biegt sie rechts an der Mauer ab. Sie verschwindet aus meinem Blickfeld.

KAPITEL VIERUNDZWANZIG

Ich entdecke meine Mutter beim Hagebuttenstrauch. Sie wartet. Die kleine hölzerne Tür fällt mir ein. Von fern aus der Stadt höre ich die Turmuhr schlagen. Aber ich verpasse die ersten Schläge. Ist es acht Uhr? Oder sogar schon Neun?

Der Glockenschlag ist offensichtlich ein Zeichen, auf das meine Mutter gewartet hat. Sie huscht durch den Spalt. Einen Augenblick starre ich auf die Stelle, an der sie eben noch gestanden hat, dann laufe ich zur Tür und husche hinterher, bevor die Pforte ins Schloss fällt.

Die Luft um mich herum verändert sich schlagartig. Es ist warm auf dieser Seite der Mauer. Unzählige Fackeln erleuchten den Innenhof. Ich stehe mitten im hellen Licht. Kurz sagt mir mein Verstand, dass ihr Schein eigentlich über die Mauer hätte dringen müssen. Doch der Anblick, der sich mir bietet, ist phantastisch und erstickt jeglichen Gedanken.

Auf der Innenseite der Mauer hinter mir rankt der Hagebuttenstrauch weiter. Rasch verberge ich mich in seinem Gestrüpp. Nur nebenbei spüre ich, dass mich Dornen kratzen und Zweige an meinen Haaren ziehen.

Der Park sieht anders aus, als ich ihn vom Blick aus dem Fenster in Erinnerung hatte. Mir ist nicht aufgefallen, dass die Bäume einen halb offenen Hain um den Findling bilden. Meine Mutter steuert geradewegs auf ihn zu, durch die Ansammlung von Internatsschülern und Lehrern, die innerhalb des Hains um den Findling herumstehen.

Eines ist sicher: Hier befindet sich niemand auf Skireise! Eher auf einem Maskenfest.

Jeder steckt in einem bizarren Kostüm. Ich versuche, Hanna und Fridolin zu entdecken. Und Basil, natürlich, auch wenn ich etwas Angst habe, ihm gegenüberzustehen. Er hat mir kein Zeichen geschickt, denke ich mit einem leichten Stich und betrachte fasziniert die Maskerade.

Manche Kostüme sehen wirklich gruselig aus, und andere wecken eine merkwürdige Scham in mir. Ein Mädchen kratzt sich mit langen, krallenhaften Fingernägeln hinter Katzenohren. Sie ist umringt von anderen Katzenohrmädchen und -jungen. Sie lacht, Schnurrhaare flimmern, und kleine Reißzähne blitzen in ihrem Mund auf.

Ein kräftiger Typ mit geflochtenem Zopf – das muss ein Lehrer aus der Tabuzone sein, denn ihn kenne ich nicht – reibt sich seinen Bizeps mit Fett oder etwas ähnlich Schmierigem ein, das im Fackelschein glänzt. Ein zweiter Unbekannter, ebenfalls halb nackt, steht hinter ihm und umwickelt seinen Oberkörper mit einem breiten Verband. Vielleicht wird er als Mumie verkleidet?

Der mit dem Verband sagt etwas, der andere lacht und tritt ihm freundschaftlich in den Hintern. Ich erkenne derbe Hufe. Okay, Mumie passt nicht!

Ich suche weiter und entdecke Kassandra aus der Wattekopf-Fraktion. Sie trägt Schafswolle, nicht nur auf dem Kopf, sondern überall, auch auf ihren Armen und sogar im Gesicht. Und kleine Hörner ragen aus ihrem Kopf. Nun ja, ein besseres Kostüm für diese filzigen Haare gibt es fast nicht. Muss ich zugeben. Ich hätte nicht gedacht, dass sie so viel Selbstironie besitzt.

Gwindula begrüßt meine Mutter mit einem Küsschen, als wären sie gute Bekannte. Sie legt ihr vertraulich die Hand auf den rechten Arm, und ich spüre wieder Enttäuschung in mir aufsteigen. Meine Mutter hat behauptet, sie kenne niemanden auf dem Internat.

Auch Gwindula hat etwas Verrücktes mit ihren Haaren angestellt, die nun aussehen wie feines, biegsames Gras. Sie trägt eine weite dunkelgrüne Tunika, die eigentümlich belebt scheint. Als sie lacht, fangen tausend hellgrüne Edelsteine an zu funkeln. Nein, das sind Glühwürmchen! Auf Gwindulas Kleid krabbeln unzählige Glühwürmchen!

Myrell steht plötzlich neben ihr. Ich habe sie gar nicht kommen sehen. Ihre Augen sind weit aufgerissen. Offensichtlich findet sie das leuchtende Gewand genauso zauberhaft wie ich. Oder bestaunt sie meine Mutter? Sie grüßt sie jedenfalls übertrieben höflich mit einem Knicks.

Myrell sieht aus wie immer, was mich etwas beruhigt, wahrscheinlich macht sie sich nichts aus Kostümpartys. Aber sie hat ein richtig hübsches gelbes Baumwollkleid an, das zu der von den Fackeln aufgeheizten Temperatur im Park passt. Wenn ich wieder ein offizielles Mitglied des Internats bin, werde ich ihr sagen, wie gut ihr das Kleid steht.

Ich suche in der Menge nach Basil, sehe einige der *Schönen*, die in dieser Nacht schimmernde Flügel tragen, wie Libellen, und dann entdecke ich Basil. Wie üblich hält er sich von den Grüppchen fern. Er lehnt im Schatten eines Baums, und nur sein helles Haar verrät ihn.

Sofort regt sich der Wunsch in mir, mein Versteck aufzugeben und über das Gras zu ihm zu laufen.

Doch dann sehe ich seine Verkleidung. Seine Waden sind unbedeckt. Wo zarte, helle Haut zum Vorschein kommen müsste, kleben schwarze Federn. Wo sich Fußzehen ins Gras schmiegen sollten, klammern sich spitze Vogelklauen in den Boden. Seine Arme sind mit einem Federkleid überzogen. Starke Flügel verbinden sich mit seiner Haut. Basils Kostüm wirkt ziemlich echt. Wirklich aufwendig. Diese Flügel und Krallen sehen so real aus, dass ich wie gebannt hinstarre.

Dann trifft mich die Erkenntnis wie ein Fausthieb: Basil gleicht der Vogelgestalt auf dem Exlibris! Wie eingefroren blicke ich auf ihn und dann wieder in die Runde. Reißzähne, Hörner, Schwänze, Hufe, Flügel. Was für ein bizarrer Fasching wird hier gefeiert?

Die Menge teilt sich, denn meine Mutter bewegt sich nun auf den Stein zu. Eine Hand hilft ihr hoch. Stille tritt ein.

Ergor nähert sich dem Findling. Aus seiner Hand rieselt unablässig trockenes Kraut. Aber nein! Die Kräuter rieseln nicht aus seiner Hand, sondern aus dem Ärmel seines Gewands. Für einen Moment verrutscht es und gibt den Blick frei auf seinen Arm, ein bloß liegendes Skelett aus zusammengeflochtenen Zweigen und knotigen Ästen. Das kann nie und nimmer ein Kostüm sein.

Die Luft um meine Mutter beginnt zu flirren, als hätte sich die Atmosphäre entzündet. Heiß und trocken. Das Flirren verwandelt sich in den schemenhaften Umriss eines Mannes, der nach und nach Gestalt annimmt.

Der Mann trägt Federkleid und Flügel – wie Basil. Er und

meine Mutter lächeln sich an, reichen sich die Hände, und im nächsten Moment setzt das Flirren wieder ein. Wie eine Bildstörung verschwimmen die Umrisse ihrer Körper, bis sie sich vollends aufgelöst haben. Nur ein dunkler Fleck schimmert noch auf dem Stein.

Wie unter Wasser nehme ich wahr, dass sich die Blicke der Anwesenden auf mich richten. Ich schreie und kann nicht damit aufhören. Die zwei Muskelbepackten lösen sich aus der Menge und galoppieren auf mich zu.

Ich schreie, aber ich wehre mich nicht, als ich von den zwei behuften Männern gepackt werde. Sie ziehen mich aus meinem Versteck und tragen mich ins Licht. Dumpf vernehme ich Basils Stimme, der sich zu mir kniet und mich streichelt. Angewidert stoße ich ihn weg.

Wildes Tuscheln und Getrampel verrät, dass die Menge unruhig wird. Ich sehe, wie einige miteinander rangeln, und höre Ergor den Gestalten etwas zurufen, das sie wenig zu beruhigen scheint.

Basil hebt mich hoch. »Keine Angst!«

Ich beginne wieder zu schreien und strample, aber meine Stimme ist bloß noch ein heiseres Kratzen.

»Es tut mir leid, dass du es auf diese Weise zu sehen bekommst. In deinen Augen bin ich wahrscheinlich ein Monster. Aber so bin ich.«

Die Worte kommen mir seltsam bekannt vor.

Er streichelt über meine Wange. »Wird schon«, murmelt er.

»Wieso hast du mir kein Zeichen geschickt?«, flüstere ich.

»Du hast es nur nicht erkannt«, antwortet Basil. Er trägt mich auf seinen Armen und ruft den anderen etwas zu.

Ich blicke zum Stein und sehe den schwarzen Fleck, den rußigen Abdruck zweier Krallenfüße. Ich spüre Basils Hand auf meinem Gesicht, den Hauch einer Feder und falle in Ohnmacht.

KAPITEL FÜNFUNDZWANZIG

Beißender Geruch sticht mir in die Nase. Ich schlage meine Augen auf und finde mich in der Bibliothek wieder.

Ergor, dicht über mich gebeugt, schwenkt eine Miniaturpfanne, aus der Qualm aufsteigt.

»Wieder bei Sinnen? Pfefferbiss kann niemand widerstehen.« Er kichert, während er sich von mir abwendet, um die Pfanne fortzustellen. Mit flinken Bewegungen deckt er sie zu.

Das Brennen in meiner Nase hört augenblicklich auf.

»Vielleicht sollte ich dir gleich den Trank aus Vergissmeinnicht, Herzgespann und Pestwurz einflößen, der dich vergessen lässt, was du gesehen hast. Aber dein Fürsprecher hier bat mich, es ihn auf seine Weise lösen zu lassen.« Er deutet mit der Hand hinter mich, wobei ein leiser Regen aus welken Blättern aus seinem Ärmel niederrieselt.

Ich drehe den Kopf und blicke auf Basil, der meine Winterjacke in den Händen hält. Und immer noch in diesem Vogelkostüm steckt. Es kann kein Kostüm sein, aber die Vorstellung, worum es sich sonst handeln müsste, überfordert mich.

»Viel Erfolg«, sagt Ergor beim Hinausgehen und drückt Basil den gefiederten Arm.

Basil schiebt sich einen Stuhl zur Chaiselongue, auf die mich jemand, wahrscheinlich er, gebettet hat. Sorgfältig hängt er meine Winterkleidung über die Lehne. Eine winzige Drehung, und seine Augen ruhen auf meinen. Ich höre das Rascheln der Federn. Vorsichtig stütze ich mich auf.

»Zeig dich«, fordere ich. »Ich will es sehen.«

Er tritt einen Schritt von der Chaiselongue weg. Das schwarze Gefieder raschelt und glänzt an seinen Beinen, elegant wie ein festlicher Stoff, den man im Theater trägt oder zum Ball. Meine Hand wandert automatisch zum Mund. Minutenlang steht er vor mir und lässt mich schauen.

Wie ein Tier im Zoo, denke ich.

»Das ist …« Ich überlege, wie ich es beschreiben soll.

»Monströs«, hilft er mir.

»Nein! Fremd. Es ist fremd. Und unglaublich«, stottere ich. »Darf ich es anfassen?«

»Mich anfassen, meinst du. Diese Federn gehören zu mir.«

Stolz dreht er sich vor mir und streckt die Arme weit zur Seite. Die Flügel entfächern sich in ihrer ganzen schwarzen Pracht. Ich rutsche auf der Chaiselongue vor und strecke meinen Arm aus. Langsam streiche ich daran entlang. Weich und elastisch biegen sich die Federn unter meinen Fingern.

»Zeig mir deine Füße«, bitte ich.

Basil schlägt kräftig mit den Flügeln aus. Und während er über mir in der Luft schwebt, präsentiert er mir seine Klauen. Die Haut dort ist hellrosa und schuppig. Die Füße enden in verhornten Krallen. Ein Schauder klettert mir den Rücken hinauf, und die Härchen an meinem Körper richten sich auf.

Widernatürlich, denke ich und verbiete mir diesen Gedanken sofort.

Basil lässt sich zu Boden sinken. Ruhig und gelassen steht er vor mir. Er lächelt mich an. Fast ist alles in Ordnung. Fast, denn der erste Mensch, in den ich mich jemals bis über beide Ohren verknallt habe, trägt ein abstruses Federkostüm. Nein, eben kein Kostüm.

»Ich bin ein Tylwyth Aden. Einer vom Flügelvolk.«

Er spricht das erste Wort wie »Tullwiss« aus.

»Sag das noch mal.«

»Tylwyth Aden? Flügelvolk?«

In meiner Brust wird es furchtbar eng. Ich gebe mein Bestes, das Gefühl zu ignorieren, presse meine Lippen fest aufeinander, aber wahrscheinlich nicht ausreichend, denn das Gefühl gewinnt und treibt mir Tränen in die Augen.

»Mischa?« Basil sieht mich bestürzt an. »Was ist? Wegen der Flügel? So schlimm? Dieser Trank, den Ergor dir geben will, lässt vergessen. Er lässt alles vergessen, was mit uns in Verbindung steht. Soll ich ihn holen?«

Ich schüttele den Kopf.

»Mischa, warum weinst du? Hör auf, bitte.« Er wischt mir eine Träne aus dem Gesicht.

»Vorhin auf dem Stein, neben meiner Mutter, das war …«

»Brim. Brim Tullwiss.« Er räuspert sich. »Ja, das war dein Vater.«

Ich hole tief Luft und nicke. Als würde es irgendeinen Sinn ergeben, dass mein vor sieben Jahren verunglückter Papa in Vogelgestalt auf einem Findling erschienen ist, um sich mit meiner Mutter in Nebel aufzulösen.

Als würde es Sinn machen, dass ich hier heulend auf dem Sofa hocke, nicht aufspringe und alles kurz und klein schlage, angefangen bei diesem hässlichen Sonnenstrahlenbild dort an der Wand.

Wo ist meine Mutter? Bei meinem Vater?

Tullwiss. Brim Tullwiss. Ernsthaft?

»Hör zu, Mischa. Wahrscheinlich wirst du den Trank nachher zu dir nehmen, weil es das Beste ist. Für dich, für deine Mutter und für uns. Ich habe Ergor gebeten, dass ich mich vorher von dir verabschieden kann. Ich wollte dir erklären, wer ich bin, wer wir sind und …« Basil unterbricht sich und lässt den Kopf hängen.

»Was?«

»Ich will nicht, dass du mich vergisst«, sagt er traurig.

Ich bringe es nicht über mich, ihn zu trösten. Ratlos suche ich nach Worten. Schließlich sage ich: »Wie funktioniert das mit diesen Flügeln? Trägst du sie nur nachts oder wenn ihr unter euch seid? Mussten wir deswegen nachmittags verschwinden, damit ihr ungestört in Fell und Federn umherlaufen könnt?«

Er hebt seinen Arm, eine Geste der Abwehr, holt tief Luft, doch dann schließt er nur kurz die Augen und beginnt zögerlich: »Im Grunde trage ich sie nur in unserer Welt. In eurer Welt kaum. Heute jedoch beginnen die *Raunächte*, wie ihr es nennt. Die kommenden zehn Tage verleihen uns große Kräfte, und die Tore zwischen den Welten öffnen sich. Nun ja, mittlerweile gibt es nur noch ein letztes. In dieser Zeit verwandeln wir uns alle in unseren ursprünglichen Zustand, ob wir es wollen oder nicht. Neulich, als du dich an meinen Waden gestochen hast, hast du die kleinen Kiele gespürt. Entweder war es ein Vorbote dieser magischen Tage oder …«, er räuspert sich verlegen, »… oder es lag daran, dass ich etwas aufgeregt war.«

»Warte. Noch mal langsam. Eure Welt, unsere Welt. Meinst du

ein anderes Land? Einen anderen Planeten, oder so wie bei *Herr der Ringe*? Eine Welt voller Orks und Zwerge?«

»Eine andere Welt. Wenn du mir zuhörst, erzähle ich dir alles. Und danach kannst du dich entscheiden, ob du Ergors Trank zu dir nimmst und alles vergisst. Soll ich anfangen?«

Was gibt es da zu entscheiden?, denke ich.

»Ich entscheide mich dafür, dass ich jetzt gehe«, sage ich und stehe auf. »Das ist Blödsinn, Basil. Ich weiß nicht, was der Hokuspokus soll, und ich habe auch keine Lust, mir Gedanken zu machen, ob …« Ich unterbreche mich. Seine Augen schimmern in einem hellen Violett. Mir wird mit einem Mal schwindelig, sodass ich mich wieder auf die Chaiselongue sinken lasse.

»Darf ich mich zu dir setzen?«, fragt Basil.

Ich stütze meinen Kopf in meine Hände, schließe die Augen und atme durch. Hinter meinen Lidern explodiert es, als würden meine Pupillen auch mal ausprobieren wollen, wie es ist, ihr stinknormales Braun gegen eine vollständige Farbpalette einzutauschen.

»Brauchst du vielleicht etwas zu trinken?«

Ich schüttele den Kopf.

»Oder doch, gib mir ein Glas von diesem Saft.«

»Hm, vielleicht bringe ich dir lieber ein Wasser.«

»Nein, Saft ist in Ordnung.«

»Ich bring dir Wasser«, sagt er entschieden und kommt nach einem kurzen Moment mit einem Glas zurück. »Hier.«

»Ist etwas mit dem Saft?«, frage ich, nachdem ich einen tiefen Schluck Wasser genommen habe. »Ist das auch so ein Trank von Ergor?«

Basil schweigt.

»Also ja.«

»Der Saft beinhaltet nichts Schlimmes. Er hat euch nur dabei geholfen, dass ihr alles weniger unnatürlich findet.« Er druckst.

»Was?«

»Also, er sorgt dafür, dass ihr keine Fragen stellt.«

»Verstehe«, sage ich, obwohl ich im Grunde überhaupt nichts verstehe, außer, dass ich von Anfang an hinters Licht geführt worden bin. Ganz Hainpforta wusste Bescheid und hat sich ins Fäustchen gelacht, während wir ahnungslos wie Lämmchen diesen vergifteten Trank in uns hineingekippt haben. So ist das also …

Basil gleitet neben mich. Als ich merke, wie viel Mühe er sich gibt, mich nicht mit seinen Federn zu berühren, tut es mir leid, dass ich mir meine Abneigung habe anmerken lassen.

»Ich finde dich nicht monströs«, sage ich leise und lege meine Hand auf seinen Arm. Unter den kühlen Federn spüre ich seine warme Haut. »Mein Verstand braucht nur eine Weile, bis bei ihm angekommen ist, was du erzählt hast. Und dass du derselbe bist. Na ja, oder nicht, aber dass du derjenige bist, in den ich …«

Das Türkis seiner Augen wechselt ins Hellblaue und zurück.

Ich beuge mich zu ihm und hauche ihm einen flüchtigen Kuss auf die Wange, aber es fühlt sich verlogen an.

Er räuspert sich. »Ja, ich verstehe dich. Das ist ziemlich viel. Soll ich trotzdem erzählen?«

Ich nicke.

»Hainpforta ist wie ein Außenposten. Ein Verbindungstor zwischen unseren Welten und das letzte offene Portal. Manche reden auch abfällig von einem Gefängnis. Denn einige wenige sind hier, weil sie in unserer Welt gegen Regeln verstoßen haben und mit einem Aufenthalt hier bestraft wurden. Der allergrößte Teil ist hier, um sich zum Wächter ausbilden zu lassen. Doch wenn das letzte Portal geschlossen wird, dann erübrigt sich dieser Teil der Ausbildung.« Er schlägt ein Bein über das andere. Unter dem knappen Hosensaum liegen die schwarzen Federn eng an seiner Wade.

Wenn ich ehrlich bin, will ich nicht, dass Basil etwas anderes als ein normaler Junge ist. Mit dieser Augenfarbwechselei kann ich mich anfreunden, aber die Flügel und vor allem die Klauen schrecken mich ab.

»Und du? Hast du gegen die Regeln verstoßen, oder nimmst du an der Ausbildung teil?« Ich kann nicht verhindern, dass sich ein bissiger Ton in meine Frage schleicht.

Er zögert kurz, bevor er antwortet. »Das Erste.«

»Verrätst du mir, was du getan hast?«

»Du hast mich gefragt, ob ich schon eine Freundin hatte, weißt du noch? Sie gehörte zu den Tylwyth Teg.«

»Du bist auch ein …« Es fällt mir schwer, den komplizierten Namen auszusprechen.

»Tylwyth Teg«, hilft mir Basil. »Nein, ich gehöre zu den Tylwyth Aden, wie dein Vater. Die Tylwyth Teg haben die Angewohnheit – oder vielmehr den Drang –, menschliche Kinder zu rauben, Babys, und gegen Kinder unserer Welt zu tauschen. Wechselbälger nanntet ihr diese Kinder früher. Leider fühlen sich die Vertauschten in der jeweils anderen Welt nicht wohl. Bei euch haben sie es ungleich schwerer, da sie manchmal merkwürdig aussehen, extremen Haarwuchs, eigenartige Gesichtszüge oder spezielle Charaktereigenschaften haben. Viele haben Schwierigkeiten, sich anzupassen, und streunen schließlich durch die Welt, zerlumpt und verwirrt, wie Obdachlose. Sie fühlen sich in eurer Welt verloren.«

Das also ist die Verbindung zwischen den Obdachlosen, Hainpforta und meinem Vater.

»Das Vertauschen von Kindern«, fährt Basil fort, »ist ein grausamer, längst verbotener Brauch. Leider gibt es immer wieder Tylwyth Teg, die gegen das Verbot verstoßen. Meine damalige Freundin hat mir kurz vor einem Übertritt von eurer in unsere Welt ein Bündel in den Arm gedrückt. Sie behauptete, es seien Kaninchenfelle. Es ist nicht erlaubt, Dinge aus eurer Welt mitzunehmen. Aber ich wollte sie beeindrucken. Ich sah die Felle nicht als große Sache an. Erst auf meiner Reise, als das Bündel zu schreien anfing, habe ich das Menschenkind entdeckt, das dazwischen steckte. Doch ein Übertritt funktioniert nicht wie eure Bahnreisen oder so. Du kannst nicht einfach anhalten und umkehren.

Die Tylwyth Teg sind einfach so, nicht bösartig, aber sie kennen keine menschliche Moral und haben kein Gewissen. Dazu können sie Gedanken lesen, was sie leider dazu nutzen, andere zu manipulieren.«

»Dann sitzt du unschuldig hier?«

»Mit meiner Hilfe wurde ein Kind aus seinem Leben gerissen. Seit ich auf Hainpforta bin, suche ich nach dem Hainkind, das sie in eure Welt gebracht hat, aber ich finde es nicht. Es sieht so aus, als hätte sie das Menschenkind geraubt, ohne einen Wechselbalg hierzulassen. Dafür bin ich auf einen anderen Wechselbalg gestoßen … den alten Mann am Bach.«

»Lebt das Menschenbaby immer noch bei euch?«

Basil schweigt.

»Habt ihr den Säugling damals zurückgegeben oder nicht?«

»Nein. Wir ziehen die Kinder groß, wenn sie einmal in unserer

Welt sind. Aber heute gibt es kaum noch Wechselbälger. Und ich habe mir zum Ziel gesetzt, den Mann vom Fluss wieder in seine ursprüngliche Welt zu begleiten. In der Zwischenzeit absolviere ich die Wächterausbildung hier.«

Ich versuche, das Gehörte zu begreifen. Dieser Vogelmensch neben mir, ist er derselbe, in den ich mich verliebt habe? Gibt es denjenigen, in den ich verliebt bin, überhaupt? Ich erhebe mich und gehe zu einem der Bücherregale. Immer mehr Puzzleteile fallen an ihren Platz.

»Dieser Riesenvogel neulich im Baum warst du«, sage ich, während ich ihm den Rücken zudrehe.

»Ja, das war ich. Ich kann meine eigentliche Gestalt jederzeit annehmen, nur in den zehn *Raunächten* steht es mir nicht frei, zu wählen. In dieser Zeit ist jeder, wer er ist. Das macht diese Zeit so gefährlich für uns und für euch Menschen. Deswegen hat Arthur dich suspendiert. Zu deinem Schutz. Sicher hast du die anderen gesehen.«

Ich denke an die Reißzähne und Klauen.

»Es gibt die Tylwyth Aden, das Flügelvolk, zu dem ich gehöre, die Tylwyth Teg, das Schöne Volk …«

»So heißen sie?« Ich sehe ihn an. »Das Schöne Volk? Welche Ironie, wir haben euch genauso genannt: *die Schönen*. Und Marts, zu welcher Gruppe gehört der?«

»Er gehört zu den Lykoten, zum Rudelvolk. Werwölfe nennt ihr sie in eurer Mythologie. Aber nicht alle verwandeln sich in Wölfe. Manche werden zu Hunden.« Er presst die Lippen aufeinander und schaut erwartungsvoll. Unwillkürlich fasse ich an die Narbe an meiner Hand.

»Ich bin von einem Hund angegriffen worden, hier auf dem

Gelände. Du willst mir nicht sagen, dass Marts oder einer von ihnen mich angefallen hat?«

»Doch. Der Jagdtrieb der Lykoten ist immer ausgeprägt, nur unterschiedlich stark. Bei Marts scheint er extrem zu sein, weswegen ihn Arthur vom Jagdtraining und allen anderen Aktivitäten im Wald ausgeschlossen hat, seitdem ihr auf dem Internat seid.«

»Hasst er mich deswegen?«

»Nein, der Trieb hat nichts mit solchen Gefühlen zu tun.«

»Aber er hasst mich … eindeutig«, beharre ich. Der Blick, den mir dieses Hundevieh in der Bibliothek zugeworfen hat, war purer Hass.

»Vor und während der *Raunächte* spielt er regelrecht verrückt. Mit ihm und den anderen Lykoten haben Gwindula und die anderen in den kommenden Tagen viel Arbeit. Die Wächter müssen aufpassen, dass niemand aus der Menschenwelt zu Schaden kommt.«

»Zu Schaden kommt?«

»Ja. Aus dem Grund wollte Arthur dich vom Internat fernhalten. Marts hat dein Blut geleckt. Er will dich. Daran kann man nichts mehr ändern.«

Ich denke an die vielen Male, als ich mich verfolgt gefühlt habe. »Ein Wunder, dass ich ihm entkommen bin. Wo er mich fast täglich durch den Wald getrieben hat.«

»Nein.« Die Federn an seinen Waden bewegen sich kurz und leicht, wie ein Wimpernschlag. »Der Verfolger bin ich gewesen.«

»Du?«

»Es tut mir leid, wenn ich dich erschreckt habe. Nachdem du mit mir geredet hattest, am ersten Tag in Kräuterkunde, war ich verwirrt. Ich fühlte mich dir seltsam nah. Sie hatten uns nur gesagt, dass drei Schüler aus der Stadt kommen würden, aber nicht, wer du bist. Aber natürlich konnten sie es nicht verheimlichen, und du bist von Marts zur Beute auserkoren worden. Ich wollte dich beschützen, und auch wenn ich dir anfangs aus dem Weg gegangen bin, war ich doch immer in deiner Nähe. Ich habe dich nicht mehr aus den Augen gelassen.«

Eine Welle der Wut schwappt über mich hinweg. »Du spinnst. Weißt du, was für eine Angst ich deswegen hatte?«, brülle ich und springe auf.

Ich will nichts mehr hören von Fabelwesen. Dass mein Papa nicht tot, sondern auch so ein Vogelwesen ist, das in einer anderen Welt lebt, bedeutet, dass meine Eltern mich seit Jahren anlügen. Es bedeutet, dass ich, Mischa Ullweg, die Tochter eines Fabelwesens bin.

Mit einem Mal fällt mir der Brief von *Tullwiss* an meine Mutter ein. Jetzt weiß ich, wieso mir Basils Worte so bekannt vorkamen. Fast wortgleich hat mein Vater sich meiner Mutter erklärt. *Monströs*, diesen Ausdruck hat er benutzt.

»Das ist doch vollkommen absurd! Wieso hab ich nie etwas von einer anderen Welt gehört, wenn es sie gibt? Du sitzt vor mir, aber ich kann es nicht glauben.«

»Das eben ist die Aufgabe der Wächter, dass sich die Welten nicht mehr begegnen, und wenn es doch einmal geschieht, dass es ungeschehen gemacht wird. Aber du hast recht. Es gelingt ihnen nicht immer, uns im Verborgenen zu halten. Du kennst die Legenden um Satyrn, Zentauren oder Harpyien, nehme ich an? Leda und der Schwan. Elfen, Werwölfe, Nixen. Eure Sagen und Märchen wimmeln von Hinweisen auf uns.«

Mein Blick wandert wieder über die Regale, die gefüllt sind mit Büchern über Hexen, Kräuter, Wechselbälger und all die Wesen, die er gerade aufgezählt hat.

»Ganz schön gewagt, Hanna, Fridolin und mich in eure Mitte zu lassen. Findest du nicht? Oder fahrlässig. Jetzt darf ich mir als Konsequenz dafür die Erinnerung löschen lassen.«

Ich trete an das Sonnenstrahlenbild, das Hanna am ersten Tag auf Hainpforta so aus der Fassung gebracht hat. Dort, wo vor Wochen die Sonnenstrahlen einen einfachen Waldweg beschienen, sehe ich nun drei unbekleidete Frauen tanzen. Ihre Haare umschlingen die eigenen Körper und die der anderen. Doch dann bewegen sich die Frauen, und das Bild beginnt zu leben. Aus dem Gebüsch blitzen Gesichter auf, und nach und nach treten weitere Nackte zu den Tänzerinnen.

»Du kannst sie sehen, richtig? Die *Raunächte* wecken deine Fähigkeiten. Du gehörst zu beiden Welten.« Basil tritt zu mir. Ich höre das Kratzen seiner Krallen auf dem Holzboden, aber ich verdränge, was er eben gesagt hat.

»Korrigane«, lese ich vom Schild ab. Also hat Hanna sich damals nicht verlesen.

»Korrigane, Tylwyth Teg oder einfach nur Feen. Verschiedene Bezeichnungen, die alle dasselbe meinen. Sie sind hier eingesperrt, weil sie ungehorsam waren und sich nicht beugen wollten.«

Die Frauen lagern nun am Bildrand und starren zu Basil und mir. Sie nicken mit betrübten Gesichtern zu seinen Worten. Eine von ihnen dreht aus den Haaren einer anderen einen Strick, mit dem sie anschließend Selbstmord vortäuscht. Selbst die verdrehten Augen und die außergewöhnlich lange Zunge, die sie aus dem Mund hängen lässt, können ihrer Schönheit keinen Abbruch tun.

Während ich das Bild betrachte, fällt mir schlagartig ein, warum ich zum Internat aufgebrochen bin. Wo ist Hanna? Ob sie sich in diesem Augenblick auch in Gefangenschaft befindet? Hat Marts ihr und Fridolin tatsächlich etwas angetan?

»Könnt ihr eure Parallelwelthunde nicht abrichten, bevor ihr sie auf die Menschheit loslasst? Wieso dürfen sich diese Bestien überhaupt in unserer Welt aufhalten, wenn sie so gefährlich sind?«

»Hier passiert dir nichts, Mischa.«

Die nächste Wutwelle überrollt mich.

»Ich rede von Hanna und Fridolin. Angeblich sind sie auf einer Skireise in der Schweiz. Ihre Eltern haben sie seit Tagen nicht gesehen«, stoße ich hervor und merke an Basils irritiertem Ausdruck, dass ich ungerecht heftig bin, da er natürlich nicht wissen kann, wovon ich spreche.

»Jemand aus dem Internat hat bei ihren Eltern angerufen und gemeint, dass Hanna und Fridolin auf eine Skireise eingeladen sind. Dann ist Marts gekommen – ich nehme an, dass es Marts war – und hat ihre Sachen abgeholt, und seitdem sind sie verschwunden.«

Basils Körper strafft sich. »Wann war das?«

»Gestern.«

»Es gibt keine Skireise«, sagt Basil überflüssigerweise.

»Ja, das dachte ich mir schon, deshalb bin ich hier. Ich suche Hanna und Fridolin. Hilfst du mir?«

»Natürlich. Doch sollte Marts tatsächlich seine Finger im Spiel haben, suche ich lieber alleine. Marts will dich. Und ich will nicht, dass dir etwas zustößt. In den *Raunächten* ist er extrem gefährlich.«

»Es ist genauso gefährlich für mich, allein in der Bibliothek zu bleiben. Immerhin hat er mich hier schon einmal angegriffen und mein Blut geleckt.«

Kaum habe ich es ausgesprochen, breitet sich ein Lächeln über mein Gesicht. »Basil, das ist es! Mein Blut! Wir locken Marts mit meinem Blut an.«

Basil mag die Idee ganz offensichtlich nicht. Sein Federkleid plustert sich auf, wodurch seine schmale Gestalt größer und stärker wirkt, dann legt es sich wieder glatt und glänzend um seine Beine. Fasziniert beobachte ich dieses Schauspiel.

»Wenn du dir heute Nacht auch nur die kleinste Wunde zufügst, wird nicht bloß Marts auf der Bildfläche erscheinen. Dann wimmelt es hier von seinesgleichen.« Er legt seinen Kopf schräg und hält einen Moment inne, als würde er lauschen, dann fährt er fort. »Ich verstehe, dass du nicht allein in der Bibliothek bleiben möchtest. Also gut, komm mit. Ich muss mich aber auf dich verlassen können. Darauf, dass du tust, was ich sage.«

Ich nicke. Und Basils Federkleid plustert sich erneut auf. Mir scheint, als würden seine Federn noch um ein gutes Stück wachsen. Und als würde er dieses Gefühl genießen.

KAPITEL SECHSUNDZWANZIG

»Gut. Wir müssen zunächst deinen Geruch überdecken.«

Basil ist bereits an der Tür und öffnet sie einen Spalt, dann dreht er sich zu mir und flüstert: »Bleib dicht hinter mir.« Er winkt mich zu sich, und auf den Federn bricht sich ein weicher Glanz.

Ich folge ihm, und wir schleichen den Flur entlang. Das spärliche Licht verwandelt die Kräuterbündel, die von der Decke hängen, in schlafende Fledermäuse. Von außen werfen die Fackeln tanzende Schatten an die Wand. Ich wünschte, ich könnte mehr erkennen als nur undeutliche, bewegte Schemen.

Ich wische mit meiner Faust einen Kreis an der Glasscheibe frei und spähe hinaus. »Was passiert dort draußen?«

»Sie feiern den Beginn der *Raunächte*. Komm, wir sollten anfangen zu suchen. Es ist besser, wenn die anderen abgelenkt sind.«

Vor dem Treppenaufgang kniet sich Basil nieder und bricht einen Brocken Moos ab. Er hält ihn mir hin. Verdutzt greife ich danach.

»Reib dich damit ein.«

Ich zögere, aber weil ich Basil versprochen habe, zu tun, worum er mich bittet, fahre ich mir schließlich wie mit einem

Lappen über das Gesicht. Das Moos riecht muffig und bröselt. Wahrscheinlich sind meine Wangen nun von winzigen Pflanzenfasern gesprenkelt. Basil bückt sich erneut und löst einen weiteren Klumpen ab. Ich reibe mir die Krümel aus dem Gesicht.

»Lass sie dran«, raunt er mir zu. »Ich helfe dir.«

Basils Zeigefinger dreht eine kleine Pirouette, und ich verstehe, dass ich mich umdrehen soll.

»Reib du dir die Arme ein, deinen Pullover«, flüstert er mir ins Ohr.

Vielleicht liegt es an der Dunkelheit, die ihn verbirgt und die seinen Duft und die Stimme dafür umso deutlicher hervortreten lässt, aber zum ersten Mal, seit ich ihn in seiner Vogelgestalt erblickt habe, fühle ich mich in seiner Nähe wieder wohl. Ich spüre seine Hand auf meiner Schulter und wie er mit der anderen, die das Moos hält, meinen Rücken entlangstreicht. Ich schließe die Augen und genieße die Berührungen, lausche auf das leichte Rascheln der Federn.

»Träumst du?«, fragt er, und ich beginne schuldbewusst, die Ärmel meines Pullovers mit dem Moosschwämmchen zu bearbeiten. Dann reibe ich mir über den Bauch.

»Die Jeans auch?«, frage ich.

Basil zögert. »Ehrlich gesagt, den stärksten Geruch strömst du wahrscheinlich zwischen deinen Beinen aus. Tut mir leid. Aber sie sind nun mal Hunde. Ich drehe mich um.«

Hastig streiche ich das Moos über den Jeansstoff. Dabei fühle ich mich so beschämt wie seit Langem nicht mehr.

»In Ordnung, ich bin fertig«, flüstere ich und werfe das Moos in die Ecke.

Unschlüssig taste ich mich vor zur Treppe. Durch die Fenster flackert das Fackellicht und erhellt spärlich einen Streifen Mauerwerk.

»War Marts eigentlich unter den Zuschauern, als meine Eltern sich fortgebeamt haben?«

»Fortgebeamt? Ich kann mich nicht erinnern, ihn während des Übertritts gesehen zu haben.«

»Sollten wir lieber Hilfe holen?«, überlege ich. »Gwindula oder Ergor?«

»Die Wächter haben heute Nacht alle Hände voll zu tun, sie müssen das Portal bewachen und die Lykoten auf dem Gelände halten. Lassen wir sie in Ruhe und schauen erst einmal, ob deine Freunde wirklich hier sind.«

»Warum müssen sie hiergehalten werden? Was würde denn sonst passieren?«

»Sie gehen auf die Jagd«, antwortet Basil, und mich überläuft eine Gänsehaut. »Wenn Hanna und Fridolin wirklich hier sind und Marts seine Finger im Spiel hat, finden wir sie wohl an einem abgeschiedenen Ort, an einem, der sich als Versteck eignet.«

»Der Keller!«

Basil grinst. »Der Keller ist insbesondere heute kein abgeschiedener Ort.«

»Dann vielleicht hier im Erdgeschoss? Die Unterrichtsräume dürften während der Ferienzeit unbenutzt sein.«

»Mischa! Natürlich!« Basil dreht sich um und zieht mich zurück in den Gang. Doch nach wenigen Schritten stoppt er.

Er breitet seine Schwingen aus, und ich sehe fasziniert, wie er sich mit einigen kräftigen Flügelschlägen vom Boden abstößt.

So setzen wir die Suche fort: Basil gleitet dicht unter der Decke, und ich schleiche am Boden von Tür zu Tür, die ich eine nach der anderen öffne. Jedes Mal fürchte ich mich vor dem, was dahinter verborgen sein könnte. Aber jedes Mal finde ich bloß einen dunklen, leeren Klassenraum vor.

Die Tür zum Kräuterkunderaum lässt sich nicht öffnen. Ich probiere es zwei-, dreimal vergeblich, das Schloss schnappt nicht auf. Zögerlich presse ich mein Ohr auf den kalten Lack und halte den Atem an.

Ein Wispern oder Rascheln. Hinter der Tür bewegt sich etwas. Ob die Geräusche von Lebewesen stammen, kann ich nicht beurteilen.

Basil landet neben mir. Schwach setzt sich sein Federkleid als schimmernder Umriss von der Dunkelheit ab.

Plötzlich möchte ich ihn umarmen und ihn bitten, mit mir fortzufliegen. Nur ein kurzer Impuls, den ich verstreichen lasse, bevor ich flüstere: »Hinter dieser Tür ist etwas. Aber ich bekomme sie nicht auf. Meinst du, Marts lauert dahinter?« Meine Stimme zittert.

Basil beugt sich dicht an mein Ohr. »Scht … Das kann gut sein. Vielleicht sollten wir Arthur doch holen.«

»Nein«, sage ich entschieden. »Er ist bloß ein blöder Hund. Ich fürchte mich nicht. Komm schon, wir brechen die Tür auf. Die Überraschung liegt auf unserer Seite. Bitte.«

Basil greift unter seinen Flügel. Schnell und ruckartig bewegt sich seine Hand, als stieße sie ein Messer in die Achsel, doch hervor bringt sie eine lange, spitz zulaufende Feder. Ich verstumme. Vom Kiel fällt ein dunkler Tropfen, den er mit seiner anderen Hand auffängt. Wie ein Marienkäfer liegt er klein und glänzend auf seiner Handfläche.

»Wahrscheinlich brauchst du es nicht. Ich schätze, dass genug vom Blut deines Vaters in deinen Adern fließt. Immerhin hast du die Korrigane gesehen. Wenn du Fähigkeiten aus unserer Welt in dir trägst, dann blühen sie heute Nacht. Trotzdem wäre es mir lieber, du nimmst diesen Tropfen zu dir.«

»Ich soll dein … So wie Marts an meiner Wunde?«

»So ähnlich, ja. Deine Sinne werden sich schärfen. Jetzt trink, du hast versprochen, auf mich zu hören!«

Ich beuge mich über Basils Hand und nehme behutsam mit der Zunge den Tropfen auf. Es ist zu wenig, als dass ich schlucken müsste, doch der eisenartige Geschmack breitet sich in meinem Mund aus und kribbelt bis hinauf in die Nasenflügel, zieht über den Oberkiefer und von dort bis zu den Ohrläppchen. Brausepulverblut.

Das prickelnde Gefühl öffnet etwas in meinem Schädel, wie bei einem Sprung in den winterlichen See oder wie ein schmelzender Schneeball im Nacken. Niemand hat das Licht angeschaltet, trotzdem sehe ich ungleich mehr. Die Fledermäuse an der Decke verwandeln sich zurück in getrocknete Zweige. Und die Geräusche hinter der Tür dringen nun deutlich an mein Ohr.

»Ich kann sie hören!«, stoße ich verblüfft aus und drehe mich zu Basil.

Und in diesem Augenblick erkenne ich die vollkommene Schönheit seiner Federn, seiner wohlgeformten, gefährlich scharfen Krallen. Selbst die blass rosafarbene Gänsehaut, die sich über den Spann seiner Klauen zieht, strahlt eine anziehende Verletzlichkeit aus.

Er muss um diesen Teil der Wirkung gewusst haben, denn ein zufriedenes Strahlen breitet sich in seinen Augen aus, deren Farbe ich nun trotz der Dunkelheit erkenne.

Sollte Menschenblut bei den Lykoten ähnlich wirken, kann ich Marts fast verstehen.

Mit einer weichen Bewegung schiebt mich Basil beiseite und tritt dicht an die Tür.

»Ich öffne sie jetzt, also sei bereit!«, flüstert er. Er steckt die Feder zwischen Tür und Rahmen, führt sie entlang der Kante hinab, und unter dem leichten Druck seiner Hand gibt das Schloss nach.

KAPITEL SIEBENUNDZWANZIG

Die Geräusche stürzen laut und mächtig auf mich ein. Wie ein Sturm wirbelt das Klacken und Rascheln, das ich schon vor der Tür wahrgenommen habe, in meinen Ohren.

Der Kräuterkunderaum sieht im ersten Moment aus wie immer: Tische, Liegen und an der Wand dieser Apparat. Dann bemerke ich, dass sich der Boden bewegt, als würde er sachte vibrieren. Die Wände und die Möbelstücke scheinen lebendig zu werden. Es sieht aus, als holten sie Atem. Liegt das an Basils Blut?

Doch als ich meinen Fuß in den Raum setze, fließt das dichte Schwarz auseinander und teilt sich in unzählige Pünktchen. Sie sind die Quelle des Lärms. Ein Punkt seilt sich vor meiner Nase ab. Spinnen! Ihre Beißwerkzeuge geben kleine klackende Geräusche von sich, und die haarigen Beine rascheln wie trockenes Laub.

Entsetzt reiße ich meinen Mund auf, doch bevor ich schreie, verschließt Basil ihn mit seiner Hand. Zitternd stehe ich im Türrahmen und blicke auf die Viecher zu meinen Füßen, an den Wänden und um mich herum. Sie sind praktisch überall.

»Alles in Ordnung?«, fragt Basil behutsam, und ich spüre, wie er mich in seine Arme hebt. »Es sind nur Spinnen. Sie fürchten sich vor Tylwyth Aden. Schau!« Er setzt einen Fuß vor den anderen, und wo seine Klauen den Boden berühren, streben die Spinnen davon. Ich lehne meinen Kopf gegen seine Brust.

Eine Bewegung über mir lenkt meinen Blick zur Decke. Zwei riesige, milchig durchscheinende Kokons pendeln in kleinen Ellipsen. Die Stricke, an denen sie hängen, wirken brüchig. Durch das Gewebe schimmern menschliche Hände, Arme, Beine. Aufgerissene Münder und Augen drücken sich erstarrt gegen das Weiß der Spinnweben. Die Gesichter von Hanna und Fridolin.

»Basil …« Ich fasse sein Kinn und schiebe es in Richtung der Decke.

»Oh, verflucht!«

»Waren das die Spinnen?«, wispere ich und starre ungläubig auf die Kokons.

Einen kurzen Moment glaube ich, dass er das Gleichgewicht verliert und wir nach hinten fallen. Dann verstehe ich, dass er mich wieder auf den Boden gesetzt hat. Ich keuche.

»Ich schau es mir an«, sagt Basil und breitet die Flügel aus.

Die Spinnen klackern und rascheln um mich herum, doch Basil hat recht, ein unsichtbarer Bannkreis hält sie davon ab, mir zu nahe zu kommen.

Basil erreicht die Kokons. Was, wenn Hanna und Fridolin tot sind? Dieses verfluchte Internat!

Vorsichtig setze ich einen Fuß vor den anderen. Die Spinnen auf dem Parkett eilen auseinander. Mir wird schwindelig.

»Mischa? Brauchst du mich?«

»Nein, ich muss mich nur kurz hinsetzen«, sage ich, taste mich auf wackligen Beinen vorwärts und hoffe, dass die Spinnen auch von der Liege verschwinden werden.

Ich sehe, wie Basil sich mit einem Flügel in der Luft hält, den anderen Arm ausstreckt und einen der Kokons berührt, der sofort einreißt.

»Halt ihn fest!«, schreie ich.

Der Kokon pendelt heftig, doch er stürzt nicht ab. Durch das entstandene Loch krümmt sich der bleiche Finger von Fridolin.

»Die Fäden stammen von den Duplikanten. Siehst du, wie instabil sie sind? Eigentlich könnten die beiden sich ohne Probleme aus dem brüchigen Gewebe befreien. Deshalb vermute ich, dass sie vor dem Einspinnen betäubt wurden.«

»Ich weiß nicht, sich aus einem brüchigen Kokon in fünf Metern Höhe freizustrampeln klingt nicht besonders klug«, sage ich.

»Das sehe ich auch so«, erklingt eine Stimme. Diesmal erkenne ich die menschlichen Züge im Hundegesicht sofort.

Marts steht, auf seine Hinterbeine gerichtet, in der Tür. In seiner Vorderpfote hält er den Batzen Moos, den ich einige Minuten zuvor achtlos beiseitegeworfen habe. Seine Augen blitzen mich an, als seine Zunge hervorstößt, um über das Fundstück zu lecken.

»Mischa«, lacht er, »komm zu mir, und ich lasse deine Freunde frei. Bevor die Fäden reißen und sie kopfüber auf den Boden schlagen. Denn das werden die zwei wohl nicht überleben.«

Marts' menschliche Stimme aus diesem Hundekopf sprechen zu hören verschlägt mir die Sprache.

»Gib auf«, antwortet Basil. »Du handelst dir gerade riesigen Ärger ein. Wenn die Wächter herausfinden, was du hier treibst …«

Marts lacht auf. »Die haben gerade andere Probleme.«

»Was ist passiert?« Basil klingt alarmiert.

»Warum sollte ich euch meine Trümpfe zeigen? Wäre richtig

dämlich.« Er stolziert in den Raum hinein. Basil lässt sich zu Boden sinken. Und ich stehe genau zwischen den beiden neben einer mit Spinnen überdeckten Liege.

»Und, Mischa, was sagst du?« In seinen Augen liegt der pure Hass. »Es hat mir zwar Spaß gemacht, mit den beiden zu spielen – Fridolin ist ein wirklich guter Läufer, und Hannas Angstschweiß duftet betörend –, aber eigentlich will ich nur dich.«

»Marts, hör auf, so zu reden«, unterbricht ihn Basil. »Ich hole die zwei jetzt herunter. Arthur wird dich bestrafen. Und ich hoffe für dich, dass es den beiden gut geht.« Er deutet zur Decke.

»Ach, Basil. Arthur hat nur gerade überhaupt keine Zeit. Denn genau jetzt ist ein Rudel von Hain unterwegs auf dem Weg hierher. Sie erwarten, dass ich ihnen die Tochter von Brim Tullwiss bringe. Die Großnichte unserer lieben Erzin Thekla Tullwiss. Was ich mit großem Vergnügen erledigen werde. Und weil ich Mischa leider abliefern muss, wirst du die beiden schön für mich hängen lassen.« Die hochgezogenen Lefzen geben den Blick frei auf spitze Zähne.

Die Nacht entwickelt sich für ihn genau in die gewünschte Richtung.

Mir fällt es schwer, den Faden nicht zu verlieren, denn worüber die beiden reden, ergibt für mich kaum Sinn.

»Wie sollen Lykoten hier eindringen? Das Portal ist bewacht.«

»Das den Wächtern *bekannte* Portal ist bewacht. Jetzt hau schon ab. Halt dich einfach raus, dann verschonen wir dich. Sie werden jeden Moment hier sein, um sich das Tullwisskind zu schnappen.«

Stumm stehe ich neben der Liege und spüre eine unbekannte Angst in mir aufsteigen.

»Dafür müssen sie mich aber erst mal kriegen«, murmle ich,

drehe mich um und fühle einen scharfen Schmerz an meinen Schultern. Marts!, denke ich, doch dann lösen sich meine Füße vom Boden.

»Willst du vielleicht durch diese niedrige Tür fliegen? Dann müsstest du deine sichere Höhe aber verlassen.« Marts lässt sich auf die Vorderpfoten fallen. Er knurrt. Mit einem Sprung steht er auf der nächsten Liege.

»Komm zu mir, kleine Mischa.« In seiner Stimme liegt ein Winseln.

»Flieg schon!«, brülle ich Basil an. »Na los!«

Und er fliegt, aber höher, hin zu den Kokons, in denen Hanna und Fridolin hoffentlich noch leben. Bis er dicht neben den Gespinsten ist. Ich sehe Fridolins Finger, der nun erschlafft ist. Ängstlich klammere ich mich an Basils Beinen fest.

»Du weißt, dass niemand die Wirkung von Duplikantengift einschätzen kann«, ruft Basil Marts zu.

»Wir können gerne tauschen. Du gibst mir das Stück Fleisch, das sich an dir festkrallt, und darfst dir die beiden abgehangenen Teile nehmen. Wenn du dich beeilst, kannst du sie noch lebendig verspeisen. Ich denke, du hättest noch so ungefähr dreißig Minuten. Oder warte, ist Geiern Aas lieber? Dann hast du natürlich jede Menge Zeit.«

»Du verstößt gegen das Gesetz des Bundes. Menschenfleisch ist euch verboten, das weißt du, Marts.«

Spinnen, Tierwesen, mein tot geglaubter Vater und jetzt auch noch dieses Gerede über Menschenfleisch bringen meinen Puls zum Rasen, ich bekomme kaum noch Luft.

»Lass mich runter!«, rufe ich. Ich strampele so heftig, dass Basil keine Wahl bleibt. Er setzt mich neben dem Fenster ab.

»Versuche, aus dem Fenster zu entkommen«, wispert er mir ins Ohr.

»Ich soll dich hier allein zurücklassen?« Mir klopft das Herz bis zum Hals.

Basil hat sich wieder in die Luft erhoben. Ich wage es nicht, Marts auf der Liege aus den Augen zu lassen, doch meine geschärften Sinne verraten mir, dass Basil zu den Kokons aufgestiegen ist. Auch wenn ich ihn nicht sehen kann, höre ich seine Bewegungen.

Unter der Liege von Marts blitzt etwas hervor. Ein Gegenstand aus Eisen mit spitzen Kanten. Wenn ich ihn erreichen könnte …

»Gleich sind meine Freunde hier.« Marts klopft mit einer Pfote neben sich auf das Polster. »Komm zu mir, Mischa, warten wir hier zusammen.«

Ein Hund, beruhige ich mein ängstliches Herz, nur ein dummer Hund! Dann mache ich vorsichtig ein paar Schritte auf ihn zu. Ich schiebe meine Fußspitze unter die Liege und gebe dem Ding einen leichten Schubs, sodass es hervorrutscht. Es ist ein Kehrblech.

Basil scheint zu verstehen, was ich vorhabe. Er schlägt laut mit seinen Flügeln und schreit dann plötzlich auf.

Marts blickt nach oben, ich bücke mich, schnappe mir das Blech und hole weit damit aus. Zu meiner eigenen Überraschung lande ich einen Treffer.

Ich erwische Marts am Kiefer. Verblüfft schaut er mich an, dann schüttelt er sich kurz.

Erschrocken lasse ich die Waffe fallen.

»Lauf, Mischa!«, ruft Basil.

Ich blicke hoch. Einige Schnüre hat er bereits durchtrennt, das Gespinst bricht unter der Erschütterung an vielen Stellen auf.

»Aus dem Fenster, Mischa! Lauf!«

Doch Marts stemmt seine Pfote gegen meine Brust, ich stolpere rückwärts auf die Liege. Ein bedrohlicher Laut dringt aus seiner Kehle.

Aus dem Augenwinkel sehe ich Basil, der sanft hinter Marts' Rücken auf dem Boden aufsetzt. Behutsam bettet er Fridolin auf eine Liege.

Ich trete verzweifelt mit den Füßen nach dem Hundekörper. Marts weicht mit kleinen, wendigen Luftsprüngen aus. Seine Schnauze schnappt nach mir.

»Die Spinnen fliehen vor dir. Dann gehörst du tatsächlich zu den Vogelleuten. Der berühmte Brim Tullwiss *ist* dein Vater.« Beim Reden stößt er ein unangenehmes Schnaufen aus. Mit seiner Zunge fährt er mir über das Gesicht, und ich drehe es angeekelt zur Seite. Dann spüre ich, wie der Druck auf meiner Brust nachlässt. Marts wirbelt herum.

Im selben Augenblick fliegt Basil auf und tritt mit seinen Krallen zu. Sie reißen einen Fetzen aus dem Fell an Marts' Brust. Blut sickert aus dem unbedeckten Fleisch.

Mir wird übel vom Anblick.

Fell und Federn wirbeln durch die Luft. Marts hat sich in Basils Flügel verbissen und zerrt daran. Aus seinem Maul tropft es rot.

Basil versetzt Marts mit seinen Krallen einen neuen Hieb. Marts lässt kurz den Flügel los, und Basil steigt in die Luft. Marts schnappt nach Basils Beinen, der zutritt, sobald ihm die Schnauze zu nahe kommt. Immer mehr Federn segeln zu Boden. Blutstropfen. Aber Marts bekommt Basil nicht zu fassen. Er tänzelt unablässig, passt die Momente ab, in denen er zubeißen kann.

Ich verfolge jeden Angriff, jede Parade, kann mich nicht rühren, geschweige denn den Kampf stoppen.

Basil versucht, sich in der Luft zu halten. Doch seine Kraft lässt nach. Er landet und schleppt sich mit einem hängenden Flügel zu einem Sofa.

Ich muss Hilfe holen. Hastig wende ich mich zur Tür, doch die Spinnen haben mittlerweile ein dichtes Netz im Rahmen gesponnen. Ich starre auf den gewebten Vorhang, der klebrig glänzt. Los, Mischa, lauf! Überwinde endlich deine dämliche Angst, es sind nur kleine Tiere, rede ich mir Mut zu. Aber meine Hände sind klitschnass, mein Atem geht schnell und heftig.

Irgendwo, weit weg auf dem Fußboden, liegt das Kehrblech, irgendwo, in einer anderen Welt, feiern meine Mutter und mein Vater ihr Wiedersehen, irgendwo kämpfen Ergor, Gwindula und die anderen Wächter vielleicht gerade gegen eine Horde Lykoten, die mich aus irgendeinem Grund fangen wollen.

Und ich stehe hier so bescheuert starr vor Angst. Ich muss Hilfe holen für Hanna und Fridolin und für Basil. Aber ich schaffe es nicht. Ich sinke in die Knie.

Da taucht hinter den Spinnweben ein Schatten auf. Jemand zerreißt das Netz.

Panik erfasst mich. Marts' Drohungen werden wahr. Die Lykoten holen mich.

Mir ist schwindelig.

Basil schreit schmerzerfüllt auf, und jemand rüttelt an meinem Arm. Ich öffne die Augen.

»Klaas!«, krächze ich, und meine Stimme schmiert tonlos ab. Normalerweise klingt es anders, wenn ich mich freue.

»Bist du in Ordnung, Mischa?« Er sieht mich besorgt an.

»Hanna und Fridolin, ich weiß nicht, ob sie noch leben«, flüstere ich.

Hinter uns tobt der Kampf weiter. Marts' Knurren klingt kräftiger als Basils Schreie. Basil hält Marts in seinen Krallen, aber er verliert immer noch Blut. Marts versucht, sich freizubeißen.

Jetzt oder nie.

Schreiend laufe ich auf Marts zu, das Kehrblech hoch erhoben. Ich hole aus und schlage es ihm auf den Hinterkopf. Marts, rasend vor Zorn, geifert nach mir. Ich rieche seinen ekelhaften Atem.

Klaas rennt zu uns. Im Laufen greift er sich einen Stuhl, und, ohne zu zögern, drischt er ihn dem Hund auf den Schädel. Ich schlage erneut mit dem Blech auf ihn ein.

Marts jault auf und erschlafft. Basil sinkt in sich zusammen. Das Haar verdeckt in nassen Strähnen sein Gesicht. Er hat das Bewusstsein verloren.

KAPITEL ACHTUNDZWANZIG

Plötzlich stehen nur noch Klaas und ich uns gegenüber, inmitten zertretener Spinnenkörper, Federn, Fellfetzen und Blut. Spinnenfäden kleben an seiner Brille.

»Hilfe«, sage ich kläglich, was natürlich Quatsch ist, denn erstens kommt mein Ausruf zu spät, und zweitens hat mir Klaas schon geholfen – und zwar richtig!

Er wischt sich, wie es seine Art ist, mit dem Handrücken über die Wange. Seine Brille bekommt einen kleinen Stups ab. Die vertraute Geste versetzt mir einen Stich. Wie sehr ich ihn vermisst habe!

»Kitzelt, das Zeug«, sagt er. Er schmiert die Spinnenfäden an seiner Fliegerjacke ab.

Ich frage mich, wie ein und derselbe Mensch gleichzeitig so heldenhaft und so tollpatschig sein kann. Mein Freund ist gekommen, mein bester Freund, mitten in der Nacht und aus dem Nichts, wie ein Wunder, um mir zu helfen!

»Danke, Klaas!«, sage ich und drücke seine Hand ganz fest.

Neben dem Fenster auf der Liege schläft Fridolin.

»Das oben an der Decke ist Hanna«, sage ich. »Wir müssen Gwindula holen.«

»Was ist das hier?« Klaas dreht sich einmal um die eigene

Achse, und ich kann die Fäden sehen, die ihm am Hinterkopf im Wuschelhaar hängen.

»Später. Hanna kann jeden Augenblick abstürzen. Wir müssen sie rausholen.« Dass Hanna und Fridolin vergiftet sind und sterben könnten, wage ich nicht auszusprechen. Ich werfe einen Blick zu Basil. Seine Wunden sehen schlimm aus.

»Los, wir müssen uns beeilen!«

Aber Klaas kniet sich vorsichtig neben Fridolin. Auch ihm scheint der Anblick des bleichen Jungen Respekt einzuflößen. Seiner Haut fehlt jegliche Farbe, sogar die Lippen sind weiß wie Papier.

»Wir müssen den Puls fühlen und schauen, ob er noch atmet«, sagt Klaas. In seinem Blick liegt Hilflosigkeit.

Er nimmt seine Brille ab und hält sie Fridolin vor die Nasenlöcher. Sie beschlägt leicht.

Fridolin ist noch am Leben, aber Hanna hängt weiter so halsbrecherisch oben unter der Decke. Ich weiß nicht, wie lange ihre Körper den Kampf gegen das Spinnengift durchhalten können.

»Komm, Klaas. Sie sind vergiftet. Wir schaffen es niemals rechtzeitig in die Stadt. Ihnen bleibt nicht mal eine halbe Stunde. Los jetzt!«

Endlich steht er auf und folgt mir. Wir bemühen uns, einen Bogen um den reglosen Leib von Marts zu schlagen. Basils Brustkorb hebt sich leicht. Wenn Marts erwacht, wird er Basil erneut angreifen? Basil sieht so bleich aus.

»Vielleicht sollten wir Marts fesseln.« Ich bleibe stehen.

»Wen?«, fragt Klaas.

»Den Hund dort.«

»Du kennst ihn? Was ist das für ein Monstervieh?«

»Er ist Schüler auf diesem Internat.« Ich sehe, wie sich Klaas' Körper anspannt, und spreche schnell weiter. »Da drüben, das ist Basil. Du hast ihn einmal gesehen, als er mich nach Hause begleitet hat. Allerdings ohne Flügel und Klauen.«

Klaas' Augen weiten sich hinter den Brillengläsern. »Der Waldhampi? Du nimmst mich auf den Arm, oder?«

»Leider nicht«, sage ich. »Bitte, Klaas, das alles zu erklären hat Zeit. Aber Hanna muss aus diesem Ding dort.«

»Und wie bekommen wir sie da raus?«

Ratlos schauen wir zu dem immer noch sachte pendelnden Kokon hoch, auf dem die Spinnen hin und her krabbeln.

»Ich lauf los und hol jemanden«, sagt Klaas entschieden. »Ich wecke einfach alle auf.«

»Wieso sollten sie schlafen? Das ganze Internat wimmelt von feierwütigen Wesen.« Und blutrünstigen, die es auf mich abgesehen haben, füge ich still hinzu.

»Nein.« Klaas runzelt die Stirn. »Da war niemand.«

»Das kann nicht sein. Überall …« Dann unterbreche ich mich. »Egal, wir verlieren wertvolle Minuten.«

»Dann lass mich Hilfe holen.«

»Meinetwegen«, gebe ich nach. »Schau, ob du Gwindula findest, eine kleine Frau mit Glühwürmchen am Kleid. Oder besser noch einen Mann: klein, weißes fusseliges Haar. Und, ähm, seine Arme sehen aus wie geflochtene Zweige. Er heißt Ergor. Ich bleibe hier und behalte Marts im Auge.«

»Wo soll ich suchen? Ich kenne mich hier nicht aus.«

»Mich hast du auch gefunden, Klaas«, sage ich und lege so viel Zuversicht in mein Lächeln wie möglich. »Bieg den Gang nach links ab, vorletzte Tür, das ist die Bibliothek. Du findest ihn!«

Klaas rennt auf den Gang, und ich binde Fridolin vorsichtig Hannas Bommeltuch vom Hals. Mit einem kräftigen Ruck prüfe ich seine Festigkeit. Wahrscheinlich ist der Baumwollstoff nicht stark genug, doch etwas Besseres besitze ich nicht.

In Marts' Fell kleben zerquetschte Spinnenkadaver und Blut. Ich zerre an den Enden des Tuchs, um den Knoten um seine Vorderpfoten so fest wie möglich zu ziehen. Wie lächerlich diese Fessel um ein einziges Pfotenpaar ist, weiß ich selbst. Mit meinen Füßen schiebe ich den Hundekörper von mir und beuge mich zu Basil.

Im Federkleid an den Schenkeln klafft eine kahle Stelle. Das Blut beginnt bereits zu trocknen.

»Basil?«, wispere ich. »Hörst du mich?«

Behutsam streiche ich ihm das Haar aus dem Gesicht. Seine Stirn fühlt sich warm und weich an.

»Du Vogelmensch«, flüstere ich, »tut mir leid, dass ich so dämlich reagiert habe. Ich mag dich.«

Das Geräusch von Schritten schreckt mich auf. Klaas und Ergor erscheinen in der Tür. An ihrer Seite ist Myrell.

Ergor blickt auf das wüste Szenario und kneift die Augen zusammen. Er sieht zornig aus, ein Ausdruck, der nicht zu dem sonst so heiteren Lehrer passt.

»Keine Zeit zu verlieren«, murmelt er. »Myrell, hol einen vom Adenvolk. Mischa, du besorgst Wasser. Eine Schüssel dafür findest du im Speisesaal. Und bringt auch eine Kelle mit. Beeilt euch!«

Myrell läuft bereitwillig los. Unerschrocken marschiert sie über die Spinnenleichen.

Ergor fixiert Klaas: »Und Sie, fremder Mann, helfen mir.«

Klaas nickt mir beruhigend zu. Über den schmierigen Boden eile ich Myrell hinterher.

Aber sie kommt mir bereits vom anderen Ende des Flurs entgegen, begleitet von einem geflügelten Schüler. Wie hat sie das so schnell geschafft?

Der Flügeltyp landet neben mir und geht in den Kräuterkunderaum, und Myrell ist – verschwunden?

»Entschuldigung«, sagt sie, als sie wie aus dem Nichts wieder neben mir auftaucht. »*Raunächte*-Power. Ich war gerade drin. Hanna ist in Sicherheit.«

»Wenn du so schnell bist, solltest du besser die Sachen für Ergor holen. Ohne mich.«

»Kommt nicht infrage.« Sie schnappt sich meine Hand. »Wir machen das gemeinsam. Ich freue mich viel zu sehr, dich wiederzusehen. Und ich habe Ergor versprochen, dich nicht aus den Augen zu lassen.« Ihr Kinn zeigt zum Kräuterkunderaum.

»Dann los«, sage ich und ziehe sie hinter mir her, aber schon überholt sie mich mit solchem Schwung, dass ich reflexartig loslasse, um nicht zu stürzen.

»Myrell!«, rufe ich erschrocken aus.

»Ah, wieder vergessen.« Sie trippelt nun auf der Stelle, und ich renne. So erreichen wir annähernd gleichzeitig den Speisesaal.

»Ich hoffe, du glaubst nicht, ich hätte mich nur mit dir angefreundet, weil du bist, wer du bist.«

Ich sage nichts.

»Oh, du hast gar nicht gedacht, ich hätte mich mit dir angefreundet, weil du bist, wer du bist?«

Ich schweige.

»Mischa?«

»Was meinst du mit: wer ich bin?«, stoße ich hervor.

»Eine halbe Aden, halb aus unserer Welt. Soweit ich weiß, gibt es außer dir niemanden in eurer Welt, der …«

»Sei still.«

»Okay«, wispert sie kleinlaut. »Ich wollte deine Gefühle nicht verletzen. Aber glaub mir, ich wusste gar nicht, dass du eine halbe Aden bist. Die Tochter von Brim Tullwiss. Sie haben sich wirklich Mühe gegeben, das vor uns geheim zu halten. Also, natürlich kennt jeder bei uns die Geschichte deines Vaters, aber sie haben uns ja nicht verraten, dass du …«

»Myrell!«

»Entschuldigung!«

Im Speisesaal tobt ein wildes Fest. Tische und Bänke sind umgeworfen. Zwei Katzenohrmädchen spielen auf Gitarren und singen dazu. Ein behufter Muskelprotz tanzt stampfend vor ihnen auf und ab. Die anderen sitzen oder stehen, manche liegen sogar im Saal verteilt. Keiner wirkt irgendwie beunruhigt.

Wir drängeln uns durch die Meute und finden eine fast leere Bowleschüssel samt Kelle. Sie steht auf einem Tisch neben dem Kamin, um den ein paar Gestalten hocken. Lykoten.

Als wir auftauchen, verstummt ihr Gespräch. Zwei Wölfe und fünf Hunde recken die Schnauzen und beginnen bedrohlich zu knurren.

Ein Kleingezoomter springt einem von ihnen auf den Rücken und zischt etwas in die Runde. Daraufhin beruhigen sie sich, die feindseligen Blicke bleiben.

»Die meisten sind auf deiner Seite. Du hast nichts zu befürchten«, flüstert Myrell.

Auf meiner Seite?

Myrell hat sich die Kelle und die Schüssel schon geschnappt und rast aus dem Saal. Ich stolpere hinter ihr her.

Draußen rennen wir zur Toilette. Ich fülle die Schüssel mit Wasser, als die Tür aufgeht und ein braunhaariger, schlanker, umwerfend gut aussehender Typ hereingestürzt kommt.

»Versammlung im Speisesaal. Niemand darf sich auf den Gängen aufhalten. Lykoten sind unterwegs nach Hainpforta.«

»Was? Aber …« Myrell stellt den Wasserhahn ab.

»Keine Ahnung, ich muss weiter. Die Wächter kümmern sich darum. Geht in den Speisesaal. Verstärkung ist auf dem Weg.«

Ich schnappe mir die Schüssel. Marts hat also doch nicht gelogen, anscheinend gibt es dieses unbewachte Portal der Lykoten.

Der *Schöne* schaut mich eindringlich an. Meine Beine werden etwas weich.

»Wenn das stimmt, solltest du lieber Aden Tweick davon berichten«, sagt er und rennt davon.

»Was?«, fragt Myrell. »Verrat es mir auch.«

Im Halbdunkel des Klassenzimmers liegt Marts bewusstlos am Boden, ein Kreis aus trockenen Blättern um ihn herum. Hanna und Fridolin liegen nebeneinander auf einer Liege. Basil ruht auf einer anderen. Eigentlich ein friedlicher Anblick, wären nicht die Zeichen des Kampfes und der Verwüstung.

Ergor steht Klaas mit hochgekrempelten Ärmeln gegenüber. Jetzt sehe ich deutlich die verknoteten Äste, unzählige Zweige sprießen daraus hervor, die Knospen treiben, und tatsächlich wachsen auch schon einige zartgrüne Blätter. Klaas fasst in das Geäst und reißt an einem der biegsamen Zweige.

»Fester, Junge!«, ruft Ergor mit schmerzverzerrtem Gesicht. »Trau dich! Brich ihn aus.«

Und Klaas zerrt, bis der Zweig endlich nachgibt.

»Die Schüssel«, dirigiert Ergor. Mit seinen borkigen Fingern streut er Blätter ins Wasser und knickt den Zweig in kleine Stücke, die ebenfalls in der Schüssel landen, dabei murmelt er unablässig vor sich hin.

Ich setze mich zu Basil und streichle seine Hand, aber wenn ich ehrlich bin, gilt die tröstende Geste mehr mir als ihm.

Während Myrell neugierig durch das Tohuwabohu spaziert, schauen Klaas und ich schweigend zu, wie Ergor in der Schüssel rührt. Langsam verfärbt das Wasser sich gelblich.

»Das wird gehen«, sagt er nachdenklich. »Erhitzen kann ich es nicht, dazu bleibt keine Zeit.« Dann befüllt er die Kelle und träufelt den Inhalt in die Münder der Vergifteten.

»Reib ihre Gesichter mit dem Wasser ein, Mischa«, befiehlt er.

Ich stehe auf, gehe zur Schüssel und tauche beide Hände in das Bowleglas. Sobald sie mit dem Wasser in Berührung kommen, dringt ein heftiges Brennen durch meine Haut und wandert meine Nervenbahnen entlang. Ich schöpfe und massiere den Sud in die bleichen Wangen und die Lippen. Sicherheitshalber bestreiche ich auch Stirn und Schläfen mit dem scharfen Wasser.

»Was ist mit Basil?«, frage ich Ergor, der mir zusieht.

»Mach dir keine Sorgen, Mischa. Er ist nur leicht verletzt. Ich habe seine Wunden bereits versorgt.«

Myrell schlendert zu mir, was eine wahre Meisterleistung ist, angesichts des Tempos, das sie bisher in dieser Nacht draufhatte. Sie flüstert: »Hallo, mein Name ist Myrell«, was mich etwas irritiert, aber natürlich gilt das Klaas. »Ich mag deine Brille«, fügt sie hinzu.

In Hannas Lippen kehrt das Blut zuerst zurück. Fasziniert beobachte ich, wie sie allmählich eine rosige Farbe annehmen. Auch die Wangen durchströmt bald wieder Leben. Nach einigen Minuten zittern die Lider von Fridolin, doch er schlägt die Augen nicht auf. Dann bewegen sich auch Hannas Augäpfel unter den Lidern.

»Sie träumen jetzt. Sie träumen«, säuselt Ergor. »Aber sie haben es geschafft.«

Mit seinen rindigen Fingern streicht er den Schlafenden über die Haare, dann dreht er sich zu uns. Seine hellen Augen sind eisig.

»Es reicht wohl nicht, dass du und diese zwei Unschuldigen das Gedächtnis gelöscht bekommt? Du musstest noch einen weiteren Menschen in die Angelegenheit mit hineinziehen, Mischa, sehe ich das richtig? Wer ist dieser junge Mann, und wie viel weiß er?«

»Mischa kann nichts dafür«, verteidigt mich Klaas. »Sie hat mir erzählt, dass Hanna und Fridolin verschwunden sind und dass sie im Internat nach ihnen suchen will. Wir hatten uns gestritten, und mir tat es leid. Ich wollte sie nicht allein losziehen lassen. Also bin ich zu ihr. Aber es war keiner da. Ich hab mir Sorgen gemacht. Also, ihre Mutter geht fast nie aus, müssen Sie wissen. Ich hatte Angst, dass sie auch noch verschwunden sind.«

»Du warst bei mir?«, entfährt es mir.

Ergor hebt seine Hand. Das soll wohl bedeuten, dass ich im Moment Sendepause habe.

»Nun«, er räuspert sich, »ich sehe keinen anderen Weg, als …«

Marts' Pfoten beginnen zu zucken, und aus seiner Kehle dringt ein Röcheln, das Ergor davon abhält, weiterzusprechen. Gebannt blickte ich auf Marts, der sich nun aus seiner Ohnmacht aufrappelt. Als er schließlich auf den Beinen ist, rutscht meine Fessel mühelos von seinen Pfoten herab. Misstrauisch beäugt er die welken Blätter, wagt es aber nicht, ihnen zu nahe zu kommen.

»Wir …« Seine Stimme klingt rau, und er räuspert sich. Dann setzt er noch einmal an und brüllt: »Wir Lykoten lassen uns nicht unterkriegen. Der Kampf ist noch lange nicht vorbei.«

Er tut beinahe so, als ob sein Angriff eine politische Tat gewesen sei.

»Vorerst wirst du dich den geltenden Regeln unterwerfen«, sagt Ergor mit ruhiger Stimme.

Marts dreht zwei, drei Kreise um die eigene Achse und legt sich dann hin, als kümmere ihn das Chaos, das er angerichtet hat, nicht im Geringsten.

Ergor steigt über ihn hinweg zu Basil.

»Haben Sie nicht auch ein Kraut, das ihm hilft?«, bitte ich.

»Still! Du hast für heute genug Schaden angerichtet. Wenn du dich nützlich machen willst, geh und suche Aden Tweick! Bring ihn her!«

»Das geht nicht«, sagt Myrell. »Er ist mit den anderen Wächtern unterwegs, um ein Rudel Lykoten im Wald abzufangen.«

Marts' freudiges Jaulen dringt mir eiskalt unter die Haut.

Genau in diesem Augenblick erlöschen sämtliche Fackeln. Schlagartig stehen wir in vollkommener Finsternis. Ergor richtet seinen Blick auf die dunklen Scheiben. Kein Blinzeln, nur konzentrierte Wachsamkeit.

Auch ich versuche, draußen etwas zu erkennen. Ob die Lykoten uns aus ihren funkelnden Wolfsaugen beobachten? Ich kann nichts hören. Aber vielleicht sind meine Sinne auch nicht mehr geschärft, weil die Wirkung von Basils Blut nachgelassen hat?

»Gehen wir besser in den Speisesaal, wie Aden angeordnet hat«, piepst Myrell.

»Ja, das ist eine gute Idee. Ihr lauft auf dem kürzesten Weg in den Speisesaal. Bringt euch in Sicherheit. Myrell, keine Umwege, keine Abwege. Du bist verantwortlich für die beiden.« Ergor starrt immer noch auf die glatten schwarzen Fensterscheiben.

»Und Sie?«, frage ich ihn.

»Ich weiß mich zu wehren!«, sagt er. »Los, geht!«

»Mir nach!«, wispert Myrell.

Klaas und ich stolpern hinter ihr durch den düsteren Flur. Ich bin froh, dass er hier ist. Aber Ergors Worte steigen in mir auf. Wenn Klaas heute Nacht etwas zustößt, ist es meine Schuld.

Myrell trippelt und hopst wieder, damit wir Schritt halten können.

Irgendjemand ist in der Vorhalle. Oder nein, es sind mehrere. Ganz deutlich höre ich das aufgeregte Keuchen von mindestens drei verschiedenen Was-auch-immer. Ich halte an, aber Klaas und Myrell laufen weiter auf die Halle zu, und das sagt mir, dass ich immer noch mehr wahrnehme als sie.

»Hey«, wispere ich. Nicht laut genug. Doch ich bekomme

Klaas am Bund seiner Jacke zu fassen. Myrell läuft viel zu schnell, ich kann sie nicht einholen.

Erschrocken beobachte ich, wie sie durch den Gang in die Vorhalle trippelt.

Wolfsschatten huschen über den Marmorboden. Ich zähle drei. Sie sind viel größer als Marts in seiner Hundegestalt und größer als jeder normale Wolf. Das müssen sie sein, meine Jäger. Sie streifen durch die Halle, unablässig wenden sie ihre witternden Köpfe hin und her. Klaas und ich stehen stumm hinter dem Türflügel zum Gang und starren in die Vorhalle. Ich habe Angst.

Wie schlau von ihnen, uns den Weg in den Speisesaal abzuschneiden.

Wo um alles in der Welt stecken die Wächter?

Ich schlucke. Was, wenn die Wölfe Klaas und mich riechen?

Myrell kann ich nicht sehen, selbst für meine geschärften Sinne ist sie zu schnell. Hat sie uns im Stich gelassen?

Ich halte den Atem an, gebe mir Mühe, leise und unauffällig mit der Dunkelheit zu verschmelzen, doch meine Hände zittern. Warum sind sie hinter mir her? Was wollen die Lykoten von mir? Marts' merkwürdiges Kampfgebrüll fällt mir ein.

Einer der Riesenwölfe hebt den Kopf und sieht misstrauisch in unsere Richtung. »Dort lang«, höre ich ihn mit tiefer Stimme knurren.

»Schnell.« Ich deute auf ein Klassenzimmer, und wir stehlen uns durch die Tür.

»Zwerg«, dröhnt dieselbe tiefe Stimme über den Gang. »Du riechst nach Mensch, wo ist sie?«

»Zwerg? Also bitte. Ich sag doch auch nicht Köter zu euch!«

Also hat Myrell uns doch nicht im Stich gelassen.

Ich halte den Atem an, Klaas neben mir drückt meine Hand.

»Hey, warte!«

Wir hören Pfoten über den Flur hasten. Ein paar Sekunden später öffnet sich die Tür.

»Sie sind den Gang runter«, ruft Myrell stolz. »Keine Gefahr mehr, wir können weiter.«

»Ähm, den Gang runter?«, frage ich. »Hast du sie dorthin gelockt, wo Ergor bei Hanna, Fridolin und Basil auf Verstärkung wartet?«

»Oh«, sagt Myrell und schaut betreten zur Tür.

Klaas stellt sich neben sie. »Danke«, sagt er. »Ich finde es mutig von dir, dass du sie weggelockt hast. Drei von diesen … Werwölfen? Respekt! Ich heiße übrigens Klaas.«

»Klaas«, wiederholt Myrell versonnen. »Ihr habt schon seltsame Namen in eurer Welt.«

»Ihr könnt euch im Speisesaal näher kennenlernen«, rufe ich und ziehe die beiden mit mir.

Der Kronleuchter malt einen gelben Lichtkreis auf den Boden im großen Saal. Atemlos stehen wir von der Dunkelheit verborgen und beobachten die fremden Wesen.

»Abgefahren«, flüstert Klaas.

Ich selbst betrachte wachsam Wölfe, Hunde, Katzen- und Vogelwesen. Viele von ihnen diskutieren. Selbst die Lykoten wirken nervös. Jegliche Feststimmung ist wie fortgeblasen.

Die Kerzen zittern auf dem Kronleuchter.

»Wir müssen reingehen«, sagt Myrell. »Aden wollte, dass wir im Saal Schutz suchen.«

Wir bahnen uns einen Weg durch die offen zur Schau getragene Feindseligkeit. Geschützt komme ich mir nicht vor. Einige der Anwesenden verstummen, andere tuscheln.

»Wer, um Himmels willen, ist eigentlich dieser Aden?«, frage ich Myrell.

»Ich bin Aden«, antwortet eine Männerstimme, und ich höre das kräftige Schlagen von Flügeln und ein leises Kratzen, als die Krallen aufsetzen.

Ich drehe den Kopf, und als Erstes sehe ich das grün schillernde Federkleid. Dann die wässrig weißlichen Augen. Doch die Federn schimmern derart atemberaubend, dass sie Triefaugen und Glatze wettmachen – *ihn* habe ich nie zu den *Schönen* gezählt.

»Was machst du hier?«, herrscht Arthur mich an und drückt mich energisch in den Schatten. »Du solltest nicht hier sein, Tullwisstochter.« Dann huscht ein schiefes Schmunzeln über sein Gesicht. »Stur wie der Vater!«

Benommen starre ich auf seine Federn.

Gwindula stürzt in den Saal. Sämtliche Glühwürmchen sind verschwunden, über ihre Wange zieht sich eine tiefe, blutende Wunde.

»Sie sind weg«, japst sie grimmig. »Und sie haben Marts mitgenommen.«

Einige Schüler beginnen zu jubeln, andere verlassen murrend den Raum.

Arthurs Brust strafft sich. »Ergor und Basil?«

»Im Kräuterkunderaum«, sagt Myrell.

Arthur dreht sich hastig um. Gwindula und Myrell folgen ihm.

Klaas und ich rennen dem Grüppchen als Schlusslichter hinterher.

»Tullwisstochter?«, fragt Klaas im Laufen. Er schaut mich prüfend von der Seite an.

»Später«, raune ich.

KAPITEL NEUNUNDZWANZIG

Gwindula starrt, die Hände vor der Brust verschränkt, hinauf zu den zersplissenen Schnüren, an denen nur noch Reste der Kokons verraten, dass Hanna und Fridolin dort eingesponnen waren.

Arthur schreitet gemächlich durch den Klassenraum, bleibt mal hier stehen, mal dort und betrachtet jedes Detail peinlich genau, als wäre er Sherlock Holmes.

Ergor und Basil sitzen nebeneinander auf dem Sofa. Mir fällt ein Stein vom Herzen, als Basil den Blick hebt und mich anlächelt.

Meine nächste Sorge gilt Hanna und Fridolin. Sie träumen noch, aber haben sich mittlerweile bewegt und im Schlaf aneinandergekuschelt.

Ich steige über die Verwüstung hinweg zu Basil, sehe die Kräuter, aus denen Ergor den Bannkreis gezogen hatte, verstreut. Wie ist es den Lykoten gelungen, den Bann zu überwinden? Was ist passiert?

»Hey. Wie geht es dir?«, frage ich Basil.

»Ich fühle mich gut. Danke.« Er nickt ein paarmal, als müsste er sich selbst davon überzeugen.

Ergor lächelt ihm aufmunternd zu. Dann erhebt er sich, bückt sich nach einem Stück Kokon und hält es Gwindula schweigend hin, die sich nun, wie Arthur, fassungslos im Raum umschaut.

»Porling und Tramete«, murmelt sie und schüttelt den Kopf, das Grashaar wippt empört auf und ab. Sie greift das bröselige Gespinst, das durch ihre Finger rieselt. »Aber die Frage ist doch, wie das passieren konnte. Das Portal ist in den *Raunächten* rund um die Uhr bewacht.«

Ergor packt seine Sprühflasche aus und benetzt sein Gesicht. Dann reicht er sie Gwindula.

»Danke, mein Lieber«, höre ich sie sagen. »Der Nynyktar, wenn ich geahnt hätte …«

»Nicht deine Schuld, meine Liebe.« Ergor tätschelt ihr beruhigend die Schulter.

Klaas wagt sich angesichts der fremden Leute wohl nicht weiter in den Raum, er pflückt sich im Türrahmen hoch konzentriert Spinnweben von der Jacke. Myrell hüpft um ihn herum und hilft ihm. Solange noch überall Fäden von Tür, Wänden und Decke hängen, scheint mir das jedoch ein mühseliges Unterfangen. Die beiden tuscheln miteinander. Wenn mich mein Gehör nicht täuscht, fragt er Myrell nach Hainpforta aus, und ich bin froh, dass nicht ich ihm diese Andere-Welt-Neuigkeit überbringen muss. Myrell ist mit Sicherheit überzeugender.

»Danke, dass du auf mich aufgepasst hast, auf dem Weg durch den Wald«, murmele ich. »Und tut mir leid, dass ich mich so bescheuert benommen habe vorhin.« Ich will Basil viel mehr sagen, aber aus meinen konfusen Gedanken klare Worte zu formen, fällt mir schwer.

»Es ist nicht schlimm, Mischa.« Basil sieht mich durchdringend an. »Ich verstehe dich.« Dann nimmt er mein Gesicht zwischen seine Hände. »Heißt das, ich darf darauf hoffen, du könntest dich mit meinem zweiten Ich anfreunden?«, fragt er leise.

Ich öffne meinen Mund, doch Klaas taucht neben uns auf. So unbefangen wie möglich haspele ich: »Das ist Klaas, mein bester Freund. Und das ist Basil.«

»Es freut mich sehr, deine Bekanntschaft zu machen. Du hast uns allen das Leben gerettet«, sagt Basil ernst.

»Quatsch.« Klaas schüttelt den Kopf, als verneine er eine unlogische Schlussfolgerung.

»Doch, das hast du. Ich allein hätte Mischa niemals retten können.« Basil wirft mir einen Blick zu, den ich nicht deuten kann. »Auch Hanna und Fridolin hätten die Nacht ohne dich nicht überlebt.«

Klaas kratzt sich verlegen am Hinterkopf.

Keiner sagt mehr etwas.

»Wo ist Myrell?«, frage ich schließlich.

»Die habe ich zurück in den Speisesaal geschickt. Ergor wird nun den Trank zubereiten, der vergessen lässt«, unterbricht Arthur oder Aden Tweick, der plötzlich neben uns steht, das sperrige Kennenlernen der beiden Jungen. »Wenn Hanna und Fridolin am Vormittag zu Bewusstsein kommen, werden sie glauben, sie hätten sich aus eigenem Antrieb hierher aufgemacht. Sie werden ihr Gepäck vorfinden, und sofern sie nicht von selbst auf die Idee kommen, schleunigst in die Stadt zurückzukehren, wird ihnen Ergor über den Weg laufen, der derzeit am ehesten aussieht wie der Lehrer, den sie kennen. Zumindest, wenn er Handschuhe trägt.« Aus dem Augenwinkel sehe ich, wie Ergor verlegen am Kittel zupft und dann aus der Tür wuselt. »Er wird sie auffordern, das Internatsgelände zu verlassen. Das Einzige, was sie zu befürchten haben, ist eine Standpauke ihrer Eltern.«

Auch Gwindula wendet sich zum Gehen.

»Bleib bitte«, fordert Arthur sie auf. »Und auch dich, Basilander, möchte ich bitten, noch für einen Moment zu verweilen. Denn nun –«, Arthurs Stimme hebt sich, als spräche er nicht mehr nur zu einer kleinen Runde, »werde ich den Beschluss für die zwei anderen Menschen hier verkünden. Es ist mir äußerst wichtig, wenn er durch eure Anwesenheit beglaubigt wird.«

Ich blinzle zu Klaas. Aus seiner reglosen Miene werde ich ausnahmsweise nicht schlau.

»Dem Jungen hier wurden die Geschehnisse der *Raunacht* kund. Er drang weder feindselig noch mit bösen Absichten bei uns ein. Trotzdem können wir es uns nicht gestatten, ihm dieses Wissen zu lassen.« Arthur spricht, als wäre Klaas nicht anwesend. »Da sein Aufenthalt nur von kurzer Dauer gewesen ist, reicht es vollkommen, ihm mit einem leichten Trank die Erinnerung an die letzten Stunden zu nehmen.« Jetzt richtet er seine Worte direkt an Klaas. »Wächter begleiten dich zu deinem Haus, wo du den Trank zu dir nehmen wirst, der diese Nacht tilgen wird. Das verursacht keinerlei Schmerzen oder andere Beschwerden. Wenn du erwachst, fühlst du dich frisch und gestärkt. Es wird sein, als hättest du ruhig in deinem Bett geschlafen. Bist du damit einverstanden, junger Mann?«

Ob Klaas das so einfach schluckt? Wie viel hat Myrell ihm über Hainpforta berichtet?

Er reibt sich nachdenklich den Nacken, aber er protestiert nicht oder erklärt Arthur für verrückt. »Ich gehe davon aus, dass ich hinterher trotzdem noch ich bin? Das werde ich doch sein, oder? Was wäre denn die Alternative?«

»Nun, leider gibt es für dich keine Alternative«, sagt Arthur.

»Eine ernsthafte Alternative kann ich nur deiner Freundin Mischa Tullwiss anbieten.«

Die Augen aller Anwesenden richten sich auf mich. Trotzig schiebe ich mein Kinn vor. »Da zur Hälfte das Blut eines Tylwyth Aden in deinen Adern fließt, kann dir das Wissen um uns und unsere Welt nicht einfach genommen werden. Es steht dir gewissermaßen zu, gleich einem Anrecht. Doch an dieses Anrecht knüpft sich eine Bedingung. Du musst eine Verbindung zur Welt deiner Vorfahren eingehen. Du musst übertreten.«

»Sie meinen, ich soll in dieser anderen Welt leben?«

»Exakt. Dort verbleibst du so lange, bis dich die Erzin freispricht. Oder sich in eurer Welt ein Freiwilliger findet, der den Platz mit dir tauscht.«

»Aber das ist völlig unwahrscheinlich«, rufe ich.

»Ja, das ist es wohl.« Arthur nickt. »Deswegen steht es dir natürlich frei, auch die Erinnerung an uns löschen zu lassen. Was in deinem Fall schwieriger wird, da du viel tiefer in unsere Welt verwoben bist. In deinem Fall müssen wir einen Bajun um Hilfe bitten. Und wir können nicht garantieren, nicht auch andere Erinnerungen dabei zu verletzen.«

»Wenn mir die Erinnerungen fehlen, dann …«

»… wirst du, was uns anbelangt, wieder ein weißes Blatt. Wir alle werden Unbekannte für dich sein, mit denen dich nichts weiter verbindet als einige Wochen Unterricht, die dir leider vom Niveau zu dürftig waren. Kräuterkunde …« Arthur schnaubt kurz, dann fasst er sich wieder. »Du lebst dein Leben von uns unbehelligt, genau wie zuvor. Ihr beiden habt nun Zeit, euch zu erholen. Begebt euch in die Bibliothek, wo wir uns in einer Stunde wieder treffen werden.« Er schaut sich um und seufzt.

»Ich organisiere unterdessen jemanden, der diesen Saustall aufräumt.«

In der Tür hält er kurz inne und fügt über seine Schulter hinweg hinzu: »Denke gründlich nach, Tullwisstochter.«

»Halt!«, rufe ich. »Wenn ich übertrete, was wird aus den Menschen, die mich kennen und die nach mir fragen werden? Aus meiner Mutter?« Doch Arthur ist bereits aus dem Klassenraum verschwunden.

»Du kannst vorher von ihr Abschied nehmen. Um alles andere kümmern wir uns. Keine Sorge«, beruhigt mich Gwindula, die neben Hanna und Fridolin auf der Liege sitzt. »Ruht euch jetzt in der Bibliothek aus, Kinderchen, dort ist es warm, und Ergor hat dafür gesorgt, dass euch niemand Unerwünschtes dort aufstöbern wird.«

Ich sacke in mich zusammen. Fragend sehe ich zu Basil, der schüttelt den Kopf. »Ich bleibe bei Gwindula.«

»Komm«, Klaas reicht mir seine Hand, »lassen wir uns nicht länger angaffen.«

Dass wir uns quasi mit den Guten in einem Raum befinden, ist ihm entweder gleichgültig – na ja, oder vielleicht beurteilt er das alles auch anders.

Kraftlos lege ich meine Hand in seine.

»Willst du ernsthaft übertreten?« flüstert er mir zu. »Du hast gesagt: *wenn* ich übertrete. Das war bloß hypothetisch, oder?«

Ich zucke mit den Schultern.

Eine Stunde nur habe ich Zeit, um eine Antwort auf diese Frage zu finden. Klaas kann nicht wissen, was für mich an dieser Entscheidung hängt. Er weiß nicht, dass mein Vater lebt. In dieser anderen Welt. Tullwisstochter nennen sie mich.

Gerade wünsche ich mir nichts sehnlicher, als diesem Affenzirkus für eine Stunde zu entfliehen.

Wir stehen im Gang, und ich will Klaas bereits den Weg zur Bibliothek zeigen, da fällt mir plötzlich etwas ein.

»Ich weiß, wo wir ungestört reden können. Komm mit!«, sage ich zu Klaas.

KAPITEL DREISSIG

Auf der anderen Seite der Mauer weht ein kalter Wind, als hätten wir durch die kleine Holztür auch die Jahreszeit gewechselt. Dichte Nacht umhüllt uns, nun, da das Licht der Fackeln fehlt.

Ich lehne mit dem Rücken an den Steinen und spüre meine Erschöpfung in den Beinen. Die Haut an meinen Wangen brennt.

Klaas lässt sich neben mir an der Mauer hinabsinken. Er legt seinen Arm um meine Schultern, und mit dieser versöhnlichen Geste brechen alle Dämme in mir, und ich heule los. Ich packe meinen Freund, ziehe ihn fest an mich und schluchze an seinem Hals, ohne Rücksicht darauf, ob *ihm* die Nähe zu viel werden könnte. Ich bin so froh, meinen Freund endlich wieder bei mir zu haben. Klaas erträgt meine Berührung steif.

Nach einer Weile versiegen die Tränen. Zurück bleiben eine dumpfe Leere und ein nasser Fleck auf Klaas' Jacke.

Ich wische darüber, doch der Fleck bleibt natürlich, wo er ist.

Wenn sie uns die Erinnerung löschen, sind wir dann Freunde wie zuvor? Weiß er dann noch von seinen Gefühlen für mich?

»Myrell hat dir erzählt, was es mit diesem Internat auf sich hat, richtig?«, frage ich.

Klaas nickt. »Ein bisschen jedenfalls. Es gibt Wissenschaftler, die davon ausgehen, dass es mehr als nur unsere Welt gibt. Aber in einigen Stunden habe ich sowieso alles vergessen, deswegen brauche ich mich nicht damit zu beschäftigen, ob es im Rahmen des Möglichen ist.«

»Hat sie dir auch von mir erzählt? Von meinem Vater?«

»Ja.«

Dass es eine andere Welt gibt, kann er noch akzeptieren, aber dass mein Vater aus dieser Welt stammt, gefällt ihm offensichtlich überhaupt nicht.

»Ich will nicht, dass sie mir die Erinnerung löschen.«

Klaas schweigt.

»Ich habe gerade erst erfahren, dass mein Vater lebt, dass er einer von ihnen ist und dass er lebt. Für mich hat dieser ganze Irrsinn eine andere Bedeutung als für dich. Du hast gehört, mit welchem Namen sie mich anreden. Wenn sie mir die Erinnerung nehmen, verliere ich nicht bloß ein paar Wochen Wahrheit, die ersetzt werden durch ein heiles Trugbild. Ich verliere einen Teil meiner Identität. Und außerdem will ich nicht vergessen, was ich erlebt habe«, setze ich leicht bockig hinzu.

»Du meinst den Hampi, stimmt's? Wenn dein Vater einer von ihnen ist, verstehe ich, wieso du den toll findest. Liegt wohl in den Genen.«

»Nenn ihn bitte nicht so. Dich hab ich doch auch lieb. Aber wie einen Bruder.« Klaas rutscht ein winziges Stück von mir ab. »Ich kann nichts dafür«, fahre ich fort. »Du kannst ja auch nichts dafür. Neben Mama bist du für mich das Wichtigste auf der Welt. Als du vorhin im Klassenzimmer aufgetaucht bist, stuhlschwingend, das war das schönste vorgezogene Weihnachtsgeschenk überhaupt. Ich war die letzten Tage richtig krank. Und niemand ist gekommen, um sich nach mir zu erkundigen. Kein Schwein.

Und ich habe so gehofft, dass du klingelst und dann alles wieder gut ist!«

»Ich hab dir eine Nachricht geschickt«, sagt Klaas etwas kleinlaut und fügt dann hinzu: »Warst du schlimm krank?«

»Lungenentzündung.«

Er nuschelt etwas.

»Wie?«

»Ich kann irgendwie nichts dagegen tun. Es ist unlogisch, dir vorzuwerfen, dass du nicht genauso empfindest wie ich. Das weiß ich. Tut mir leid, dass ich dich im Stich gelassen habe.«

»Klaas! Du hast mich nicht im Stich gelassen! Du bist ja hier!« Ich streichele ihm wieder über die Schulter. »Hey, als du mit diesem Stuhl Marts eins übergebraten hast, das war ziemlich beeindruckend.«

»Findest du?«

»Und ob!«

»Und jetzt?« Er stupst mich an. »Trinken wir das Zeug?«

»Ich weiß nicht. Mir bleibt ja wohl nichts anderes übrig, wenn ich nicht für alle Zeiten in diesem Phantasialand, an das ich nicht einmal richtig glaube, festhängen will. Dann verzichte ich eben auf meinen Vater. Ich frage mich, wie das zukünftig wird. Werde ich meine Mutter wieder mit den gleichen Dingen löchern, wenn sie sich zu ihrem alljährlichen Trauermarsch aufmacht? Absurd. Kannst du dir dein gebrainwashtes Ich vorstellen?« Ich stibitze ihm die Brille von der Nase und setze sie mir auf. »Irgendwie gruselig, dass wir als sozusagen gegenwärtige Vergangenheit schlauer sind als unsere zukünftigen Ichs.«

Klaas zuckt mit den Schultern.

»Was denn? Du bist doch hier der Professor. Das müsste doch

deine Wissbegierde kitzeln. Wenn du nicht trinkst, kannst du in ungeahnten Gefilden forschen.«

Er nimmt mir die Brille weg.

»Was macht eigentlich der Solarschirm? Bist du fertig?«

»Hab nicht mehr daran weitergearbeitet«, gibt Klaas zu. »Zu wenig Tageslicht. Und sowieso, wer sitzt schon nachts unter einem selbstleuchtenden Sonnenschirm?«

»Ich würde dort sitzen wollen«, sage ich.

Ein Flattern über uns lenkt mich ab. Ich richte meinen Blick in den sternklaren Himmel und sehe Basil auf der Mauer landen.

»Entschuldigt die Störung. Darf ich mich zu euch gesellen?«

Er wartet höflich auf unsere Zustimmung, bevor er sich zu uns hinunterschwingt, streckt mir dann den Arm entgegen und sagt zu Klaas: »Sie haben dir etwas zu essen bereitet, falls du hungrig bist. Mischa, ich wollte dich bitten, einen Augenblick mit mir zu kommen. Halt dich an mir fest, ich möchte dir etwas zeigen.«

Ich lächele Klaas entschuldigend zu, dann nimmt Basil mich Huckepack, und ich schlinge meine Arme um seine Brust. Wieder meine ich, dass wir das Gleichgewicht verlieren und stürzen. Ich schließe die Augen, und als ich sie wieder öffne, fliegen wir schon einige Meter über dem Boden. Klaas sieht uns mit offenem Mund hinterher.

Der Himmel über uns schickt sein erstes Licht in den Morgen. In den letzten Wochen habe ich ziemlich viele Sonnenaufgänge erlebt, doch dieses morgendliche Grau scheint mir heller als gewöhnlich. Ein blendendes Grau.

Wir steigen höher und höher. Ich spüre Basils kräftigen Flügelschlag und den Wind, der mir die Haare aus dem Gesicht bläst. Wir fliegen! Fliegen himmelwärts, bis wir die Kronen der Bäume erreicht haben, und darüber hinaus. Ein Gefühl krabbelt meinen Bauch hinauf.

»Darf ich schreien?«

»Klar!«, ruft Basil, um das Pfeifen des Windes zu übertönen.

Und dann stoße ich einen unbändigen, befreienden Schrei aus. Einen Schrei, der gellend in meinen Ohren nachhallt, wie die spitzen Schreie der Seevögel.

Ich presse meine Wange an Basils Schulter und genieße seine Wärme. Und das bodenlose Gefühl der Leichtigkeit.

Wir landen auf dem dicken Ast einer Buche, gut zwanzig Meter über der Erde, dem höchsten Baum weit und breit. Über uns wölbt sich die kahle Krone. Die glatte Rinde ist feucht vom Tau. Vorsichtig rutsche ich dicht an den Stamm und klammere mich daran fest, die Höhe macht mir plötzlich Angst.

Basil kauert mit angezogenen Knien neben mir, die Arme lässig über den Schenkeln verschränkt. Er lächelt.

»Ja, grins ruhig! Wenn du abstürzt, brauchst du bloß deine Schwingen ausbreiten«, sage ich und grinse ebenfalls. »Das war toll, das Fliegen«, gebe ich nach einer Weile zu.

»Mischa, ich habe dich hierhergebracht, weil ich dir einen Vorschlag machen möchte.« Er schaut mich nicht an, während er spricht. Sein Blick hängt in den Wipfeln der umstehenden Bäume, deren Schwärze überdeutlich im Morgenlicht hervortritt.

»Du hast den Mann vom Bach kennengelernt …«

»Den Obdachlosen?«

»Er will in unsere Welt zurückkehren, auch wenn er sie kaum noch kennt. Doch das Leben, das ihn hier erwartet, Kälte und Krankheit, will er nicht länger erdulden. Die *Raunächte* sind ideal für einen Übertritt.«

Ich starre Basil mit offenem Mund an, denn ich ahne, worauf er hinauswill.

»Bei unserem letzten Treffen haben wir vereinbart, dass er den Übertritt wagt. An Heiligabend. Mischa, ich will dich bitten, in unsere Welt zu wechseln. Ich habe einen Tauschling für dich. Ich habe ihn bereits. Du müsstest nicht ewig auf eine Erlaubnis der Erzin warten. Nach drei Tagen wärst du wieder zurück.« Die Worte fließen immer schneller und schneller aus seinem Mund. »Mischa, dann bräuchtest du uns nicht zu vergessen. Mich nicht vergessen.«

»Und die Geschichte könnte weitergehen«, sage ich.

Drei Tage in der anderen Welt … drei Tage, die ich mit meinem Vater verbringen könnte, in denen er mir erklären könnte, warum er uns damals verlassen hat, ohne mir mit einer Silbe zu verraten, wohin er geht und wer er wirklich ist. Drei Tage, in denen ich eine Welt bereisen könnte, die wahrscheinlich kaum ein Mensch vor mir je kennengelernt hat. Und ich könnte Basil wiedersehen, würde nicht vergessen, was zwischen uns war.

Der Gedanke berauscht mich. Oder ist es das Adrenalin in meinem Blut?

Der Wind weht durch meine Haare und durch seine weichen Federn. Ich höre sie überdeutlich, als hätte jemand an der Tonspur gedreht. Ob das noch die Wirkung von Basils Blut ist?

»Können wir vielleicht auf festem Boden weiterreden?«, bitte ich. »Ich habe das Gefühl, als kippe ich vornüber.«

»Ich pass schon auf«, sagt er.

Langsam und vorsichtig löse ich eine Hand vom Ast.

Ich taste nach seinem Arm und tauche mit meinen Fingern in die Federn, bis ich die Haut darunter spüre. Sie ist weich und ganz normal, wie ich erleichtert feststelle. Versehentlich streife ich eine Wunde, und kurz verzerrt der Schmerz Basils Züge. Hastig ziehe ich meine Hand zurück.

»Nein, nicht aufhören.« Basil beugt sich zu mir vor. Behutsam lege ich meine Hand wieder auf seinen Oberarm. Und dann an seine Brust. Ich fühle seine Wärme, die Rippen unter meinen Fingern und wie sein Atem seinen Körper bewegt.

Leicht berühren sich unsere Lippen, ich schwanke, doch ich vertraue ihm und schicke die Angst in die hinterste Ecke meines Bewusstseins.

Doch dann befürchte ich, dass er meinen Kuss falsch versteht, ihn als Zusage deutet, deswegen löse ich mich wieder.

»Wie sicher ist es, dass der Obdachlose übertritt?«, frage ich.

»Ziemlich sicher. Aber natürlich zwingen wir niemanden.«

Außer mich, denke ich. »Gibt es einen Haken?«

»Nein, keinen Haken. Es ist unwahrscheinliches Glück und ein riesiger Zufall, dass ausgerechnet jetzt ein Tauschling ganz in der Nähe bereit ist, für dich überzutreten.«

»Warum seid ihr überhaupt hier, Basil? Warum bleibt ihr nicht in eurer Welt? Unter euch sind Bestien, vor denen ihr uns schützen müsst. Und wenn wir Menschen euch kennenlernen, wird uns die Erinnerung gelöscht. Was soll der ganze Aufwand?«

»Für mich hat es sich gelohnt«, sagt Basil und beugt sich wieder vor, um mich zu küssen.

Es ist ein Ablenkungsmanöver, und ich ziehe den Kopf zurück. »Antworte mir auf meine Frage.«

»Es stimmt. Es ist nicht leicht für uns, hier zu sein«, sagt Basil nachdenklich. »Wir verlassen unsere Heimat. Alles ist fremd. Die Gerüche, die Landschaft.«

»Ist mein Vater deswegen gegangen?«

»Nein, als Wächter darf man diese zehn Jahre bleiben. Danach wird es schwer, dann verändert man sich.«

Basil redet weiter, aber ich halte mich an seinen letzten Worten fest. Demnach hatte mein Vater keine Wahl. Er musste gehen und hat die andere Welt nicht mir und meiner Mutter vorgezogen. Wahrscheinlich ahnt Basil nicht mal, was dieses Wissen für mich bedeutet.

»Ich werde bald meine Ausbildung beenden. Ich könnte hierbleiben, wie dein Vater.«

»Warte, Basil«, unterbreche ich ihn. »Wovon redest du?«

»Ich habe mich beworben, auf einen Wächterposten hier in Hainpforta. Ergor wird bald gehen, und ich dachte … dass wir dann zusammen …«

»Ich mag dich.« Ich senke meine Stimme. »Nur, ich …« Ich atme tief durch. »Was ist, wenn wir streiten? Wenn wir uns trennen, und dann hängst du hier fest. Mit Heimweh!«

Unerklärlicherweise beginnt Basil zu lachen. Erst ist es ein kleines Lachen, sodass nur der Brustkörper wippt, aber es steigert sich und schüttelt ihn durch, und mich ebenfalls. Ich klammere mich wieder an den Ast und warte auf das Ende des Lachanfalls. Doch Basil lacht und lacht und hört gar nicht auf damit. Ich komme mir blöd vor, denn mir ist nicht zum Lachen zumute. Ich weiß nicht, was an meinen Worten so witzig gewesen sein soll.

»Entschuldige«, keucht er schließlich, »ich lache nicht über dich. Ich hatte mir nur vorher so viel Mut zugesprochen, um dich das zu fragen. Ich hatte mir ausgemalt, damit ich mich traue, weißt du …«, und er beginnt wieder zu lachen, »… ich hatte mir ausgemalt, du würdest anders reagieren.« Er brüllt förmlich, als er sich daran erinnert. »Ich dachte, du würdest mir um den Hals fallen. Aber …«, es schüttelt ihn wieder, doch dann nimmt er sich zusammen und schaut mich ernst an, »… aber ich bin froh, dass du Mischa Tullwiss bist und kein schmachtendes Ding aus einem fernen Jahrhundert.«

»Na, da bin ich ja erleichtert«, sage ich.

»Ich auch. Aber wegen des Heimwehs brauchst du dir keine Gedanken zu machen. Für meine Taten übernehme ich die Verantwortung. Und wenn du mich vorher loswerden willst, kann ich das schon überleben.« Er stößt mich mit der Hüfte an. »Aber das willst du nicht.«

Ich stoße zurück. »Sei dir da mal nicht zu sicher.«

Dann stupst er mich plötzlich heftig gegen die Brust. Ich kippe vom Baum. Im Fallen schreie ich auf und rudere mit den Armen, doch Basil fängt mich auf und setzt uns elegant auf dem Boden ab. Ich keuche.

»Ich will dich nicht überreden. Es ist deine Entscheidung und keine leichte. Aber …«

Ich halte ihm den Mund zu. »Wenn du mich nicht überreden willst, gibt es kein *Aber*.«

Seine Augen vollführen eine wahre Farbenparade.

»Weißt du, wenn ich mich erst einmal an den Gedanken gewöhnt habe, dass du ein Aden Dingsbums bist und fliegen kannst, wird es vielleicht ziemlich aufregend, deine Freundin zu sein«, sage ich und setze im Brustton tiefer Empörung nach: »Aber so etwas wie eben erlaube ich dir kein zweites Mal!« Ich löse meine Hand von seinem Mund. Jetzt kann er meinetwegen protestieren. Aber stattdessen küsst er mich.

KAPITEL EINUNDDREISSIG

Vor dem Internat wartet Aden »Arthur« Tweick bereits ungeduldig, mit Klaas an seiner Seite. Beide starren in den Himmel. Offensichtlich glauben sie, uns dort oben zu erblicken.

Klaas' Lockenkopf sieht noch zerzauster aus als sonst. Ein paar störrische Strähnen stehen ab wie Antennen. Er zuckt regelrecht zusammen, als Basil und ich völlig gewöhnlich zu Fuß vor ihnen auftauchen.

Die Offenherzigkeit in seinem Blick trifft mich wie ein Schlag. Ich begreife, dass ich meine Entscheidung bekannt geben muss und ihr dann unwiederbringlich Folge zu leisten habe.

Was Klaas schon längst versteht, sickert nun langsam in mein Bewusstsein: Ich muss mich verabschieden. Ich weiß nur noch nicht, von wem. Ich habe erst wenige Minuten zuvor erfahren, dass ich den Übertritt gefahrlos wagen könnte. Doch um mich mit diesem Gedanken anzufreunden, brauche ich mehr Zeit. Was ist, wenn der Obdachlose kneift und dann doch nicht übertreten will? Arthur bedeutet uns mit seinem grün gefiederten Arm, dass wir ihm ins Haus folgen sollen. Er blinzelt mich an, und ich weiß mit einem Mal, was mich an seinem Blick, abgesehen von diesem fast weißen Blau, so irritiert. Er zwinkert kaum.

»Solltet ihr nicht in der Bibliothek auf mich warten?«, fragt er.

Basil greift nach meiner Hand. Verstohlen schaue ich zu Klaas, der es entweder ignoriert oder mit seinen eigenen Gedanken beschäftigt ist.

Warum geben sie uns nicht, wie Hanna und Fridolin, den Trank unwissentlich im Schlaf? In ein unwissendes Leben zurückgeschickt zu werden, ohne sich entscheiden zu müssen, scheint mir keine schlechte Variante zu sein.

Arthur, oder Aden Tweick, verschwindet in der Bibliothek. Uns fordert er auf, vor der Tür zu warten.

»Wofür hast du dich entschieden?«, fragt Klaas.

Er und Basil blicken mich an. Keiner verbirgt seine Hoffnung auch nur ansatzweise. Nur, was möchte ich? Überfordert schüttele ich den Kopf.

Die Tür öffnet sich, und Arthur winkt uns herein.

»Du nicht, Basilander Wyth«, höre ich ihn hinter mir sagen.

Erschrocken drehe ich meinen Kopf, doch die Tür fällt zu, und ich sehe gerade noch, wie Basil die Hand hebt, um mir zu winken.

»Wir haben uns nicht verabschiedet«, rufe ich, renne zur Tür, reiße sie auf und fliege gegen Basil, der immer noch mit erhobenem Arm dasteht.

»Mach es gut, Basil«, sage ich. »Für den Fall, dass wir uns nicht wiedersehen.«

Ich weiß nicht, ob ich es schaffen werde, mich für diese fremde Welt zu entscheiden. Ich spüre Tränen in mir aufsteigen und verstecke mein Gesicht an Basils Brust. Ich habe Angst, meinem Vater zu begegnen. Angst, dass der Deal mit dem Tauschling platzt. Angst, dass sämtliche Wolfsmenschen mich zerfetzen und mein Blut trinken. Oder einfach nur, dass ich dort für alle Zeiten hängen bleibe und mich fühle wie die Wechselbälger. Heimatlos und einsam.

»Mach's gut, Mischa. Drei Tage bloß, denk daran.« Mit einem sanften Kuss auf meine Haare lässt er mich gehen.

In der Bibliothek riecht es intensiv nach verkohlten Kräutern. Der Rauch treibt mir Tränen in die Augen, und kurz blitzt die Erinnerung an unser altes Gymnasium auf. Wenn nicht beide Fenstersimse mit Ergors Hexenküchenutensilien zugestellt wären, würde ich die Fenster aufreißen, um frische Luft einzulassen.

Arthur sitzt in einem der Sessel, die Beine übereinandergeschlagen. Der Stoff seiner Hosenbeine ist hoch gerutscht, und ich sehe die Federn, kalt glänzend, wie eine Rüstung.

Klaas steht vor der Bücherwand und staunt. Ich gehe zu Ergor, der vor dem Bild mit den Korriganen wartet.

»Sieben Jahre, keine leichte Strafe. Aber auch kein leichtes Vergehen.« Ich sehe ein paar nackte Frauen. Diesmal sitzen sie mit dem Ausdruck tiefster Beleidigung und verschränkten Armen auf den Ästen und baumeln mit ihren Beinen. »*Der Einsame Wald.* Das wäre Marts deyn Woutens Strafe gewesen, wenn es diesen heimtückischen Lykoten nicht gelungen wäre, mich zu überwältigen und mit ihm zu entkommen.« Ich sehe, wie er eine Hand zur Faust ballt, bis die Knöchel weiß hervortreten.

Arthur richtet sich ein wenig im Sessel auf. »Schon gut, Ergor, es ist nicht die rechte Zeit für Selbstvorwürfe, und schon gar nicht sollten wir das vor den Kindern erörtern.«

»Hätte er einem von ihnen einen ernsthaften Schaden zugefügt, müsste er vermutlich für immer dort bleiben.«

»Sie meinen Marts?«, frage ich. »Heißt das, Marts wäre zu diesen Frauen ins Bild gesperrt worden?«

»Nein, natürlich nicht. Er hätte seinen eigenen *Einsamen Wald* bekommen. Aber sicher werden er und die anderen Übeltäter in unserer Welt rasch gefasst und ihrer gerechten Strafe zugeführt.«

Ergor klopft mit seinem Finger sanft gegen die Scheibe, wie an ein Aquarium. Kleine Blätter rieseln aus seinem Samtärmel.

Ich schlucke.

»Und warum sind die Korrigane eingesperrt?«, frage ich.

»Sie wollten ein Menschenkind rauben und haben es, weil wir Wächter ihnen dicht auf den Fersen waren, einfach im Wald abgelegt, wo Gwindula es gerade noch rechtzeitig retten konnte.«

Auch wenn sie ihrem engen Reich nicht entfliehen können, fühle ich mich unbehaglich.

Zu allem Überfluss weckt ihr Anblick plötzlich mein Mitleid. Wie stark muss der Trieb sein, wenn sie die Gefangenschaft in einem Bild in Kauf nehmen?

Ergor, als hätte er meine Gedanken gespürt, legt mir den Arm über die Schulter und raunt sanft: »Komm.«

Auf dem kleinen Tischlein, sonst der Platz des Plattenspielers, steht ein steinernes Gefäß, schwarzblau schillernd wie die Flügel eines Falters – oder eines Tylwyth Aden. Auf einem kleinen Tablett daneben stehen dazu passende Becher. Die Flüssigkeit in der Kanne jagt mir Angst ein, auch wenn sie so nett und harmlos präsentiert wird.

Die Sessel sind im Kreis um das Tischchen geschoben, ganz so, als hätten wir uns zu einem gemütlichen Plausch verabredet. Doch weder Klaas noch ich machen Anstalten, uns zu setzen. Erst nachdem Arthur uns dazu auffordert, nehmen wir Platz.

»Gerade sechs Uhr vorbei«, sagt er. »Wir haben noch ein wenig Zeit, doch ich würde nicht allzu lange zögern. Wenn ihr noch Fragen habt, stellt sie ruhig.«

Klaas trommelt mit seinen Fingern auf die Armlehne. »Warum müssen wir eigentlich alles vergessen? Wenn ich schwören würde, nie zu verraten, was ich gesehen habe ...«

Ergor schüttelt unwirsch den Kopf. »Schwüre besitzen in eurer Welt keinen Wert. Ein Schwur, weißt du, was das bedeutet? Wie sehr er dich bindet auf Lebenszeit? Nein, denn in eurer heutigen Welt gilt alles nur halb so viel.«

»Schon gut, wir kennen uns kaum, und Sie vertrauen mir nicht, das hab ich verstanden. Aber warum darf eigentlich niemand etwas von euch wissen?«

»Als ob es in unser beider Macht stünde, das zu entscheiden!« Ergor wirkt immer aufgebrachter. »Was meinst du, warum wir drei Menschen in unsere Mitte gelassen haben?«

Der kleine Mann beugt sich über das Tischlein, fasst die Kanne und schenkt etwas von der Flüssigkeit in einen der Becher, dabei schüttet er reichlich daneben. Hat ihn Klaas so wütend gemacht, dass er ihn jetzt an Ort und Stelle zwingen will, zu trinken?

»Möchtest du?«, wendet er sich an Arthur, der stumm unserer Unterhaltung folgt.

»Danke, ich hatte heute bereits eine Tasse. Mehr verträgt mein Magen nicht.«

Verblüfft schaue ich den beiden Männern zu.

Ergor kichert. »Du dachtest, das sei der Trank? Nein, nein. Den nimmt dein Freund hübsch artig vor dem Schlafengehen in seinem Bett ein. Das hier ist Earl Grey, Schwarztee, eine Köstlichkeit, die es bei uns leider nicht gibt.«

»Weswegen du bestimmt schon Pläne für das kommende Jahr schmiedest, für die Zeit nach deiner Wächterpensionierung«, sagt Arthur und grinst ungewohnt zwanglos. »Ergors Tee-Export.«

Ich bin überrascht, so etwas wie Humor bei ihm aufblitzen zu sehen. Offenbar stecken in Arthur Facetten, die er bisher gut verborgen hat.

»Warentransfer ist auch bezüglich des Tees verboten. Tweick, ich bitte dich um mehr Ernsthaftigkeit. Die junge Dame hier fällt gleich eine Entscheidung, die ihr gesamtes Leben verändern könnte. Du möchtest vielleicht erfahren, wie das Erinnerungslöschen vonstattengehen wird?« Ich nicke.

»Gut. Arthur hat erwähnt, dass bei dir kein Trank eingesetzt werden kann. Ich werde euch also dazu eine kleine Geschichte erzählen.« Er nimmt noch einen Schluck vom Earl Grey. »Lange vor meiner Zeit als Wächter, als ihr Menschen noch in den Wald gekommen seid, um Holz zu schlagen und Fallen zu stellen, war es viel schwerer, uns vor euch im Verborgenen zu halten. In jenen vergangenen Tagen hatten die Wächter eine gefährlichere Aufgabe, als wir sie heute zu erfüllen haben. Es galt, die Tore und Übertritte zwischen den Welten zu überwachen.

Heute gibt es keine frei zugänglichen Tore mehr, damals gab es unzählige. Das Rudelvolk brach unerlaubt in eure Welt ein, und viele Wächter kamen bei dem Versuch, die Lykoten daran zu hindern, ums Leben.« Seine Worte wecken die Bilder der letzten Nacht in mir. »Ein Wilddieb trieb sich seinerzeit im Wald herum. Er schlich in der Dunkelheit durchs Gehölz, darauf bedacht, keinen Laut zu verursachen, der ihn ins Kittchen brächte. Leider war er darin so geübt, dass ihn auch unsere Wächter nicht hörten.

Er kam an eine uralte, gespaltene Eiche. Warum er nicht drum herum spazierte, ist das große Rätsel der Geschichte. Der Pechvogel kletterte mitten in der schwärzesten Nacht durch den Baum, stieg hindurch und blickte geradewegs auf eine Versammlung, wie ihr sie heute Nacht erleben konntet. Diese Eiche diente als Tor, wie ihr euch denken könnt.

Und so beobachtete er starr vor Schreck ein Ritual, das mit dem Tausch zweier Wechselbälger endete. Als er sich heimlich aus dem Staub machen wollte, fingen ihn die Wächter ein. Auch ihm sollte die Erinnerung gelöscht werden. Der Mann schlug um sich, und eine Gruppe Lykoten nutzte die Gunst der Stunde zur Flucht. Bis auf einen ließen die Wächter von dem Mann ab und jagten dem blutrünstigen Rudel hinterher.

Der Wächter betrachtete den zu Tode verängstigten Mann, der vor ihm kniete. Er gehörte zum Volk der Bajunen, katzenhafte, eigenwillige Charaktere. Sie singen einen in den Schlaf und ziehen dann mit ihren messerscharfen Krallen die Erinnerungen aus den Ohren. Als Wächter eignen sie sich daher hervorragend.« Kurz blitzt das Bild der singenden Katzenohrmädchen an den Gitarren vor mir auf.

»Dieser Bajun betrachtete das Gesicht des Mannes und verliebte sich in ihn. Sollte er ihm das Gedächtnis löschen? Nein, der Bajun – ich erwähnte, dass sie eigenwillig handeln? – beschloss, den jungen Mann zu verführen. Er ermahnte den Mann, kein Sterbenswörtchen zu verlieren über das Gesehene und über ihn, und forderte seinen Schwur. Sie trafen sich fortan eine Weile wie ein Liebespaar.

Doch den jungen Mann, der seine Frau zu Hause betrog, plagte das schlechte Gewissen. Nacht für Nacht zog es ihn zu dem sonderbaren Katermann, und er hasste sich für seine Sehnsucht, die ihn unruhig die Nacht herbeisehnen ließ. Weil er jedoch den Schwur nicht brechen wollte, sann er auf eine List. Immer, wenn er in den frühen Morgenstunden heimkehrte und sich zu seiner Frau ins Bett legte, tat er so, als rede er im Schlaf. Lass ab von mir, murmelte er.

Seine Frau, die glaubte, dass er wegen der drohenden Gefahr durch die gutsherrlichen Aufpasser so nervös wurde, bat ihn, die Fallenstellerei sein zu lassen. Fest entschlossen, dem Bajun die Liebschaft zu kündigen, versprach der Mann seiner Frau, die Fallen in dieser Nacht aus dem Wald zu holen.

Doch als er sich nach Mitternacht auf den Weg machte, schlich die Frau ihm hinterher. Entsetzt beobachtete sie, wie sich ihr Mann diesem grausigen Wesen hingab, das sie für die Schöpfung hielt, welche ihr Teufel nennt. Weil sie fürchtete, ihr Herz müsse aufhören zu schlagen, wenn sie sich das Schauerspiel länger ansehe, stahl sie sich davon.

Der Mann löste die Affäre mit dem Bajun, der betrübt, aber pflichtbewusst seinem Liebsten das Gedächtnis löschte. Er sang den Mann mit den bezauberndsten Liedern, die ihm zu Gebote standen, in den Schlaf und zog dann, mit spitzen, langen Krallen, die Erinnerungen durch das Ohrloch aus des Mannes Hirn. Als einzigen Ballast seine klapprigen Fallen im Sack über die Schulter geworfen, sonst unbeschwert im Gemüt, kehrte der Mann heim.

Seine Frau jedoch wandte sich von ihm ab. Er verstand nicht, weshalb sie ihn plötzlich so verachtete, war er doch nur im Wald gewesen, um Tiere zu fangen. Die Frau erzählte dem Pfarrer von der Schandtat ihres Mannes. Der Kirchenmann indes glaubte selber nicht an den Satan, sondern dass die Frau von einer bösen

Krankheit des Geistes oder des Herzens befallen sei, dass sie so über ihren lieben Mann herzog. Auch der Mann, vom Pfarrer in einem stillen Moment zur Seite genommen und in die verleumderischen Reden eingeweiht, erschrak über die Unterstellungen seiner Frau. Da er sich nicht erinnerte, konnte er seine Unschuld dem Pfarrer treuherzig beteuern. Also wurde die Frau für verrückt erklärt. Sie zweifelte mitunter selbst an ihrem Verstand und meinte, alles nur geträumt zu haben. Sie plagte sich für den Rest ihrer Tage abwechselnd mit dem Abscheu vor ihrem Gatten und dem Zweifel an ihrer geistigen Gesundheit.«

Ergor ergreift seinen Becher. Ich warte, dass er weitererzählt und nun eine Art Aufklärung folgt, aber Ergor schweigt.

Wieso belästigt er uns mit einer solchen Geschichte? Kann er nicht einfach sagen: Bajune, das sind Katzenwesen. Gesang, Kralle ins Ohr und zack, Erinnerung weg. Merkt er nicht, dass er mir Angst einjagt?

Ich gähne, von plötzlicher Müdigkeit übermannt. Dem Gespräch zwischen Ergor und Klaas folge ich nur noch mit halbem Ohr.

»Und? Was hat die Geschichte mit mir zu tun?«, fragt Klaas.

Ergor erhebt sich und geht ans Bücherregal. »Schau dir die Bücher an. Legenden und Tatsachenberichte aus eurer Welt. Sie sind dicht bedruckt mit Geschichten über tragische Gestalten, denen das Wissen um uns Unglück brachte. Aber sie zeugen genauso auch von der einstigen Verbindung zwischen uns und euch Menschen, denn Liebe zwischen den Wesen unserer Welten hat es immer schon gegeben.« Er blickt mich an.

Die Wärme der Bibliothek, aber vor allem die Nacht steckt mir in den Knochen. Zu den einlullenden Stimmen der anderen schließe ich die Augen und dämmere vor mich hin. Nichts wünsche ich mir in diesem Moment sehnlicher als ein paar Stunden Schlaf. Das Bedürfnis ist so übermächtig, dass ich spüre, wie es an mir zerrt und alle anderen Wünsche auszuschalten droht. Vielleicht singt ja irgendwo schon ein Bajun mein Vergessenslied?

»Mischa?«

Jemand rüttelt an meiner Schulter. Klaas hat sich über meinen Sessel gebeugt.

»Ich muss jetzt gehen«, flüstert er. »Ich wollte mich noch von dir verabschieden.«

Wie lange habe ich geschlafen? Irgendjemand hat eine Decke über meine Beine gebreitet. Ich strampele sie beiseite und stehe auf.

»Du gehst schon?«, frage ich.

»Und du? Kommst du mit?«

Es ist Zeit, meinen Entschluss zu verkünden, den ich immer noch nicht gefällt habe. So, wie Klaas mich anschaut, weiß ich, dass ich nicht einfach einen Entschluss für oder gegen das Vergessen fasse. Ich bedecke meine Augen mit den Händen, wie ein Kind, das glaubt, so ein sicheres Versteck gefunden zu haben. Als ich die Hände wieder fortnehme, weiß ich, was ich will.

»Nein, Klaas, ich komme nicht mit in die Stadt. Ich werde übertreten.«

Ganz allmählich bilden sich feuchte Lidstriche an den Unterkanten seiner Augen. Sie schwellen an zu dicken Tropfen und rinnen herab.

»Nicht weinen«, sage ich und umarme meinen Freund. »Ich bin bald zurück. Und wir zwei, wir vergessen uns ja schließlich nicht. Du und ich, wir bleiben doch Freunde! Für immer! Eine

Freundschaft kann man ja nicht einfach so aufgeben.« Ich hebe meine Hand zu unserem verunglückten Gettofaust-M.

Klaas legt seine Stirn auf meine Schulter. Tröstend streichele ich ihm über den Wuschelkopf. Er richtet sich auf und drückt mir einen zarten Kuss auf die Wange. »Mischa, bitte komm wieder.«

Ich blicke ihm nach, als er durch die Tür verschwindet.

KAPITEL ZWEIUNDDREISSIG

Ergor legt mir seine Hand vertraulich auf die Schulter. »Es freut mich, Mischa Tullwiss, dass du dich in unsere Welt wagst. Ich hatte gehofft, dass du dich dafür entscheidest. Zeit meines Lebens wünsche ich mir schon, dass sich unsere Welten wieder wissend begegnen, dass wir uns nicht verstecken müssen vor euch und in einen friedlichen und offenen Austausch treten können. Dieser Wächterposten auf Hainpforta ist nur ein schlechter Ersatz. Ich glaube, dass sowohl unsere Welt als auch eure Welt bereit sind. Und du, kleine Mischa, bist ein Lichtblick. Ein Pflänzchen der Hoffnung. Vielleicht habe ich doch nicht alles falsch gemacht? Ich hoffe, dir wird dein Aufenthalt in *Hain* gefallen.« Er klopft mir mit seinen borkigen Fingern aufmunternd auf die Schulter und schaut versonnen aus dem Fenster.

»*Hain?* Ist das der Name Ihrer Heimatstadt?«, frage ich.

»Nein, so nennen wir unsere Welt. *Hain* bedeutet so viel wie: *Erträgt alles* oder *Platz für viele*. Nun, du hast ja gesehen, welche unterschiedlichen Völker sich in Hain tummeln. Du brauchst dir im Übrigen wegen Marts und des Rudelvolks keine Sorgen zu machen. Auch bei uns ist es verboten, Menschen anzugreifen.«

Soll mich das beruhigen? Verbote scheinen die Lykoten nicht sonderlich zu interessieren.

Ergor erläutert mir den Plan für meinen Übertritt. Demnach werde ich, ähnlich wie Mama, mit einem Begleiter um Mitternacht auf den Stein steigen und von dort nach Hain transportiert werden.

EPILOG

Jetzt bin ich zu Hause. Ich soll ein bisschen packen, ich darf noch einmal duschen und meine Kleidung wechseln. Doch seit heute Vormittag sitze ich am Schreibtisch und vervollständige meine Aufzeichnungen. Ich bin hundemüde, mein Handgelenk brennt vom vielen Schreiben, weil ich stundenlang wie eingefroren über diesem Bericht saß. Es ist mir ungeheuer wichtig, alles genau aufzuschreiben.

Ergors Worte klingen noch in mir nach, und fast möchte ich mir einreden, dass ich nur zu einem Auslandsstudium aufbreche. Doch leider ist dem nicht so. Ich verlasse die Welt und fühle mich, als stünde mir der Tod bevor. Hoffentlich steht Basil an Heiligabend mit dem alten Mann bereit, um mich zurückzuholen.

Meiner Mutter kann ich nicht Auf Wiedersehen sagen. Anders als versprochen. Unsere Übertritte überschneiden sich, hat man mir gesagt. Ich hoffe, dass es sich wirklich nur um ein Versehen handelt und man uns nicht absichtlich aneinander vorbeischleust. So langsam traue ich niemandem mehr über den Weg.

Für dich, Mama, ist diese Aufzeichnung gedacht, denn du bist höchstwahrscheinlich der einzige Mensch, der meinen Worten Glauben schenken wird und der weiß, wie er mich finden kann!

Du kannst mich doch wieder holen, wenn etwas schieflaufen sollte?

Ich fürchte mich vor dem Unbekannten, das gebe ich ganz offen zu. Allen voran vor den Lykoten, die unverrichteter Dinge in ihre Welt zurückgekehrt sind. Ich befürchte, solange die Wächter sie und Marts nicht geschnappt haben, werde ich nicht sicher sein.

Wenigstens wird Papa dort auf mich warten. Ich bin gespannt, ob er sich sehr verändert hat in den letzten sieben Jahren. Wäre eigenartig, wenn nicht. Aber sein gutmütiges, kluges Wesen wird er sicher nicht abgelegt haben. Ich werde einfach die drei Tage bei ihm auf der Couch verbringen, so wenig wie möglich vor die Tür gehen und ihn ein bisschen mit meinen Vorwürfen ärgern. Das hat er verdient.

Mama, bis bald!!!

Ich hab dich lieb, und abgesehen davon bin ich stinksauer auf dich, weil du mir nie mit keinem Sterbenswörtchen etwas gesagt hast!

Wenn ich wiederkomme, gibt es Stunk!!!

Ich meine es ernst!

Überleg dir schon mal, wie du das wiedergutmachen willst!

Kuss, Deine Mischki

Ich lege meinen Stift beiseite und massiere die schmerzende Hand. Ich blicke auf die Uhr und sehe, dass mir kaum noch Zeit bleibt.

Nachdem ich geduscht und mich umgezogen habe, werfe ich schnell ein paar Kleidungsstücke in meinen Rucksack. Eine Jeans, ein paar T-Shirts und natürlich ziehe ich meinen gelben Lieblingspulli mit dem *Celestial-Me*-Aufdruck.

Meine Aufzeichnungen deponiere ich auf meinem Bett. Dort wird Mama sie finden. Sicher haben ihr die Hainer von den Entwicklungen erzählt. Ich muss grinsen. Hainer – nennen sie sich so? Oder doch Hainis?

Der Name klingt albern, *harmlos*. Plötzlich will ich nicht mehr beschwören, dass irgendeiner von ihnen meine Mutter in die Entwicklungen eingeweiht hat. Mich beschleicht ein ungutes Gefühl, als ich den Stapel Papier so offenherzig auf meinem Bett liegen sehe.

Was, wenn ihn jemand vor Mama findet?

Ich gehe in ihr Zimmer. Diesmal habe ich einen triftigen Grund und schäme mich nicht, es unerlaubt zu betreten. Ich nehme die Reproduktion mit dem Hündchen von der Wand, hole Klebeband aus der Schreibtischschublade und befestige die Seiten an der Rückseite des Bildes. Zufrieden mit meinem Versteck, hänge ich es wieder an seinen Platz.

Das Bild steht nun etwas schief von der Wand ab. Gut so – umso eher wird Mama meinen Bericht entdecken.

Ich bin fertig. Habe ich auch nichts vergessen?

Von meiner Pinnwand nehme ich noch ein Foto mit: einen Schnappschuss, der Mama mit Klaas und mir beim alljährlichen Schulfest zeigt. Das Foto schiebe ich in die vordere Tasche meines Rucksacks.

Dann öffne ich meinen Schreibtisch, in dem die kleine schwarze Feder ruht, von der ich nun weiß, dass sie von Basil stammt.

Auf meinem Kleiderschrank steht noch das Kästchen mit den Bastelutensilien. Das hole ich herunter. Zwischen dem Kronkorken-Legostein-Dübel-Krimskrams wühle ich nach einem versilberten Endstück zum Zusammenquetschen. Dahinein schiebe ich den winzigen Kiel und kneife das weiche Metall darum fest. Ich zupfe probeweise an der Feder. Sie hält. Durch die Öse fädele ich ein Lederbändchen, versehe es mit Verschlüssen und binde mir mein neues Schmuckstück um den Hals.

So vorbereitet, setze ich mich in die Küche und warte.

DANK

Zuerst und immer wieder danke ich meiner Familie: meinen Eltern, die mir zuhören, mir Essen bringen, Flieder pflanzen, meiner Schwester Anne, der wohl kritischsten Leserin (mein guter Rat), meinen geliebten Kindern, die mich viele Stunden in Hainpforta haben sein lassen und mit gleichmäßigem Fußballdopsen gegen die Wand und Hörspielendlosschleifen die beruhigende Hintergrundinfo geliefert haben: Alles okay.

Ich danke meiner Freundin Stefanie, die als Erste das fertige Manuskript gelesen hat. Danke für die Begeisterung, die mir Mut gemacht hat, das Manuskript an Beate Riess zu schicken.

Beate danke ich ebenfalls von Herzen, nicht allein für die hervorragende und liebevolle Betreuung. Sie war die erste und einzige Agentin, zu der ich unbedingt wollte. Dass ich nun Teil der Riess'schen »Gang« bin, macht mich unglaublich stolz.

Außerdem danke ich Rouven Obst und Gregor Ohlerich, die mir im nicht ganz so kalten Winter 2013 einen Preis verliehen haben, der mich auf den wunderschönen Hof Obst in der Prignitz geführt hat, wo ein großer Teil des Bandes entstanden ist.

Natürlich ein dickes Danke an die Oetinger34-Community, die für – wie es da noch hieß – *Hainpforta* gestimmt hat, und dem Oetinger34-Verlagsteam, dem dieses Buch genauso sehr am Herzen liegt wie mir, insbesondere meiner Lektorin Kristin. Schon unser zweites gemeinsames! Und vielen Dank an Natalie Dombois für das wunderschöne Cover!

7 FRAGEN AN ELISABETH DENIS

© di matti

3 Sätze über dich:

Vier Tassen Kaffee am Morgen, etwas Ruhe, und es kann losgehen. Manchmal geht es dann zu schnell oder zu spontan los, weswegen ich mir neulich mal meine Schuhe mit Schlagsahne polieren musste … unfreiwillig, versteht sich. Na ja … andere baden in Milch, hab ich gehört, das finde ich schlimmer :-)

Warum Oetinger34?

Weil ich rundum zufrieden bin. Alle Projekte und Begegnungen, die sich in den mittlerweile schon zwei Jahren bei Oetinger 34 entwickelt haben, waren durchweg tolle Erfahrungen. Dazu zählen natürlich meine Bücher, aber auch die entstandenen Freundschaften, inklusive gemeinsamer Tanzkursbesuche.

Was ist das Besondere an deinem Text?

Die Mischung aus romantischer Liebesgeschichte mit dem Nervenkitzel des Krimis und den zauberhaften Zutaten eines Fantasyromans ist zugegeben nicht hundertprozentig neu, aber besonders. Weil alles aus der Sicht eines sympathischen Mädchens erzählt wird, der verträumten und auch wieder sehr bodenständigen Mischa, die diesem Fantasy-Quatsch erst mal mit einer vernünftigen Portion Skepsis entgegentritt.

Träumen oder Schreiben?

☒ ☒

Wald oder Stadt?

☐ ☒

Hainpforta oder Phille?

☒ ☐

Ein Gruß an deine Leser:

Lass dich nicht beißen! Trink keine Tränke, von denen du nicht weißt, was sie enthalten, doch vor allem, lauf NIEMALS nachts allein durch den Wald!

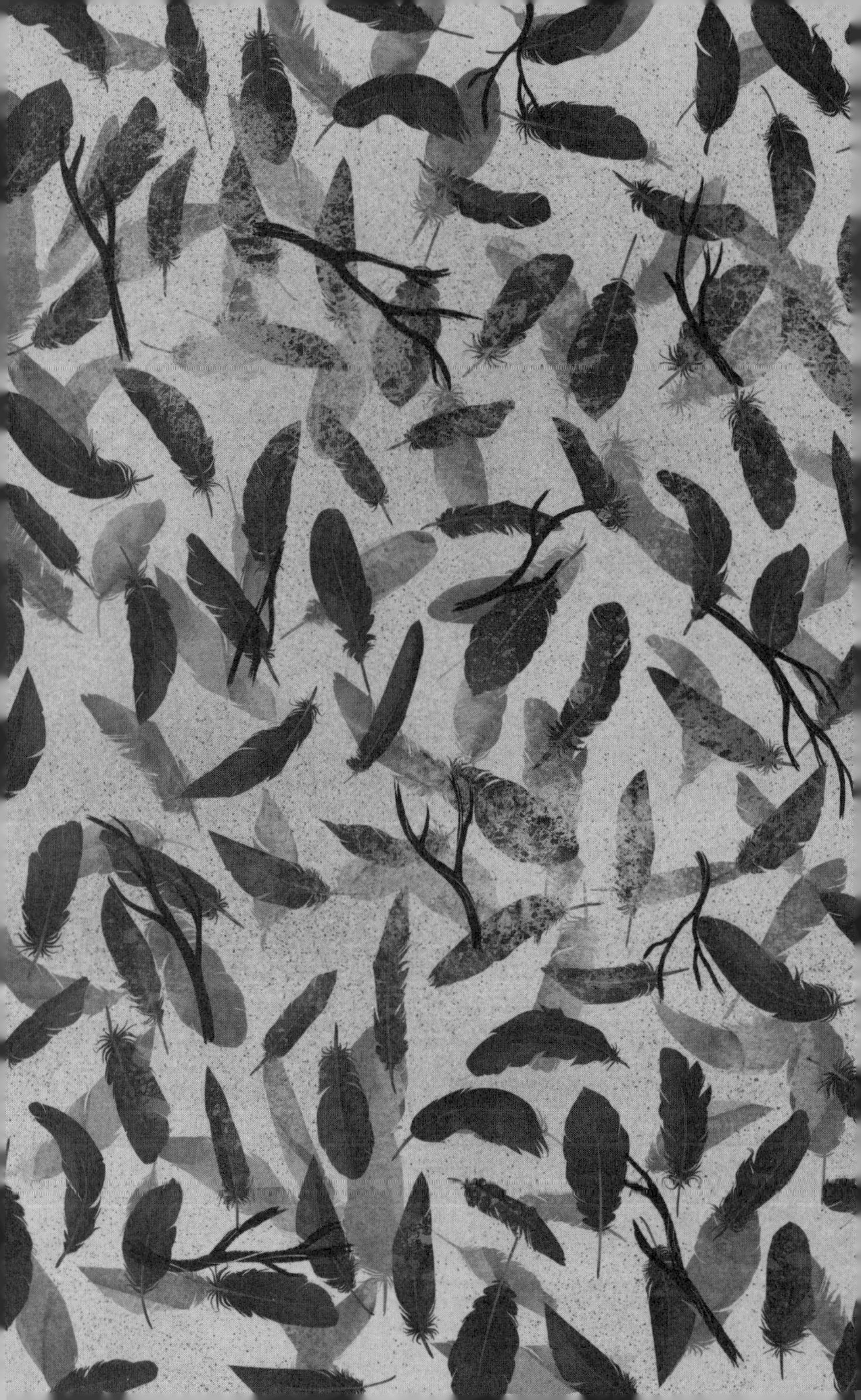